網路新聞學
Web Journalism

陳萬達／著

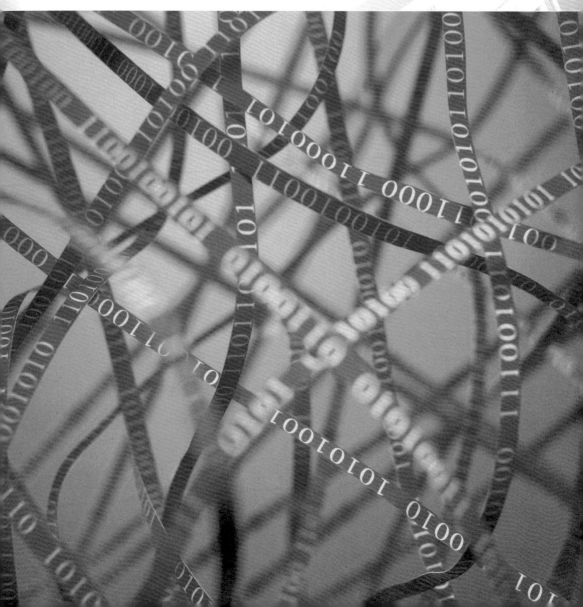

序

　　想要寫這本《網路新聞學》的心念，其實已經有好多年了。之所以一直沒有辦法進行，最主要的理由有二：第一，網路的世界變化太快了，快到我們幾乎無法跟上它的步伐，所以我必須找到一個適當切入的點。第二，新聞界對網路的因應，除了運用在日常工作外，在許多前設性的計畫中，仍然是相當貧乏的，我必須有一段相當的時間去觀察，因此，這本書的起心動念，雖然在二〇〇〇年，但真正能動筆進行，則已經是二〇〇五年的事了，這其中又碰到了網路泡沫化、部落格的興起，WEB2.0的來臨，又不時在我的書中加入新頁，因此，等我忐忑地執筆完成時，已經是二〇〇七的盛夏了。

　　見證了網路世界的不斷快速前進，也體會到了新聞工作在傳統的規範、思維之外，網路時代的思考模式，已經深深地影響了傳統新聞學的操作。當然，對新聞的價值來說，那是不變的真理，不過，網路的發展確實也賦予新聞學有了更新一層的面貌。

　　這本《網路新聞學》對我自己而言，透過了中外資料的蒐集、新聞學者和業者的訪談、網路專家的意見，相信已經對蓬勃發展的網路新聞學，做了一個基本的定義，當然，縱使下了這樣一個微小的定義，對整個新聞界的理論與實務操作，仍是有太多太多要做的事，等待我們新聞界去因應、去發動。

　　本書的完成要感謝許多學界和業界的朋友給我的幫忙與指導，我的助理楊毅很辛勤地協助我整理資料，在此一併致謝。

陳萬達　謹識

二〇〇七年五月

目　錄

第一章

第四媒體的興起與影響

第一節　新聞媒體的轉型

　　網際網路快速的發展過程，是二十世紀一件最令人印象深刻的科技成就，網際網路各種新穎的特性和驚人的發展速度，令人們在眼花撩亂中，看到網際網路影響和改變人類各種層面的現象。

　　但是，在人類社會中任何創新的事物，都不是從天而降、憑空產生的。因此，我們可以說，在每一個時代的任何新興事物，都是在一定時空背景的社會條件下所產生，因而必然會和當時社會現實產生聯繫，也必然受到當時社會各種層面的影響。網際網路和以它為載體的網路新聞業的崛起，自然也在這樣的法則中而沒有例外。電腦網路由試驗性開始，到終於走向我們今天所看到的商業化運作，我們從歷史軌跡中去追根溯源，不難發現這一點（張詠華，2004：11）。

　　美國哥倫比亞大學新聞學院，早已在2004年的 「卓越新聞計畫」（Project of Excellence in Journalism）中，明確地指出媒體未來將有以下八大趨勢：

1. 日益增多的新聞媒體平台，將搶食逐漸萎縮的新聞消費者。
2. 在新投資及資訊革新上，偏向新聞的分送，而較少在新聞的採集。
3. 愈來愈多的新聞媒體，把未經仔細審核的「生」資料，充當完成品發布。
4. 新聞製作標準各異，即使在同一新聞機構亦不盡相同。
5. 不在吸引新讀者的建設上投資，傳統新聞媒體的長遠發展將出現問題。
6. 媒體匯流趨勢勢在必行，對新聞從業人員的威脅也不如幾年前

想像的大。

7. 最大的問題不在技術，而在經濟。

8. 不當操控媒體和公眾的人獲利最大。

　　我們從哥倫比亞大學新聞學院的趨勢預測中，很清楚地發現了它對台灣目前媒體狀況的發展，有了一個十分明確的解讀。無論是媒體工作者或是研究媒體生態的學者，相信都對這樣一份趨勢分析非常認同。以台灣現狀而言，報紙媒體的市場萎縮已非一朝一夕，數年前香港《蘋果日報》進入台灣市場，更爲已經是戰國時代的台灣市場雪上加霜。然而，從事新聞媒體工作者都知道，新一代的消費者對於報紙的閱讀，不論在時間或人數上，都已經大幅縮小，因此，我們可以很清楚地看到，八大趨勢的第一條：日益增多的新聞媒體平台，將搶食逐漸萎縮的新聞消費者；其次，在新的投資上，這些資金也多投注在資訊分送的管道上，因爲把市場的管道打通，在投資者或經營者的利益上來說，是遠大於資訊的採集工作，而這也是市場經濟所帶來必然的結果，當然，媒體經營者還是對於閱聽人的需求，有一定程度的回應，但投資與效果之間的衡量，就存在經營者的一念之間了。

　　此外，其在2005年報告裡，更幾乎確定了新聞媒體的轉型，對美國媒體而言，其中的五項重要結論，可解譯成新聞媒體的新形態（那福忠，2005）：

1. 快速、鬆散、廉價。

2. 政黨傾向不是重點。

3. 守門人轉爲仲裁的裁判員。

4. 投資謹愼、數位技術拱手讓人。

5. 國家廣播公司（NBC）、美國廣播公司（ABC）、哥倫比亞廣播公司（CBS）三大電視新聞網面臨轉型十字路口。

　　對於傳播模式而言，網路的出現，使讀者漸漸習慣於另一種形態的新聞，和另一種新聞呈現的方式。這種新聞的製作人身兼數職，亦即讀者、作者兼編輯，在網路環境裡，傳統的新聞僅僅是一個環節，網路讀者則被分化成多種類型，大家原有的共同了解、共同語言、共同園地已經逐漸消失。有人認為，這是一種健康的發展，可免於新聞被傳統的「新聞人」所把持；有人則認為是混亂的開始，因為訊息不再有人把守關口，分辨事實、虛假與渲染。但不論如何，環境在改變，新聞在改變，新聞呈現的方式和代表的價值也在改變。

第二節　第四媒體興起

　　1995年10月24日，「聯合網路委員會」（FNC）通過一項關於網際網路的決議，指出網際網路是「全球性的訊息系統」。在1998年5月在聯合國新聞委員會年會上，正式把網際網路定為繼報紙、廣播、電視之後的第四大傳播媒體。

　　根據《新聞周刊》（*Newsweek*）報導，至1999年9月全球上網人口已增加到近兩億，美國就有八千萬上網人口。網路媒體所提供的互動性（interactivity）、立即性（immediacy），以及無限制的空間（limitless space），使得網際網路成為最佳的線上出版（online pub-lishing）媒體（Peng et al., 1999）。當然這是1999年的報告，時至今日，全球上網的人口當遠遠高於這個數字。

　　網際網路的英文名稱為internet，從英文字的本身來看，可以將之拆成inter+net。inter是介系詞，有「在……之間」或是「一起、相互」之意；而net就是網或網狀物，用在電腦術語中，指的是network（網路）。所以internet，即是指兩個以上的網路相互連接而成為網際之間的網路。internet可以是普通名詞，也可以是專有名詞，前面所

述的情形即指普通名詞；而專有名詞係指以傳輸控制協議／網際網路協議（Transmission Control Protocol/Internet Protocol, TCP/IP）為連線的網路，而這類的網路再彼此相連接稱之（黃鴻珠，1991）。

簡而言之，網際網路是由許多相互連接的電腦網路所組成的。作為全球性的電腦網路，網際網路採用傳輸控制協議／網際網路協議，通過現有的通信線路傳輸數據／訊息，連接世界各地的用戶使之共享網路上訊息資源。

目前網際網路已發展成僅次於電話網絡的全球第二大通訊網絡，它是電腦技術與通信技術相互結合的產物，是一個由無數區域網絡連結起來的世界性資訊傳輸電子網路。

網際網路的發源地為美國，其發展歷程可歸納為三個階段。網際網路的前身稱為「阿帕網」（APPAnet），是1969年美國國防部為了冷戰需要建立的一個為軍隊服務的網路，目的是實現訊息資源的交流和共享。它採用分組交換技術，網上各台電腦都遵守統一的通信協議自主工作，全網沒有控制中心，訊息可以自由流通。

1982年，美國國防通訊局和國防部高級研究計畫署為阿帕網建立傳輸控制協議／網際網路協議，這是全球網際網路誕生的標誌；1986年，"internet"名稱正式使用，這是網際網路發展的第一階段。

而從1986至1995年，是網際網路發展的第二階段——「國家科學基金網路」（NSF網路）階段。在這個時期，大批商業機構開始在網際網路上刊登web頁面的廣告，提供各種訊息，美國政府也開始取消對誰能成為網際網路用戶的限制，使用者也不再局限於大學師生和電腦行業的工作人員，網際網路開始真正走入家庭，走向大眾，但也同時開始萌芽商業化的發展，各種傳統的大眾傳媒開始與網際網路相融合，開闢了傳播的新紀元。

英國也從1960年代起，就積極發展電腦之間相互通訊的研究和試驗，到1980年代時，經濟全球化的態勢已明顯加劇，網際網路以其超

越國界傳播的巨大潛力，吸引愈來愈多的國家參與發展，歐洲、加拿大、日本等都在積極創建自己的網路並發展國際聯網。至1989年網際網路連接的主機數已超過十萬台。

目前網際網路的發展已到了第三個階段，也可稱之為大規模的國際網際網路階段，網路傳播以其巨大的傳播優勢，向傳統的傳播媒介和傳播方式提出了挑戰，對傳統媒體產業造成嚴重的衝擊。

網際網路之所以得以迅速發展，主要可歸納於以下幾個原因：

1. 電腦網路通訊技術、網路互連技術和電信工程的發展，奠定了必要的技術基礎。
2. 以促進資訊共享作為普遍的用戶需求，成為一股強大的驅動力量。
3. 網際網路在建立和發展過程中，始終堅持非常開放的策略，對開發者和使用者都沒有不必要的限制。
4. 網際網路在為人們提供電腦網路通訊技術設施的同時，還為廣大用戶提供了非常簡單的運用方式，幾乎所有領域、所有使用者都可以掌握它、利用它。
5. 以網際網路作為平台的各種服務的開發，使網際網路日益深入人們的日常生活中，人們對於網路的利用也日漸普遍。

從上面的結論我們可以知道，網際網路在現今社會對人類的影響相當深遠，網際網路拉開了資訊時代的序幕。從空間上看，網路遍布整個世界，只要有電話線甚至無線傳輸可以到達的地方，都有網路存在，我們可以這麼說，網路已經徹底地滲透到社會的各行各業中。

從時間上看，網路無時無刻都在運行著，不斷有人上網瀏覽，網路訊息傳遞速度也更加迅速、即時。從傳播方式而言，由以往傳統媒介的單向傳播，變為多向互動式的傳播，並藉此影響著人們的生活方式和思維方式。

美國傳播學家施蘭姆（Wilbur Schramm）早在1980年代初就曾預言：現行的點對面的大眾傳播體制，將會被一種新的點對點的傳播體制所取代，資訊時代的一個趨勢，將是更強調點對點而不是點對面的傳播，將是個人愈來愈普遍地使用媒介，而不是爲媒介所利用。他的預言從我們目前的狀況來看，的確已經成爲事實。

第三節　什麼是 WWW

網路媒體的最主要形態是全球資訊網，它係由各種網頁所構成。

全球資訊網（WWW, World Wide Web），也可稱爲Web，是網際網路最受歡迎的一種多媒體訊息服務系統。有人常把全球資訊網和網際網路混爲一談，事實上，全球資訊網只是網際網路中的一種服務，如同電子郵件一般。

全球資訊網是由歐洲核子研究中心（CERN）的伯納斯－李（Tim Berners-Lee）於1989年所提出的構想，亦即透過一種超文本的方式提供訊息查詢服務，並可將網際網路上的各種主機上的資訊或訊息有機地結合起來。與傳統的資訊形式相比較，超文本的含義有兩層，一是訊息形式不再限於簡單的符號或數值型數據，而是可以包含多媒體訊息，另一方面是超文本可以實現網路上資訊之間的相互連結。

1993年美國國家超級電腦應用中心（NCSA）開發了基於全球資訊網的瀏覽器軟體"Mosaic"，從而引起了網際網路應用上的革命。全球資訊網的影響是驚人的，甚至可以說，它改變了網路的命運。早期網路不流行的原因，就是因爲它的操作複雜，使用者必須要輸入準確的指令才能運作，而當全球資訊網出現後，用戶僅須提出查詢的要求即可，至於到什麼地方查詢及如何查詢，則由全球資訊網自動完成。

全球資訊網的功能具有兩大特點：

1. 多媒體：突破平面文字的限制，提供各種形式如文字、圖片、影像、聲音……等，使網路成為令人耳目一新的多媒體資訊網路。
2. 超文本連結：即採集、儲存、管理、瀏覽分散資訊，建立資訊之間關係的一種技術，任何的超文本系統都是由存放資訊的點和表示資訊之間關係的「鏈」（如HTML語言）這兩大要素組成。

全球資訊網的訊息發布者，可以根據自己的需要和條件（思維方式、興趣喜好、資料類型等），任意分層組織自己的訊息，而網路上的資訊獲取者，也可以根據自己的需要和興趣，任意選擇其中的訊息。

全球資訊網系統是由Web伺服器、瀏覽器和通訊協定三部分組成。Web伺服器用於發布多媒體資訊，這些資訊按照網頁組織，而網頁則用HTML語言編寫。瀏覽器是全球資訊網客戶端的軟體，主要作用是用於連接伺服器，解釋執行由HTML編寫的檔案，將執行結果顯示在用戶的螢幕上。HTTP（Hyper Text Transfer Protocol）是全球資訊網中的通訊協定，它能傳輸任意類型的數據對象，以滿足Web伺服器與客戶之間的多媒體通訊需要。

全球資訊網可以有多種分類，如從經營主體來看，可以分為官方網站、民營網站、個人網站等；從傳統媒體背景來看，可以分為傳統媒體網站和網路原生網站；從傳播內容而言，可以分為綜合性新聞網站和專業新聞網站；從生存時間而言，可以分為永久性網站（除特殊情況下關閉）和事件性專題網站等等。

在全球數千萬個網站、數十億網頁的規模中，事實上只有30%是由公司企業所經營的，其他70%都是由非營利機構或一般民眾所創作

的，這充分顯現了網路使用者所要的訊息是「相互分享」的。換句話說，雖然大型商業網站將繼續擴展並引起民眾的注意，但不能忽略的是成千上萬的小網站和使用者，還是會持續不斷地創造網路內容及連結，並提供給全球網友「免費」使用。

第四節　網路的優勢與劣勢

一、優　勢

　　總體而言，網路具有資訊儲存量大、形態多樣、迅速即時、全球傳播、易於複製、便於檢索、超文本連結、自由、互動、匿名、非線性、非同步性、易逝性、易改性等特點，這些優點相信所有網路的使用者都非常清楚，至於相關特點的敘述與說明，我們會在本節分別加以解說。

　　我們知道，網路傳播的基本特徵就是數位化的傳播，這種傳播方式具有資訊容量大，使用方便快速，可對資訊進行各種處理，同時檢索快速便捷，圖文聲音並茂，互動性強；訊息通過電腦網路的高速傳播，讓資訊獲取、傳播、更新快速等特性更為明顯；並且其電腦檢索功能和超文本功能，使網際網路成為一種具有強大生命的傳播媒體，給人類社會帶來了相當巨大的影響。網路傳播不但允許讀者與作者之間進行網路上的交流，同時還能即時回應，因此，我們可以說，這種傳播模式，改變了以往傳統的學術交流方式。具體而言，網路傳播的特性主要可以下列幾點討論：

(一)傳播即時、更新速度快

　　網路是一種數位化傳播。它將一定的資訊轉成數據化，經過網際網路的轉播，數據在操作平台上還原爲一定的資訊。這和我們的傳播原理是一樣的，同樣是由訊息（message）的發送者（sender），將文本以文字、圖片、聲音、影像或其他形式，透過媒體介面（media），將以上的資訊傳遞給特定或不特定的接收者（receiver），再將接收到的符碼（code）解碼（decode）後，加以視聽或閱讀。

　　由於其傳播的單位是位元（bit），而非原子，因此這種傳播就具備了迅速、快捷、方便和「高存眞」等優點。由於網路傳播可以通過網際網路高速傳播和即時更新，也可以像廣播電台、電視台一樣進行實況報導，所以這種傳播模式顯然優於傳統的傳播方式，因此也被愈來愈多的閱聽者樂於使用。隨著網路傳播速度快、時效性強，不受印刷、運輸、發行等因素的限制，資訊在上網的瞬間便可同步發送到所有用戶手中，使全球的網路使用者在加倍複製的狀況下，資訊量每天每月都在不斷地增加。

　　而網路傳播與傳統媒介的生產發行相比，網路資訊的製作與傳播沒有太多中間環節，自然使傳播的產製速度要比一般傳統媒體來得快。在新聞製播如同與時間在競爭的媒體來說，對於一些時效性要求高的突發事件，可以充分運用網路的特性，在事件發生的時候立即將新聞傳播出去。網路的快速特性與蓬勃發展，使新聞的「即時性」標準不斷攀升，以往是「幾個小時前的新聞」到「幾分鐘前的新聞」，進而變成「幾秒前的新聞」，最終變成了「即時性」新聞的競爭。

　　此外，對網路的經營者而言，網路的更新速度快，更新成本低，也是經營者最爲計較的成本問題，由於更新成本低，因此也造成了媒體的競爭力增強，這對網路媒體的發展而言，都是一個相當正面的訊息。網路傳播的更新週期可以用分秒計算，而電視、廣播的週期則是

以天或小時計算，報紙的出版週期更是以天甚至以週計算，期刊與圖書的更新速度則更長。以新浪網為例，當1999年3月25日凌晨3時，北約空襲的爆炸聲音響起之際，幾乎同時在新浪網上就出現了相關的快訊。而且，在往後的戰爭過程中，新浪網以各種圖像、文字的方式呈現新聞，幾乎每隔兩三分鐘就更新一次。

(二)內容豐富、資訊儲量大

　　網際網路被譽為「數位化圖書館」，資訊的豐富性是目前任何傳播媒介所無法比擬的。不論古今中外的所有資訊，只要輕輕按一下滑鼠即可獲得，這也是其他媒體所無法做到的，而網際網路上採集資訊的途徑也很多，這些過程都是基於其傳輸控制協議／網際網路協議及各類強大的功能加以實現的，如：電子郵件、全球資訊網、電子布告欄（BBS）、新聞討論組（Usenet News）、文件傳送（FTP）。由於這些功能在新聞傳播中處於一種複合使用的狀態，故可使傳播的範圍和影響力，在極短的時間內擴張到最大。網際網路容量大的優勢，還可以具體地呈現在網路傳播的新聞報導和數據資料庫中。網路傳播可以不限時、不限量地儲存和傳播訊息，運用各種數據資料庫，使得閱聽人可以隨時對歷史文件進行檢索。對新聞傳播來說，網路傳播的這一重要功能，確實開拓了實施「深度報導」新的深度，它能夠讓讀者對新聞發生的背景及其影響進行通盤的觀察，進而更準確地判斷實際環境中所發生的任何變化。

(三)即時互動、訊息個人化

　　是否能夠讓資訊和使用者進行互動，這是區別網路傳播和傳統傳播方式的一個重要分水嶺。網路用戶可以對網路資訊進行加工、處理、修改、放大和重新組合，成為操作資訊的另一個主體，反觀傳統的報紙、廣播、電視，主要還是以傳播者為主體，用戶（即受眾）只

能在有限範圍內進行選擇，或者只能單向式的接收，而且資訊回應的途徑少、反應的時間慢，無法真正實現與閱聽人（受眾）相互交流，反過來說，大多數的網路媒體都有設置「用戶論壇」、「快速回應」、「電子公告」、「留言板」……等，提供讀者或用戶發表意見，並同時可以閱讀其他人的意見或就某個問題相互激盪。這樣的溝通或傳播方式，使受眾在接收資訊時，較以往擁有更多的自主性。

網路傳播可即時更新的特點，提高了新聞的時效性，也就是說，資訊的本身可以很方便地讓受眾隨時隨地接收。同時接收的方便性，更可使受眾排除媒體傳播時間的限制，得以完全按照自己的需要，隨時進行資訊的接收。因而受眾可以更自由地、更方便地、更適合自己需要地選擇資訊，當然同時也包括了選擇的內容及接收的時間與方式。從一定的意義上看，這將改變人們目前依照媒體播放或印行的時間，來安排自己生活的習慣。

因此，從這些誘人的條件而言，資訊傳播的個人化、互動性和回應的及時性，是網際網路上最具吸引力的特點。

(四)網路傳播實現聲音、畫面和文字的一體性

傳統媒介傳播資訊的形式，總是或多或少受到許多主觀、客觀條件的限制，但網際網路則可以在技術的層面上，實現多媒體傳播的理想。

一般來說，多媒體被定義為「將相互分離的各種資訊傳播形式（如語言、文字、聲音、圖像和影像等）有機地融合起來，並進行各種資訊的處理、傳輸和顯示」。所以多媒體不僅能向用戶顯示文本，還能同時顯示圖形、影像和聲音。由於網際網路具備了如電視般影音合一的特點，同時在另一方面又具備了報紙的可保存性，因此從媒介特質來看，網際網路實在得天獨厚的兼具了電視、廣播和報紙三大媒介的特長。

(五)超文本與超連結

我們在網路的應用中，常常會聽到超文本的字眼，那麼什麼是超文本？

所謂超文本，是一種非線性的資訊組織方式。超文本設計成模擬人類思維方式的文本，即在數據中又包含有與其他數據的連結。用戶只要在文本中加入已標注的一些特殊的關鍵字和圖像，就能打開另一個文本。而超媒體又進一步擴展了超文本所連結的資訊類型，用戶不僅能從一個文本跳轉到另一個文本，而且可以聽到一段聲音，顯示一個圖形，或播放一段影片。網路以超文本、超連結方式組織新聞資訊，用戶在接受新聞內容時，可方便地連接和跳轉，更加符合人們閱讀和思維的規律與習慣。

我們可以很清楚的知道，網路改變了資訊的方式，它的魅力之一即在於將分布全世界的圖文並茂的多媒體資訊，用超連結的方式組織在一起，因此用戶只要連接到一個網頁，在超連結的關鍵字上按一下滑鼠，就可以看到相關的其他網頁。如前所言，這種方式恰恰適應了人類的思維方式，改變了我們傳統的閱讀習慣，使讀者更加便利。

網際網路之所以能在1990年代得到迅速發展，必須要歸功於全球資訊網的出現。全球資訊網的超文本、超連結的思想，改變了網路資訊的結構方式，使資訊之間的聯繫與關係，不再是線性的、一元的，而是網狀的、多元的。因此，超連結不僅大大方便了人們上網獲取資訊，還給我們提供了一個前所未有的超大資料庫，在這個超大資料庫中有著取之不盡的資料，而且這無數的資訊之間，又可以形成另一種多向式的聯繫。

(六)全球性和跨文化性

網路傳播不但突破原有的地域限制，讓資訊之間沒有任何疆界和

網路 新聞學
Web Journalism

藩籬，更重要的是，在跨國傳播的成本上與傳統的媒體相較，眞的可以說是相當低廉。這樣低廉的成本使目前幾乎所有國家和地區，都可以透過網際網路相互連接，因此形成的網路傳播，可以稱得上具有全球性和跨文化性的特色。

因此，在二十一世紀的今天，我們可以說網路傳播已經完全地打破了傳統的或者物理上的空間概念，讓網路資訊傳播實現了無阻礙化，也讓資訊透過網路傳播，使地球村的理想得以實現。因此，眞實的地理距離已經不存在了，國界等限制也不再是阻礙了，網路上的新聞傳播，確實做到了不是單一文化，而是跨文化的傳播，這樣的網際網路傳播方式，爲不同國家之間的跨文化傳播，提供前所未有的方便和迅速的交流管道。但是我們也必須說明，並非每個網站都能吸引到全球的網友，即使一個網站擁有廣泛的用戶，這個網站的內容也應該針對不同區域、不同文化背景下的用戶，提供具有特定性的服務。

總結地說，由於網路傳播所具有的全球性，使得網友可以用很低的成本，在世界各地便捷地選擇其喜愛的新聞網站，主動獲取所需要的各類資訊，這個過程無形中也增加了政治的開放性和透明度。

二、劣　勢

雖然網路成功地創造了第四媒體在資訊容量、傳輸速度的神話，但當我們仔細檢視網路媒體的時候便會發現，在它身上其實還存在著更多的問題，「網路並不是平面報紙的數位化未來」，從它誕生之日起，便有幾個重大的缺憾，如同原罪那樣揮之不去。

此外，由於網際網路是一個自由開放但身分隱秘的地方，因此網路犯罪的隱秘性非一般犯罪可比，從這些年層出不窮的網路詐騙案件的實例中可得到證明。由於網際網路的自由性、開放性和隱秘性，使得網路中的犯罪行爲愈演愈烈，而且難以被發現並受到懲罰，以至於

網路成為高智慧犯罪的溫床。當然，有利必然也會有弊，雖然我們知道網路有這麼多的好處，但是在網路的發展過程中，對網路傳播的開發者而言，前面的道路還有許多的障礙需要突破。

(一)網路廣告收費方式的劣勢

從網站的經營來說，維持網站生存的命脈仍然和其他傳統媒體的生存方式一致，至少到目前為止仍是如此。我們知道維持網站的生存主要還是必須依賴廣告，但與傳統媒體計算方式相差甚多的是，網路廣告的收費方式一般是基於廣告的實際顯示次數來定，平常通用的模式是CPM（cost per thousand impressions）。網路廣告（通常形式是人稱旗幟或圖標廣告的Banner）每出現一千次，依台灣目前的新聞網站來說，一般收費的訂價是在一百五十至三百元之間。

而在印刷媒體的廣告這部分，通常根據發行量來確定廣告的價格。從某種角度可以說，報紙根據其所印刷的報紙報份多少來進行訂價，發行的數量多，讀者的接觸率大，影響層面大，自然廣告的價格就會比較高，這個小小的區別，導致了兩者在財務上的不同命運。我們以一個例子來加以說明。

以美國《洛杉磯時報》為例，假設你在這個發行量達一百萬份報紙的體育版上登了一個廣告。如果那天只有一半的人閱讀體育版，亦即那些讀者中只有五十萬人確實看到了刊有你廣告的那個版面。但是，你的廣告費用仍然是依照一百萬的總發行量來計費。

作為對比，網站的經營就比較實惠了。想像一下你在《洛杉磯時報》網站登了一個廣告，那一天網站不重複訪問者（按不重複IP地址計算）為一百萬。如果這一百萬中只有一半的人去看體育版，並且只有一半的人進入有你廣告的那個網頁，你只需要向網站支付基於二十五萬實際顯示次數的費用，而不是為整個網站的一百萬訪問者付費。

印刷出版物與網站的廣告費率即使相同，閱讀率相當，網站也只

能賺印刷出版物收入的幾分之一。

(二)資訊的安全管理

網際網路在發展的開始，就設計成不需要控制中心的工作的模式。因此，在網上並不存在對資訊監控、審查和封鎖的管制，而這一結果被稱為「迄今為止最大程度上，可以讓大眾參與發表言論的形式」。但隨著整個網路系統的開放性、兼容性而來的，反而是網路的安全問題，一般而言，網路安全包括國家安全、商業、個人、自身（網管）安全四個層次。

目前，國際普遍認同的維護網路安全的途徑有兩種。一是技術保護，這是透過網路主機或在伺服器上加裝安全軟體，對上網的資訊加以檢查過濾。二是立法保護，靠制定完善法律和法規，來對網路傳播行為進行約束。這兩種途徑都有一定程度的保護作用，但網路安全意識卻未普及，許多網友並未採取任何安全保護措施。

(三)侵犯智慧財產權

由於資訊生產和加工可透過電腦化、網路化的協助，讓網路資訊業者得到了極大的便利，但卻也同時方便了不肖者據以複製和抄襲牟利。正如有人戲稱ICP（Internet Content Provider，網路內容提供者）是 "Internet Copy & Paste"（網路複製和貼上），一針見血地反映出網路智慧財產權保護的混亂狀況。

侵犯網路智慧財產權的形式，包括抄襲他人的文字作品、網頁設計、任意下載、刪改、轉發和刊登其他網站的資訊內容，造成現在網站控告網站、網站控告傳統媒體、傳統媒體控告網站、著作權所有人控告網站等訴訟案件頻頻發生。例如台灣在2005年發生，財團法人國際唱片業交流基金會（IFPI），控告飛行網（KURO網站）侵害著作權之案例，台北地方法院認為，飛行網未經授權，即以收費方式，違

法提供會員傳輸及下載音樂，於2005年9月9日依違反著作權法，判決提供高科技犯罪的飛行網董事長父子三人及會員有罪，此案創下台灣第一宗提供網路下載被判有罪的案例。

　　為保護智慧財產權，美國1997年通過了《網路著作權責任限制法案》、《世界智慧財產權組織著作權條約實施法案》、《著作權與科技教育法案》；1998年10月又頒布了《數位千禧年著作權法》（DMCA, Digital Millennium Copyright Act），其中規定了數位化資訊的版權保護和使用問題，並賦予資訊所有者「數位化作品如果在網路上使用，就可以對其收取使用費」的權利。

　　而日本國會於1997年6月10日通過《著作權法修正案》，修正的主要內容擴大了傳媒的公開傳播權的範圍。1997年11月12日歐盟執委會針對資訊社會著作權，制定了履行智慧財產權日內瓦條約的新規則，其中規定了重製權、公開發行權、著作權管理訊息等內容（詳見本書第十五章網路新聞的法規與倫理）。

（四）數位鴻溝

　　平心而論，網際網路技術的快速發展，讓貧富國家的差距變得更為明顯，即所謂強者愈強、弱者愈弱的馬太效應（Matthew Effect）*，這在網路傳播方面表現得更為明顯。一方面，在家庭電腦擁有量較高的西方國家，網路傳播發展迅速，個人獲取網路資訊非常便捷；另一方

---

*馬太效應（Matthew Effect）一詞，出自《聖經》新約馬太福音25章29節：「凡有的，還要加給他，叫他有餘；凡沒有的，連他所有的，也要奪去。」在《第五項修煉》一書中，亦有探討到系統結構中存在的一個基本結構，稱為「富者恆富；窮者愈窮」的系統基礎模式。我們可以從意義與原因這兩個面向來看：
一、現象的意義：這個行為（或者社會現象）在自然界乃至於社會中非常普遍，例如天擇、習慣的養成、財富的累積、企業的成長，乃至於月暈效應的出現等等。
二、出現原因：主要是因為兩個勢力的資源競爭（例如競爭財富、競爭生存權、競爭反應速度等等），其競爭能力隨累積的資源多寡而增減。因此，你會發現，在財富上，貧者愈貧、富者愈富的現象與趨勢。

面，許多第三世界國家的溫飽與教育問題尚未解決，當然更談不上從網路獲取資訊，這就造成富國容易獲得資訊，並從中賺取更多的財富，而窮國因為訊息閉塞，造成經濟更為落後。

目前，世界各國範圍較大的基礎性網路資訊設施，都是由國家統一規劃布局並興建的，因此不論從各國綜合國力、技術水準來看，也造成網路的發展水準存在很大的差距。目前的情況是，傳播和技術已冷酷無情的把世界隔離成兩個陣營，一是由受到良好教育且極具經濟實力的資訊權貴所有，他們是電腦系統的經營者，控制著傳播工具。另一則屬於傳播圈的「下層階級」，這裡的成員水準有限，他們在巨大的傳播機器的擺布下，過著物質與精神雙重貧困的生活，而網際網路則加速了弱者更弱、強者更強的過程。

在讀完本章節後，你是否能回答下列的問題呢？

1.未來傳統媒體有哪些轉型的趨勢？
2.網際網路得以快速發展的因素有哪些？
3.什麼是「全球資訊網」（WWW, World Wide Web）？
4.你能舉出網際網路的優勢和特性有哪些？
5.請問網際網路發展上的劣勢為何？

第二章

網路媒體的現況與展望

第一節　網路對傳統媒體之影響

　　網際網路的優點究竟有多少，我們可以這麼說，它不僅具有電腦空間儲存大量資訊和光纖高速傳遞的驚人能力，並且集文字、聲音、圖形、影像等多種符號形式於一體，不但可以為用戶提供文字、圖形、聲音、數據和影像等資訊服務，更具體實現了全球「資訊共享」的夢想。從另一方面來說，網際網路囊括了報紙、廣播、電視傳媒的呈現方式和特點，同時也有它們所不具備的優勢，正因為如此，網際網路給傳統媒體帶來了前所未有的巨大衝擊。網際網路對傳統媒體具體的影響，我們可以分成下列各項來探討。

一、網路技術打破傳統新聞格局，影響新聞傳播的分工和傳播特性

　　網路具有「資訊發布完全開放」和「資訊獲取快捷便利」等特點，只要擁有一部可上網的電腦和一定程度的網路技術，任何人都可以使網路成為自己的「新聞媒體」，完全不需要像創立一家報社、電台、電視台那樣，需要繁複的申請程序和雄厚的經濟實力。從目前的情況來看，就技術上的可操作性而言，網際網路確實正成為一種可以不受社會分工限制、不受意識形態限制、不受經濟條件限制，人人都可以自己獨立擁有和操作的新傳播媒體。

　　從世界各國的網路運用情況來說，相當多的個人也成立提供資訊服務的專門網站，成為具有實質意義的新聞傳播者。在1998年，當美國總統柯林頓（B. Clinton）與魯文斯基（Monica Lewinsky）的緋聞，成了全世界所有的媒體關注焦點的時候，最早將這一「爆炸性新

圖2-1　馬特‧德魯吉將柯林頓緋聞案消息搶先在自己的
　　　　個人網站上公布。

聞」公之於世的是一個名叫馬特‧德魯吉（Matt Drudge）的年輕人
開設的個人網站www.drudgereport.com（見圖2-1）。1998年1月18
日，德魯吉得知《新聞周刊》記者寫了一篇關於柯林頓和魯文斯基有
曖昧關係的報導，但編輯部在即將發稿時卻把它撤了下來，他立即將
此消息搶先在自己的網站上公布，而其他眾多媒體對此加以公開報
導，則已是兩天後的事情了。從此以後，德魯吉的名聲大噪，儘管其
網站的新聞報導時常發生為追求時效而失實的事，但包括許多權威大
報在內的美國媒體，也不得不時時刻刻盯著他的網站，以免漏掉任何
突發性新聞。

　　另外，由於網際網路具有獨特的「連結」功能，使那些並不專門
提供新聞服務的商業網站或個人網頁，也可以讓其瀏覽者通過與新聞
網站或網頁的連結，方便地獲得感興趣的新聞資訊。

　　因此，網際網路的出現，在某種程度上已經打破了新聞傳播的社
會分工，使更多的機構和個人進入了新聞傳播者的行列，雖然傳統新
聞媒體在傳播領域中的主體地位，目前不會發生根本性的動搖，但在

新聞傳播過程的各個參與者的角色扮演,勢必會愈來愈模糊,到最後許多組織和個人,都可能集傳播者和受傳播者角色於一身。

網際網路的風行全球與快速發展,也給傳統媒體未來的運作帶來了非常大的影響。傳統的新聞媒體由於其傳遞資訊的方法和形式不同,而分別具有各自的特性。以報紙而言,作為一種紙本的印刷媒體,在傳遞新聞資訊時,其篇幅可長可短,內容以深見長,形式上透過字級的大小、字體的變化、圖文的搭配給人以美感;而電台廣播則是以聲音傳遞新聞訊息,可以給人內容感情並茂的感覺,聽眾接收新聞則可以不受交通、氣候等自然條件限制,也可以排除收聽場域的問題;電視則主要透過活動的影片傳遞新聞資訊,在影像、聲音、畫面的互相配合下,呈現的內容與形式對觀眾而言更有吸引力。長期以來,這三種媒體儘管在閱聽人口、廣告市場上互有競爭,但因為各有其特色而形成了各自的受眾群體,占有了相對固定的市場,使這些媒體得以和平共處、共同發展,甚至以整合行銷的方式相互合作、截長補短。

然而隨著網際網路的發展,對前述這些狀況已產生了潛移默化的影響。依網際網路的世界而言,報紙、廣播、電視之間的區別可以說是所剩無幾。報紙的網站不但可以一如既往地提供文字和圖片的報導,也可以提供記者的採訪錄音或新聞事件的現場影像;同樣地,電台或電視台的網站在提供影音報導時,也可提供更具深度的文字報導和更便於保存的精彩圖片。這樣一來,各種媒體的網站在新聞的表現方法和形式上更趨於互相融合,共通性日多而差別性日少。這必然會對這些媒體平時的運作和行為產生一定影響,例如,一家媒體在報導一個事件時,可能會同時產製文字新聞、圖片新聞、廣播新聞和電視新聞,在供原有媒體使用的同時,也能有材料供其網站使用,這就是所謂「大編輯台」的概念。

因此,受網際網路的影響,未來傳統媒體在新聞表現方法和形式

上，傳統性的做法可能會因逐漸兼容而日漸模糊，各自只能在新聞的內容和時效性上決一勝負。

二、網際網路打破傳統媒體採、編、播新聞之概念，為新聞工作者和新聞機構提供全新的思維

作為一種全新的傳播媒體，網際網路帶來的不僅是技術上的巨大進步，而且是觀念上前所未有的更新，這一點已經完全地表現在新聞傳播的整個過程中。

(一)新聞工作者開創豐富的訊息來源

網際網路本身是一個五顏六色、四通八達的資訊「超級市場」，新聞工作者在網路世界中既可以增長見識、開闊視野，也可以發現很多很有新聞價值的線索、訊息或材料。在日常工作中，網路也成為記者、編輯經常使用的訊息來源。例如，一個記者要到某個政府部門採訪某官員，他可以先進入這個部門的網站了解相關訊息，編輯在編輯的過程中遇到問題，也可以先上網查詢有關資料。當然，網際網路上許多的資訊是真假難辨、良莠不齊的，記者和編輯們必須有清醒的頭腦和專業的判斷，才不會掉到陷阱裡去。

(二)記者增添快捷便利的採訪、傳輸工具

網際網路既是一種傳播媒體，也是一種通訊工具，因此，它已經成為繼電話之後使用人數愈來愈多、使用頻率愈來愈高的一種採訪工具。記者可以透過網路在短時間內蒐集新聞對象的相關背景資料、紀錄、新聞，遠比傳統的採訪工具和採訪管道，收穫更多但時間更節省。

此外，目前幾乎所有的新聞機構都是利用網際網路來傳遞收發稿

件。過去記者到外地或出國採訪寫成稿子後，一般透過電報、電話、傳眞等方式將稿件傳回編輯部，不但成本較高，消耗時間而且也不方便，有時還得不到保障，嚴重影響新聞時效。而現在，只要一部筆記型電腦和電話，就可將稿件透過網路迅速傳回。分布在世界各地的讀者、聽眾和觀眾也可以透過網路向新聞機構投稿。

(三)媒體的新聞產品將趨多媒體化

由於網際網路是一種集文字、圖像和影音爲一體的多媒體平台，所以任何想利用網路或爲網友服務的新聞機構，都必須使自己的產品或服務具有多媒體的功能，以便擁有更多的閱聽大眾。因此，現在進入任何一家新聞媒體的網站，你不但可以看到文字報導，也可以看到精彩生動的圖片，有的還提供影音報導，爲了吸引網友的目光和瀏覽的時間，有的網站甚至提供大型活動的網路直播。由於必須配合網路競爭的特性，新聞媒體在日常新聞採集和製作中，就得考慮在新聞產品構成時，是不是能夠具體而有效的呈現多媒體的特徵。

(四)傳統媒體採編機制產生微妙變化

到目前爲止，大多數媒體的網站發布的新聞，仍然主要是其母體媒體內容的翻版或摘錄，但也有愈來愈多的媒體網站開始發布第一手消息，在這種狀況下，媒體原有的編播採發機制必然會受到影響。會有哪些部分因此而有調整呢？綜合來說，一是稿件的分配：哪些稿件刊於母體媒體？哪些稿件登於網路媒體？兩者間如何協調？這些都是傳統媒體面臨的新問題。二是發稿的方式：過去，報紙的發稿時間是以天計算的，電台、電視台是以節目間隔時間計算的，而如今隨著網路媒體內容更新的頻率愈來愈高，許多報紙網站每天至少更新兩次，電子媒體網站則一般更新四次以上，遇到重大突發新聞更是隨時更新。有人說，每一個網站都可能成爲一家通訊社，就發稿時間和頻率

來說，這並非聳人聽聞。

　　傳統媒體除了受上述兩方面的因素影響之外，媒體在採編人員的分工上，也要做出相應的調整措施。目前大多數新聞媒體網站採取「採統編分」的運作方式，所有的新聞仍然由現有採訪部門的記者統一採寫，但由不同的編輯系統進行處理，以分別供母體媒體和網路媒體採用，但也有一些媒體已經實行兩套體系，完全分開工作，這樣的好處是分別的作業，其內容可能比較符合特定媒體的特性。

三、網路對受眾獲取新聞的方式產生衝擊

(一)受眾對傳統媒體的依賴下降

　　一般而言，一種新媒體的誕生，必然或多或少從舊有媒體奪去一部分受眾。儘管報紙、廣播和電視等傳統媒體，仍然是站在新聞來源的主導地位，但已經有愈來愈多的人透過網路獲取新聞訊息，也是不容否認的事實。美國邱比特傳播公司（Jupiter Communication）在1998年2月公布的一項調查結果表明：美國61%的網友對國內外新聞的取得，已經是來自於閱讀網路。

　　由於網路傳播速度的快捷，因此只要一旦爆發重大突發事件，便會有愈來愈多的人，把網路作為一個主要的消息來源。據美國邱比特傳播公司的調查，如果想知道突發性新聞，有76%的人會打開電視，12%的人將上網，9%的人會打開收音機，另外還有2%的人將等候明天的報紙。1998年9月11日，美國眾議院以三百六十三票對六十三票通過一項非同尋常的決議：將獨立檢察官史塔（Kenneth W. Starr）關於柯林頓緋聞案的調查報告全文在國會的網站公布。這一舉動充分表明了網路作為一種獨立的媒體日益成熟和重要的地位。當天下午二點二十分，長達四百四十五頁的「史塔報告」在網路公布後，全世界

的網友爭相上網先睹爲快，造成了網路的嚴重「塞車」。據統計，美國有線電視新聞網的網站（CNN.COM）當天的訪問率爲平常的兩倍，平均每分鐘的點閱次數達三十四萬人次。

雖然人們在不上網的時候，仍然會讀報紙、聽廣播或看電視，但每天畢竟只有二十四小時，上網時間多了，根據排他定律，必然會影響閱聽人對這些傳統媒體的關注。因此也有跡象顯示，在網路用戶中的確出現了減少對傳統媒體「使用」的趨勢。美國Intelliquest公司調查，在網際網路用戶中，有10%的人說自己目前讀報的時間比以前少了，18%的人說自己讀雜誌的時間比以前少了，而說自己看電視的時間比以前少的人竟高達78%。由著名的尼爾森媒體研究中心進行的另一項調查也印證了上述事實：在美國已上網的家庭比未上網的家庭，收看電視的時間要少15%。

(二)受眾與媒體之間的雙向交流增強

長期以來，一方面由於傳統媒體對新聞傳播的壟斷，導致新聞工作者形成了「我說你聽」的傳播模式，另一方面由於報紙、廣播、電視等傳統媒體的技術特性，限制了媒體與受眾之間的交流，因此新聞傳播一直以一種由新聞媒體向受眾單向流動的模式進行。新聞媒體根據自己的判斷，決定提供什麼樣的新聞訊息，廣大受眾只能被動地「照單全收」。爲了密切與受眾交流，深入了解受眾的需求與意見，新聞界做了許多努力，採取一些加強溝通的措施，來設法彌補這個缺憾，例如報紙開闢了「讀者投書」版，電台設立了「叩應熱線」，電視台邀請部分觀眾參與節目。但這些交流有些是「點對點」的，有些是局部的，但都受到各種主客觀條件的限制，其實很難達到理想的效果。而作爲一種互動式媒體，網際網路憑藉其技術上的優勢，則可以從多方面改進傳播者與受眾之間的雙向交流，這是其他媒體所做不到的，我們可以由以下幾個方向來加以印證。

1. 讀者在閱讀網站新聞的過程中，可以很方便地透過電子郵件與作者或編輯交流，即時地把自己的看法和意見反映到編輯部。這與報紙的讀者投書或電台的聽眾熱線，並沒有多少本質上的區別，但網路媒體在時效上卻要快上許多。

2. 讀者可以把對某個網站的某種報導的看法，「貼」到「留言板」上或在某個「論壇」發表，並與其他網友一起討論。1998年12月16日，美國對伊拉克實施了代號為「沙漠之狐」的空中軍事行動。美國東部時間當天下午五點，當美軍對伊拉克的轟炸才剛剛開始不久，就有五百多人湧進美國有線電視新聞網網站（CNN.COM）的「聊天室」，就此事發表自己的看法。這種受眾與受眾之間，就新聞傳播的內容進行橫向交流的途徑，是傳統媒體所無法普遍提供的。

3. 報導的記者和編輯可以在「聊天室」裡與網友「座談」，即時溝通對某個新聞事件或某條新聞報導的看法。這種聊天方式不受地域和場所的限制，世界任何地方的人都可以參加，再多的人也可以容得下。依靠這種形式，媒體與受眾之間、受眾與受眾之間，都可以建立一種「一點對多點」、「多點對多點」、橫向與縱向交織的多元互動交流關係。

四、網路新聞傳播需要高素養、複合型人才

有鑑於網路技術的迅速發展，網路媒體一時之間風起雲湧，使傳統新聞的運作發生了很大的變化。世界各地，尤其是在美國，幾乎所有記者和編輯都已經熟練地使用電腦，他們樂於採用電子郵件與人聯繫，同時喜歡上網搜尋所需的資料和發掘新聞資源，甚至直接透過網路進行遠距離採訪。

因此，從以上這些發展，我們可以清楚的發現，網路提高了記者

們發稿的數量，拓展了他們報導的深度與廣度，而且，由於新聞作品的即時上網發布，也使他們報導的影響範圍日漸擴大。

從現階段美國的網路媒體來說，他們不但度過了僅把傳統媒體內容複製上網的初級階段，第一手的新聞內容直接上網發布的數量也有顯著增加。這意味著電腦技術和新聞實務更加緊密的結合，這種趨勢勢必需要兩者兼能的複合型記者。正是在這種趨勢下，促使部分傳統媒體從業人員，離開了他們認為已過時乏味的編輯部，全心全意地朝數位化媒體發展。

新科技對於新聞業的衝擊也表現在甄選新人方面。美聯社的編輯在面試新人時，不僅看履歷表，還會詢問應徵者是否有個人網頁。雖然美聯社需要有實體新聞經驗的人才，但還是希望應徵到可以悠遊在網路世界的人。在新科技快速發展的年代，媒體需要擁有兼具傳統和未來性技能的人才，他們必須富有想像力，並能夠處理多媒體文本。

由於各類電子出版物的蓬勃發展，更加劇了需求複合型記者的趨勢。例如，美國的《甘乃特報》的招聘人員特地查看了應聘者的網路學院論文，以檢驗他們是否具備合適的能力。負責招聘和分配工作的負責人說：「我們招聘人員注重腦力和潛力，遠勝於功能性和技能。但是在招聘中往往發現，具備電腦文化的應聘者中，他們多能表現出思路清晰、分析和整合能力強的優勢。」《芝加哥論壇報》網路新聞編輯也認為，擁有個人網頁的應徵者的能力略勝一籌。因為電腦能力可以顯示他們的好奇心和實際能力，就像以前的應徵者如果要吸引公司注目，就必須要提出一些他的著作一樣。

由此可見，網路時代的新型記者，除了要具備傳統媒體所必需的新聞專業技能，毫無疑問地，還需要具備一定程度的電腦知識和操作能力，當然，掌握英語這一輕鬆馳騁網路工具，更能夠上網獲取許多國際上的參考訊息。以這個發展模式來看，一個優秀的新媒體記者，將是一個擁有自己的個人網頁、熟悉處理文本、照片、圖表、音訊和

視訊等材料，以及各種電腦文化的複合型人才。因此，這將有助於有志成爲網路新聞媒體工作者自我督促和要求的開始。

　　同時，由於網路新聞的採訪發布方式，與傳統媒體有著很大的不同，一方面，人人可以自行在網路發布新聞，另一方面，記者的採訪對象往往是未曾謀面的人物，因此，作爲網路新聞媒體的記者、編輯，要有較強的「守門意識」、強烈的社會責任感和良好的新聞職業道德素養。也就是說，除了全面掌握網路傳播的技術因素以外，還要具備更強的非技術因素，這樣才能成爲網路時代合格的新聞傳播人才。

第二節　台灣地區網路發展歷史與現況

一、發展歷史

　　在1970年代，那時正是台灣電腦網路的拓荒時代，學術界的兩個重要單位「國家科學委員會」與「教育部」，開始爲台灣學術界的電腦網路環境，努力開闢一片新天地。當時所發展的網路係以非營利、且以促進教學研究活動及學術交流爲目的之電腦網路，其範圍也以大學校院及各研究單位爲主。

　　在1980年代早期，大學校園建築物內，就有零星的區域網路建設。1986年前後，電信局在新竹地區鋪設光纖電纜，將交大、清大、科學園區、工研院連結成一個電腦網路系統。其後數年，國立大學的校園網路與校際間網路計畫（即台灣學術網路的前身）幾乎同時進行。1990年，教育部科技顧問室提撥八千萬元經費，補助十二所大專院校校園網路建設的工作。整個發展之基本架構可以分爲校園網路、校際網路，以及國際網路等三個層次，分述如下（陳家俊，1995）：

（一）校園網路

校園網路是所有網路發展的基礎。教育部科技顧問室推動實施「校園網路三年發展計畫」，於1980年起提供專案推動經費，大力支援各主要大學建立校園網路，期望透過網路以整合校園內既有之電腦資源，並作為提供學術及教學研究的傳輸管道。

（二）校際網路

在國內校際網路的發展，最早可追溯到1986年起，利用電信局的數據線路，將幾所國立大學院校之相同廠牌的電腦主機加以連接。這種形式之校際網路，基本上係採用主機對主機的連線方式，包括：

1. 六個大學資訊相關科系或電算中心，其VAX主機連結而成資訊網（InFormation NETwork, IFNET）。
2. 七所大學院校之計算機中心之CDC主機，也構成一個大學網（UNIversity NETwork, UNINET）。但是，這兩個網路卻彼此不相往來。
3. 教育部教學研究資訊服務站，以IBM主機對主機連線或是在學校中設立工作站的方式，連線到台大等十五個學校。

（三）國際網路

台灣在1987年時加入BITNET，此即我國第一條國際性的學術網路。這件事對台灣學術界來說，是一個重要的轉捩點，因為這意味著與全球資訊同步。雖然今日BITNET的重要性，已不比當年，但是它確實將新資訊引領進入台灣，促成今日台灣網際網路的發展。

二、現　況

目前，台灣地區主要的網路為：教育部的台灣學術網路（TANet）、電信局的網際資訊網路（HiNet），以及資策會的種子網路（SEEDNet）。三大網路都能夠互相連接，彼此共享在各網路之資訊資源。茲分述於下：

(一)台灣學術網路（TANet）

教育部電子計算機中心在1989年提出「台灣學術網路」（Taiwan Academic NETwork, TANet）的計畫。TANet的主要目的是：支援全國各級學校及各研究機構間之教學研究活動，以相互分享資源並提供合作機會。這個計畫從規劃到執行推動，受到美國學術網路發展的影響極深，且自我期許成為國際網際網路的一環，因此其主機地址（IP address）、領域名稱（Domain Name）以及通信協定等，均採用國際性標準來制定與規範（陳家俊，1995）。

1991年12月3日，台灣首次透過美國普林斯頓大學（Princeton University）之JvNCnet，連結美國國家科學基金會網路（NSFnet）之骨幹，並與全球網際網路串接，可直接提供國際間的電子郵件、檔案傳送與遠程載入等功能。在試用半年之後，教育部在1992年6月9日正式對外宣布啟用台灣學術網路。1995年10月，TANet進入美國的連接點改變了，由東岸的JvNCnet移至西岸的SPRINTLINK，此線路已成為TANet與全世界的網際網路銜接點。

TANet將全台共分為數個區域，每個區域分別成立一個以國立大學計算機中心為主要成員的區域網路中心，負責該區所有相關事宜。台北地區由於大專院校眾多，所以負責單位為教育部電算中心、國立台灣大學、國立政治大學三個單位。桃園地區的負責單位為國立

中央大學；新竹地區的負責單位為國立交通大學；台中地區的負責單
位為國立中興大學；雲嘉地區的負責單位為國立中正大學；台南地區
的負責單位為國立成功大學；高雄地區的負責單位為國立中山大學；
花東地區的試行負責單位為東華大學等。

　　TANet具有骨幹（back bone）和區域（regional）的網路架構。
其架構可分為三個階層：

■第一階層：國家骨幹網路

　　國家骨幹網路由教育部及區域網路中心負責。其功用為對內負責
連接各地區區域網路中心，對外負責連接國際網路；同時負責連接國
內相關之網路，如HiNet、SEEDNet等。

■第二階層：地區性網路

　　地區性網路由區域網路中心與縣市教育網路中心負責。透過區域
網路中心與國家網路骨幹相連接，並視需要建立地區性之骨幹線路，
由縣市教育網路中心來連接縣市教育網路。

■第三階層：校園網路或單一機構之區域網路

　　此一網路如研究單位、教育行政單位、社教機構等，由電算中心
或類似單位負責。

　　各區域網路中心經由高速（從256K至45Mbps）線路連接，並包含
骨幹必要之備援線路，由各區域之鄰近學校及研究單位連至各區域網
路中心，其網路專線速度則視連線單位的需要自行決定。貫穿於各個
區域網路中心之間，大部分是T1速率的數據專用線路，形成台灣學術
網路的骨幹。其他連接單位可就近租用數據專線，與區域中心相連。
新竹的國科會高速電腦中心，更以T3的專線與台北教育部電算中心連
線。

　　根據台灣大學所整理「台灣學術網路」顯示，台灣學術網路已經

連接一百個以上的學術研究機構，幾乎包括所有公私立大學暨獨立院校，部分專科學校以及幾所中小學。分布情形則較偏重大台北地區，其次爲台中地區，再其次則爲高屛地區。

此外，其他凡是以傳輸控制協議／網際網路協議爲基礎之各項應用，皆可於TANet上提供服務，包括：全球資訊網（WWW）、地鼠資訊服務系統（Gopher）、網路討論群體（NetNews）、電子布告欄（BBS）、多人交談系統（Internet Relay Chat，簡稱IRC）、全文資訊檢索系統（Wide Area Information Server，簡稱WAIS）、公用軟體查詢系統（Archie）等網路服務功能。

(二)種子網路（SEEDNet）

1988年起，財團法人資訊工業策進會（簡稱資策會）在經濟部的支持下，聯合國內資訊業界與學術研究單位，進行一項「資訊軟體發展環境建立」（Software Engineering Environment Development, SEED）的計畫。該計畫之目的係在提升資訊軟體的開發及其應用的品質，但爲使計畫成果落實，乃結合現有公衆數據通訊的設施，並建立一個開放性的電腦網路，即是SEEDNet。然而，SEEDNet是經濟部科技專案重點成果之一，並不是資策會擁有的網路，而且其主要功能在提供服務，並非以營利爲目的。

在SEEDNet服務的對象方面，目前有接受團體用戶的申請使用，凡是國內政府單位、公民營事業團體或法人機構，都是SEEDNet服務的對象。此外，也接受個人用戶之申請。利用SEEDNet服務的人可分爲兩種：(1)一般用戶可直接利用SEEDNet所提供的網路服務及資訊服務；(2)資訊提供者（如資料庫業者）則可以在SEEDNet上提供資訊服務。

SEEDNet之主要特質有四（黃燕忠，1995）：

■採取與網際網路相同的開放性網路架構

以傳輸控制協議/網際網路協議的網路通信協定,授與每個節點主機與使用者世界性的統一位址(IP address)與領域名稱(Domain Name),故可與TANet或HiNet以及網際網路中所有的網路相連,讓資訊的流通更開放。

■與資料庫相結合

提供豐富的資料庫資源,如「青輔會求職求才資料庫」、「國產套裝軟體資料庫」等許多即時的資料庫服務。

■具備中文處理能力

提供中文化的使用者介面,方便使用。

■提供以產品市場及技術為主的資訊

SEEDNet以服務產業界為主,提供許多相關的資訊。此外,也與國科會科技資訊網路(STICNET)連線,提供用戶查詢科資中心的各種資料庫。

(三)網際資訊網路(HiNet)

在行政院所規劃的國家資訊基礎建設(National Information Infrastructure, NII)之大藍圖下,為了因應現代化社會對資訊交換與資訊傳輸的需求,交通部數據通信所負責網際資訊網路(HiNet)的推動。HiNet於1994年3月31日開始試用,經過一年之後,於1995年4月1日起正式對外營運。這是目前國內規模最大的商用網路提供者,也為國內連接網際網路開拓另一條通路。其用戶數至1996年1月31日已有四萬一千人左右,成長非常迅速。目前,全省十六個話價區均設有機房,HiNet電話撥接用戶均可以市話撥叫與連線。

HiNet之網路架構為:主幹網路採用訊框傳送(frame relay)網

路或其他高速數據通信網路。全區數據通信機房將裝設終端伺服機、路由器及電腦主機，提供地區性之網路服務功能。其中電腦主機將提供信件、公共檔案、網路論壇、領域名稱等功能。台北中心機房將裝設網路管理系統工作站及國際轉接路由器，以提供全區網路管理及國際網際網路連接功能，並可通過路由器與台灣學術網路以及其他網路互通。終端機或個人電腦用戶，可利用數據機，並通過電話撥接網路或數據專線，連接裝設數據通信機房之終端伺服機，以執行各種傳輸控制協議／網際網路協議的資訊應用。區域網路或電腦主機（含工作站）用戶，可利用數據機、路由器或網路通信卡，並通過訊框（frarm，用來包裝資料的最小單位）傳送網路、數據專線或電話撥接網路，連接本網路各地節點，以執行各種資訊運用。

　　HiNet之主要目標，爲建立全國傳輸控制協議／網際網路協議的主幹資訊網路，並連接國內其他網路，以完成政府、學術界，以及工商界的資訊流通管道。該網路所提供之服務功能有下列三類群：(1)網際通信服務；(2)終端機通信服務；(3)資訊應用服務，分別說明如下：

■網際通信服務

　　1.國內網際通信：提供國內網際網路主幹，使國內網路與網路間之電腦主機，透過HiNet可以傳輸控制協議／網際網路協議的方式，進行各種資訊應用作業，例如：遠端登錄、電子郵件、檔案傳送等。

　　2.國際網際網路通信：提供國內使用者，經由HiNet之國際路由器，與美國或國際網際網路相連，達成國內網路與國際網際網路間之通信服務。

■終端機通信服務

　　提供電腦主機供用戶以終端機方式接入，以獲取下列服務：

1. 遠端登錄服務（Telnet）：只要取得對方許可，使用者可連線到遠端電腦主機，分享該主機之資源與功能。
2. 電子文件存送服務（E-mail）：利用HiNet之電腦主機，用戶可以發送、接收信件。
3. 文件傳送服務（FTP）：透過HiNet電腦主機系統，用戶可與網路上其他電腦系統互相傳送檔案。

■資訊應用服務

1. 領域名稱服務（Domain Name Service）：設立領域名稱伺服器，可將網路上之領域名稱轉變爲IP地址，方便使用者辨識、查詢並連接網路上之主機。
2. 公共檔案區服務（Public Domain Service）：設立檔案伺服器，儲存國內外之公用軟體，使國內使用者不須到國外公共檔案區接取。
3. 網路論壇（NetNews）：資訊可依主題區分爲許多群體（Newsgroup），提供各種資訊交流的園地。使用者可依本身興趣參加不同的新聞群，隨時讀取各領域之新資訊並參加討論。
4. 資料庫服務（Database）：除提供國際檢索資料庫及國內學術網路資料外，尚可透過資料庫轉接設備（gateway）檢索國內各種資料庫，如電傳視訊資料庫。

其他服務還包括如全球資訊網、地鼠資訊服務系統（Gopher）、電子布告欄，以及檔案查詢服務系統（Archie）等。

網際網路的使用人口在全世界均呈爆炸性的成長，帶給人們很大的衝擊，其豐富的資源以及快速更新的特點，是吸引使用者最大的原因。

第三節　網際網路發展之趨勢

　　近年來國內網際網路的應用，經過媒體的熱烈報導、資訊業者的強力推銷及相關單位的推波助瀾，愈來愈多人想知道什麼是網際網路。

　　面對這一波波的使用人潮，不禁想探究台灣到底有多少人在使用？除了學生之外，還有哪些族群在使用？目的爲何？此外，全世界的網際網路到底有多少使用者？

　　研究網際網路的專家們，通常將一個數字視爲網際網路發展的重要指標之一，即是全球連接網際網路的電腦總數。此外，使用者之人口數量以及網路上資料的流量統計，亦爲了解網路發展之重要指標。

　　根據國際電信聯盟（International Telecommunication Union, ITU）調查資料顯示，2004年底全球上網人口達八億七千萬人，普及率達14％。美國以一億八千五百萬的上網人口居全球第一，紐西蘭以82％的上網人口普及率居全球之冠。而台灣地區的上網人口爲一千二百二十一萬人，上網人口普及率達54％，爲全球第十七名（http://www.find.org.tw/find/home.aspx?page=news&id=3992）。

　　以區域別來看，國際電信聯盟資料顯示，亞洲的上網人口最多，占全球上網人口的36％，美洲居次，占31％，歐洲占29％，而非洲與大洋洲則約占4％。

　　目前在台灣的網際網路使用者人數究竟有多少？

　　根據台灣網路資訊中心（TWNIC）2006年7月「台灣寬頻網路使用調查」報告，截至2006年6月30日止，台灣地區上網人口約一千五百三十八萬人，整體人口（零至一百歲）上網率達67.69％。而十二歲以上的上網人口數則爲一千三百零九萬人，上網率則爲67.21％；

其中寬頻網路使用人數約一千二百二十五萬人，約占總人口數六成三（62.87%）。

　　台灣網路資訊中心之調查報告並細分為「家庭上網」、「個人上網」、「無線上網」、「行動上網」等部分，調查結果如下：

一、家庭上網部分

　　根據台灣網路資訊中心之調查報告顯示，目前台灣地區可以上網的家庭已達五百二十五萬戶，普及率高達七成二（72.11%）。台灣各地區可以上網之家戶比例，幾乎均達六成二以上。尤其以台北市（86.01%）、高雄市（84.61%）之可以上網之家戶比例最高，約八成五。

　　另外，台灣地區家中連網方式依序為ADSL（78.94%）、Cable Modem（6.22%）、付費撥接（4.15%）、固接專線（2.57%）、社區網路（0.23%）與免付費撥接（1.12%）。不過，目前仍有4.51%的民眾不清楚家中的連網方式。

　　調查報告中指出，台灣地區約有四百七十四萬戶（65.05%）的家戶已採用寬頻上網，其中使用ADSL的家庭為大宗。只有將近一成（9.16%）的民眾對現今寬頻網路服務業者（ISP）保持不滿意態度；寬頻用戶選擇寬頻網路的主要考慮因素為費用高低、是否方便以及上網速度。

　　在透過ADSL連網的家庭中，高達八成四（84.27%）的比例選擇使用中華電信（Hinet）的服務，其次為APOL（2.92 %）、TFN（2.83%）、數位聯合（2.31 %），使用其他固網與寬頻網路業者服務的比例為少數，但是亦有接近少數（5.13%）的受訪者不清楚其ADSL的提供廠商。另外，使用當地有線電視業者附載的Cable Modem連網服務的家戶數比例（53.87%）持續增加，超過使用亞太固網寬頻上網

（35.58%）連網家庭。

　　整體而言，有超過五成五以上的寬頻上網家戶認為寬頻上網有困擾，民眾上網時最常遇到之困擾，主要為下載速度太慢（20.65%）、其次線路不穩／連線品質不佳（19.82%）與上傳速度太慢（13.14%）。

二、個人上網部分（滿十二歲以上民眾）

　　在個人上網部分來說，男性（67.93%）比例多於女性（66.47%）；其中有高達八成（80.64%）的民眾使用寬頻網路ADSL上網。在個人使用寬頻網路方面，男性（63.82%）使用寬頻的比例高於女性（61.91%）；年齡在「十六至二十五歲」者寬頻使用比例較高，均超過九成，其中以「十六至二十歲」者寬頻使用的比例最高（95.57%），而「五十六歲以上」者寬頻使用的比例敬陪末座（9.89%）。

　　就地區別來看，以台北市之寬頻使用比例最高（77.93%），其次為高雄市（68.09%），再其次為北部地區（不含台北市）（66.17%），東部地區之寬頻使用比例亦為較低（51.76%）。

　　在所有寬頻網路使用者（個人）中，每百人有92.90%的人表示，最常上網的地點為「家中」；在調查中可得知，個人平日（工作日）每日使用時數以「一小時至未滿二小時」為高，占將近一成八（17.79%），其次為「二小時至未滿三小時」（15.90%）；個人假日每日使用時數以「不一定」為高，占約近二成（19.49%）。調查結果亦顯示其中個人平日最常上網時段為晚上八點到十一點；最常使用之功能依序是瀏覽網頁資訊（70.99%）、電子郵件（47.50%）、搜尋資料（34.38%）、網路即時傳呼／網路交友（25.77%）、玩網路遊戲（22.52%）以及下載軟體資料（12.49%）等等。

三、無線上網部分

在無線上網使用行為方面，調查結果顯示，目前台灣地區約有三百五十七萬人（18.37%）的民眾使用無線上網，呈現穩定成長的趨勢。其中，「家中」（47.56%）以及「辦公室」（31.28%）是最常無線上網的場所；無線上網族群中有大約三成五（34.82%）使用者可以每月「免費」無線上網為最多數。就城鄉發展以及地區分布而言，無線上網使用者的比例差異有限，仍以都會區城市為主。另外，根據調查結果顯示，有近乎二成八（28.21%）的民眾了解政府建構全民無線寬頻上網應用環境相關政策；接近六成七（67.19%）清楚相關政策的民眾認為，該政策對於提升台灣無線寬頻上網環境有正面的助益。但是即使如此，仍只有接近兩成的民眾（16.99%）曾在政府推廣的無線上網示範地區使用該服務。

四、行動上網部分

最後在行動上網部分，目前台灣地區民眾使用行動上網比例約一成（9.53%，一百八十五萬人）。由於2005年下半年3G服務上市，增添新的行動上網方式，但是在使用行動上網服務的費用以及內容部分就無太大的變化。從調查結果顯示，受訪者使用行動上網的每月服務費用以二百五十元以下（44.86%）居多。另外大約六成（60.67%）左右的使用者，以GPRS方式行動上網，其次為PHS（12.95%）、3G（11.06%），以及WAP（9.47%）；使用者使用行動上網相關服務中，「下載鈴聲」、「瀏覽資訊」與「收發電子郵件」仍為熱門應用，分別約占使用人數的四成（39.80%）、一成八（18.27%）與一成三（12.91%）。

第四節　Web2.0時代來臨

一、Web2.0網站新模式

　　Web2.0名詞被用來統稱第二代網際網路技術和服務。Web 2.0最先是由 O'Reilly Media創辦人暨執行長奧萊禮（Tim O'Reilly）提出，其揭示了自2001年網路泡沫化後，產業版圖中逐漸浮現的網站新模式。

　　自從1990年代末期泡沫結束之後，網路產業開始出現新的網站模式，幾個過去沒有的網路調性開始受到重視：去中心化、集體創造、可重混性、突現式系統。這些新的網路特色泛稱為Web 2.0概念。這四項特性，某種程度上標幟出了網路業者再創網路高峰的三個關鍵引爆點：社會網絡、集體創作以及部落格。

　　奧萊禮分別對Web 1.0和Web 2.0時代的代表性企業進行了對比，如Netscape和Google、DoubleClick和Overture與AdSense、Akamai和BitTorrent等。他總結了七大特點說明Web2.0的概念：

1. 以Web作為平台（The Web As Platform）；
2. 借力集體智慧（Harnessing Collective Intelligence）；
3. 資料成為下一個Intel Inside（Data is the Next Intel Inside）；
4. 軟體發行週期的終結（End of the Software Release Cycle）；
5. 羽量級編程模式（Lightweight Programming Models）；
6. 超越單一設備層次的軟體（Software Above the Level of a Single Device）；

7.豐富用戶體驗（Rich User Experiences）。

他進而提出了八項Web 2.0設計範式：長尾、資料成爲下一個Intel Inside、用戶增添價值、網路作用作爲預設值、保留部分權利、永遠的beta、合作而不是控制、軟體超越單一設備層次。

此概念在2005年首度被提出，替現今的網路新高峰做了相當精闢的注解，目前北美當紅的My Space社群網站、Flickr相片網站、Wikipedia維基百科等，都屬於Web 2.0概念網站。Web 2.0的觀念在美國相當熱門，預計將會延燒到網路密度最高的亞洲和其他地區。由於部落格發展已趨成熟，聲音和影像播客（video podcast）也正隨著線上影音以及多媒體播放器兩個市場的成長而起步，一般預測網路上的文字和影音創作需求將會有巨幅的成長，也因此會有愈來愈多的Web 2.0網站和服務誕生。

這些網站主要在幾方面有別於傳統網站：首先，他們朝思暮想的再也不是如何賣「軟體」，而是「服務」，也就是把網站視爲一個平台（the web as a platform）；其次，「使用者」的角色將被置於最核心的位置，這些網站經營者開始學習「信任」，將生產、掌控資料的權力交還給使用者，「由底層發聲」的部落格是最明顯的例子。

如果說，網際網路是透過大幅降低資訊獲取的門檻，發掘出傳統經濟中被忽視的價值的話，那麼Web 2.0則是借助「使用者參與」體系，將上一代網路公司忽視的長尾（the long tail）的價值發掘出來。奧萊禮指出，借助消費者自服務和基於演算法的資料管理，服務延伸至整個web——抵達邊緣而不僅僅是中心，抵達長尾而不僅僅是頭部。

Web 2.0的原則之一就是，與其相信自己的所謂優勢，不如相信你的用戶。本質上，這也是自由軟體運動的原則之一；相信集體智慧，相信開放的開發模式，相信參與者愈多品質愈好等等，這些Web

2.0的原則，恰好也都是自由軟體所崇尚的。因此，Web 2.0如果也算是一股潮流的話，那麼它應該是自由Web潮流，或者叫Web的開放原始碼。

二、Web2.0與媒體

　　進入新世紀之後，網際網路世界出現了真正的資訊傳播平民化浪潮，一般將其稱為Web2.0浪潮，亦即基於部落格（blog）、RSS、維基（wiki）技術的、由普通大眾主導的資訊傳播活動，它有別於網際網路出現初期，由專業媒體機構主導的網路資訊傳播（web1.0）（http://big5.zjol.com.cn:86/gate/big5/cjr.zjol.com.cn/05cjr /system/2005/12/29/006423253.shtml）。

(一)Web2.0時代即「個人媒體」時代

　　作為Web2.0的主流形式，部落格以極快的速度在網上流行。部落格是一種通過註冊就可以擁有的個人網頁，與以往不同的是，這種傳播方式為個體提供了資訊生產、積累、共用、傳播的獨立空間，可以從事面向多數人的、內容兼具私密性和公開性的資訊傳播，因而又被稱為「個人媒體」。

　　Web2.0是面向多數人公開的，因而具有大眾傳播的特點；傳播主體是個人、並且可以留言、互訪主頁，具有人際傳播的性質；Web2.0網站通過提供排行榜、內容聚合等服務，促進部落格之間的群體互動，因而，Web2.0又具有群體傳播的特徵。

　　目前，在美國，部落格作為數量龐大的民間傳播力量大規模崛起，與主流媒體（mainstream media）形成競爭，作為一系列重大新聞事件的發起者、推動者，在一定程度上控制了輿論方向，發展成為主流媒體的最大競爭對手和監督力量。

(二)新聞媒體如何因應

　　面對這股在網路空間迅速崛起的傳播勢力，傳統媒體以及專業新聞網站除了將部落格服務本身，納入專業新聞網站的整體服務規劃之中，在日常新聞報導中，傳統媒體及專業網站可以通過以下幾種方式，有效地利用部落格網站的優勢，以提升自己的新聞服務水準。

■將部落格列為固定的訊息來源，挖掘新聞線索

　　這是提高媒體組織發現力的有效途徑，其發現成本也相對低廉。隨著愈來愈多的網路個體擁有部落格日誌，目前很多新聞的訊息來源都源自部落格。

　　2005年7月7日，英國倫敦地鐵發生大爆炸。第一個拍攝照片和報導該事件的已不是傳統媒體而是部落格。這種情況在之前「柯林頓與魯文斯基」事件、「伊拉克戰爭」事件、美國「911」事件、「南亞海嘯」事件中已經屢次被證實，但是在倫敦地鐵爆炸案報導中資訊之多、速度之快是前所未有。

　　當英國倫敦地鐵爆炸發生後的數小時，在部落格檢索網站Technorati（跟蹤一千三百萬個網站和一百三十萬個連結）上，已經出現了幾千條日誌。它們大部分來自親歷爆炸現場的英國市民，和居住於爆炸現場附近的英國市民。在記者無法即時到達新聞現場的情況下，部落格日誌成為記錄事實的第一人。因而，在美國，大型媒體機構已經將有影響的新聞部落格納入監控視野，一旦發現最新線索立即跟進，而不至於因資訊滯後而陷於被動。

■參考部落格報導內容，發展自己的報導

　　由於部落格新聞報導往往出於個人觀點，因而其看法往往與媒體組織大異其趣，這恰好也是專業媒體開拓思路的一條途徑。

　　2004年11月7日，「二十四小時部落格線上」的作者在北京市王

府井目擊一起持刀傷人事件，當即用DV拍下一系列現場照片貼在個人主頁上，並立即報警，向媒體提供線索，次日在《北京娛樂信報》和《北京青年報》都對此事予以報導，並採用了該部落格拍攝的照片。該事件的部落格報導就從目擊者的角度，描述了現場的情形和各方反應，而第二天專業媒體的報導，則完全按照固定的模式描述了事實。角度的多樣化讓媒體有機會從不同角度和面向，了解掌握事實的整體面目。

■將部落格網站作為「監督員」，發現問題及時糾正

將部落格網站作為潛在「監督員」，在新聞報導中奉行更為嚴格的自律，遵循職業操作規範，在發現問題時及時糾正補救。

正如一位美國資深新聞人所言：「我們過去認為，新聞在發表以後就結束了，但是現在，這意味著新聞才剛剛開始。」從某種意義上說，部落格的存在意味著新聞的延長和新聞生命力的延續，部落格作為網路空間的無形監督力量，隨時都可能引爆媒體的失實醜聞。媒體的自律在部落格時代更為緊迫，這更提醒掌握著話語權的專業傳媒組織，要更為慎重地運用手中的權力。

最後，整合部落格對某一事件的報導和評論，可視為民眾聲音並呈現在媒體的報導中，構成媒體報導的一個組成部分。眾多部落格在網路空間中的個人意見成為後來專業傳媒組織，尤其是新聞網站報導的「焦點」。部落格的意見甚至超越了電子布告欄和新聞跟貼，成為公眾意見表達的另一個重要來源。

網路 新聞學
Web Journalism

「思
考

在讀完本章節後，你是否能回答下列的問題呢？

1.網際網路對傳統媒體造成了哪些影響？

2.你認為網路媒體需要什麼樣的人才？

3.什麼是Web2.0？其核心概念為何？

4.媒體應如何面對Web2.0時代的衝擊與挑戰？

第三章
網路對新聞報導的思辨

第一節　星際迷航和新聞迷「網」

一、危機！轉機？

　　英特爾（Intel）前任總裁葛羅夫（A. Grove）曾指出，傳統報業現正面臨網路媒體的衝擊，若不能妥為調適因應，傳統報業將遭市場淘汰。如果是這樣，傳統報業和網路媒體又出現了怎樣的一個共生關係？

　　從近代新聞傳播發展的歷史來看，在十七世紀初，德國已出現第一份定期出刊的報紙，而後1788年創立的英國《倫敦日報》、1851年發刊的美國《紐約時報》，更開啓了現代報業的黃金歲月。進入二十世紀後，科技的進步更加速了新媒體的發明。1920年，美國匹茲堡開播第一家無線電廣播電台KDKA；1936年「英國廣播公司」即經常播出電視節目；至於網際網路的勃興則是二十世紀末才剛發生的新鮮事，電子報誕生到現在，也還不過只是剛結束嬰兒期進入學步的階段而已。

　　歷史的經驗明白告訴我們，新媒體的出現從來不曾淘汰舊有的媒體，廣播不曾淘汰掉報紙，電視也不曾淘汰廣播，「新」媒體雖無法完全取代「舊」媒體，但卻會強化個別媒體的特性，而所改變的只是閱聽人花在各個媒體的時間分配。

　　那麼，我們不禁想問，網際網路這個強勢的新興媒體，是否也適用這個經驗法則呢？

二、新聞的要素有變化嗎

「電子報的發展，不僅改變傳統新聞學的樣貌，甚至也將改寫新聞專業的定義。」網際網路所建構的傳播機制，雖然不足以勝任大眾傳播媒體的功能，但存在著「準大眾傳播媒體」的特性，提供即時且自由流通訊息的優勢卻是不容否認的（谷玲玲）。

在有關閱聽人透過網路媒體和平面媒體閱讀的理解研究發現，兩者對於文章內容的認知和理解，並沒有存在明顯的差異，換言之，閱聽人也能夠透過網路媒體，得到相同的閱讀效果，因此，對閱聽人而言，似乎只存在著媒介易得性的問題，衝擊並不明顯，但是，對於記者或編輯而言，則是面臨新聞專業瓦解的威脅（谷玲玲）。

而新聞寫作方式上，傳統的新聞寫作講求導除力求精簡外，更應有不同的寫作類型，倒金字塔型的敘事結構與布局，亦要求嚴謹而完整。但是，網路強調「連結」，有別於傳統媒體提供的是「線性資訊」，網路文體的超文本（hypertext）特性，打破了傳統敘事結構的框架，而電子報最常使用的超文本形式是「相關新聞」、「相關網站」，隨著網路文體的興起，「一種報導，多種敘事方式」或「多個消息來源」的情形可能出現。

至於記者面對網路的衝擊，在角色扮演上，為了迎合網路媒體的訊息呈現方式，記者公正、中立的專業角色，似乎已無法表現出來，新聞寫作的表現也恐淪於片段化或同質化。

第二節　新媒體VS.舊媒體

每次只要出現新媒體，就會有人問：「舊媒體會消失嗎？」這個

答案是否定的。1927年，有媒體提出警告，當收音機聽得到新聞時，就不會有人買報紙了；二十五年後，也有許多專家預言電視將會取代報紙。

雖然電視的確在許多方面影響了報紙的銷售量和廣告，但好的報紙還是適應了電視的挑戰，它們不僅報導昨日，還預測未來，在報導上增加其深度，因此每當重大事件發生時，報紙的銷售量還是會上揚。

當現在有一個大的新聞事件發生時，許多人獲得消息的第一選擇是網路，而非報紙或電視。許多報紙或電視的內容，全部都被更有效率地（且時常更新）放在網際網路上。

一、網路新聞的利基

我們在前段提到，網路對傳統新聞工作者造成重大的影響，那麼我們更要問，網路新聞在發展上，究竟有多大的潛力呢？

首先，網路新聞沒有版面限制，不像平面媒體有版面、電子媒體有時間的先天障礙。網路新聞的多媒體特性，結合平面媒體的深度和廣電媒體的視覺衝擊的優勢。再者，傳統媒體提供讀者的是線性資訊，而網路新聞的超文本（hypertext）打破傳統線性的敘事結構，強調主題的層次和相關層次間的脈絡關係，使讀者可以隨性的決定他們切入報導內容的面向。而且網路媒體即時傳遞的功能，使得網路新聞在臨時爆發性事件的處理上更能得心應手。

網路媒體還能提供人際（或網際）功能，讀者可以透過討論區、線上調查，立即地反映個人的意見，甚至參與新聞產製的過程。網路媒體跨過編輯的守門，直接訴求於讀者公評。

另外，在網路上，每一個人都是一個媒體，身兼讀者和記者的雙重角色。網路媒體最大的特色，就是網路媒體的消息來源，不但有經

由傳統方式取得的訊息，還有許多是網友主動提供資訊，共同建構一個龐大的多向溝通機制。網路媒體，在彈指之間把讀者統統拉進來，平面媒體望塵莫及（劉一賜）。

網路人性化的新聞和資訊已對報紙產生威脅，網際網路的無限資源，已經能提供更詳細的地方新聞和資料，勝過最好的地方報紙。線上服務甚至可以列出每一個家庭的交易明細、超級市場的行情表，以及任何與社區居民密切相關的事物。

由此可知，網路正在對報紙進行新聞資訊上的競爭，也正在為廣告收入進行競爭。由於網路的廣告收益大於報紙，因此許多廣告主開始在網路上刊登廣告，這代表著，廣告主將可能進一步減少在報紙上刊登廣告的花費。

二、傳統報業的策略

傳統報業受到網路媒體的衝擊是必然的，不但影響報章雜誌發行量的競爭力，也挑戰著傳統新聞專業的地位。

傳播學者麥克魯漢（M. McLuhan）曾說：「媒介便是訊息！」（The medium is the message.）他認為，真正支配人類歷史文明的，是傳播科技形式本身，不是它的內容，每一種傳播科技都是「人的延伸」（Media: The extensions of man），不只劇烈地影響到人類的感官能力，而且更影響了社會組織的巨變。

傳統報業發源於十七世紀初期，深刻而完整的記錄了近代人類文明的發展，站在二十世紀末的歷史時刻與科技成就，報業無疑又再一次面臨新傳播媒體的挑戰，儘管如此，報業累積經驗和信譽，以及長時間聚集智庫特性，無疑是「資訊有價」的時代中無可取代的利基。因此，傳統報業掌握資訊內容的優勢之後，應更具彈性的適用、主導新科技形式的發展契機，以一個整合資訊、全方位通訊的角色，發揮

資訊經濟的特質,掌握資訊定價、分版與版權管理的市場經營能力,扭轉傳統報業再生的契機。

從前,在電視或廣播問世時,便有人預測,這將會是平面媒體走入歷史的時候了,但是,平面媒體仍然屹立不搖,如今,網路媒體大舉攻占,難道真是平面媒體壽終正寢之時?

其實不然,在網路媒體的衝擊之下,平面媒體仍有其獨特之優勢和特性,可和網路媒體相抗衡。根據統計,網際網路的使用者,仍然以社經地位較高者占大多數,在電腦普及率尚未極高,網路使用仍需特定知識下,網路使用者仍然將只是某些特定族群。正因為如此,了解報紙讀者群的心態及行為模式,正是為網路爭取讀者的最佳切入點。

(一)讀者群

平面媒體的傳統讀者,與經常使用網際網路者,其重疊性並不高,許多傳統型的讀者,還是習慣於平面媒體式的閱讀,網路電子報對於這群人的衝擊並不大。

(二)方便性

平面媒體具有可以方便攜帶的優勢,可以說是走到哪看到哪,網路電子報在這種使用親和性方面,就差了許多,不太可能走到哪就帶到哪。在這多元化的社會中,讀者不再是屬於特定媒體的禁臠了,網路媒體的衝擊力雖然頗強,但是平面媒體仍有因應之道。

第一,廣告乃是新聞媒體的主要財源之一,平面媒體的廣告處處可見,影響力也較大,而在網路商業仍具風險、並且尚未成為風氣的今日,網路媒體的廣告量始終無法趕上平面媒體,加上現今國內網路媒體大都採用免費使用方式,財源開拓仍然是平面媒體較具優勢。平

面媒體應該努力維持廣告來源，藉由版面的設計，巧妙的將廣告與媒體結合，勝過網路媒體須自行點選，才可獲得的廣告訊息。

其次，平面媒體應該把握住目標讀者群，據統計，報紙的讀者至少有四成以上，其教育程度在高中以下，平面媒體應該根據其需求，來訂定版面、編排的模式，內容更須投其所好，藉由讀者的問卷調查，了解其喜好，在內容方面以其偏好的新聞為參考；文字方面，減少使用艱澀的字句或詞彙，加強閱讀便利性，使讀者能夠忠實的閱讀。

一般而言，大部分人仍然習慣於平面式的閱讀，對於盯著電腦螢幕看，仍有些不太習慣的感覺，網路媒體在親和性方面還是不及於平面，但是，近年來平面報刊紛紛增張、加價，感覺起來，平面媒體的厚度確實增加，然而，讀者並未具有獲得更多訊息的感覺，簡言之，內容品質並未相對提升，讓讀者覺得增張是多餘的，提升新聞品質，將是平面媒體刻不容緩的任務。

即使是網路使用者也都體認到，網路需要有個濾網來幫公眾過濾訊息，這也是許多人希望報紙在網路時代能夠生存的理由。不單只是因為報紙便宜，它還擁有電腦所沒有的便利性，例如報紙可帶進廁所和公車，可以任意將它摺疊，而電腦再怎麼小和便宜，還是比不過報紙。

但是，我們也必須要嚴正的說明，以上所提及的這些問題，正是網路媒體全力克服，而且有許多已經成功的跨越了障礙。

第三節　報紙母體與電子報的協調作戰

網路媒體肯定是明日的績優股，那麼平面媒體呢？報紙，這個史上最古老的媒體，是否已經走到歷史終結的盡頭？面對網路電子報在新聞內容提供和廣告上的攻堅，平面媒體如何突圍？平面媒體如何因

應網路新聞的衝擊呢？

　　面對數位時代的新媒體，平面媒體所應做的不是逃避，而是面對；不是固守著油墨和印刷機，而是將新聞戰場拉到網路世界。《聯合報》成立聯合新聞網，目標是要做「網際網路的報紙，不做報紙的網際網路版」。情報資訊和人才是傳統報業最大的資產，運用大眾對實體報紙的忠誠和累積的情報資料庫，是報業轉戰網路媒體的最大利基。

　　速度取勝的網路電子報，有可能瓜分平面母報讀者之虞，但善用網路特性作為新聞內部區隔，卻可能為傳統產業拓展新的市場和閱讀人口。以美國專業財經報紙《華盛頓郵報》（www.wsj.com）為例，郵報的網站提供不適合在報上刊載，或因讀者版面限制容納不下的內容，成功地吸引了非平面報紙的年輕讀者群線上訂閱。善用不同媒體的特性來經營，為不同媒體讀者群量身訂造的新聞內容，使得電子報和平面報發揮加乘的「綜效」（synergy）。

　　平面媒體面臨數位時代的另一個考驗是報社新聞的產製過程。「即時性」是網路電子報的新聞戰場，也同時牽動平面報紙的新聞產製變革。平面媒體的「組織再造」，是迎接數位時代的第一步。聯合報系的聯合新聞網上的即時新聞，是報業鼓勵記者隨時發稿的成果。繼聯合新聞網之後，中時電子報也曾改變，調整為記者線上發稿，以掌握新聞的時效性。

　　因應著平面媒體組織的變革，除了須改變新聞處理的流程之外，平面媒體應從內容品質的提升來鞏固自己的優勢。由於網路媒體的新聞以即時為訴求，限於時間的壓力，多半只有純淨新聞報導，缺少深入周延的分析，並難以查證。再者，網際網路上的資訊內容龐雜，各種訊息四處流竄，消息來源難以求證，也使得非傳統媒體設立的網路新聞「可信度」受到質疑。

　　相對於網路新聞，平面媒體在新聞內容的嚴謹和深度上，有過之

而無不及。在新聞內容的提供上，平面媒體高素質的人和豐富的資源，可以發揮在深度專題報導和調查報導的新聞線上。平面媒體記者應重新定位自己在資訊時代的角色，從新聞資料的蒐集者，提升為新聞資訊的整合者和分析者，利用網路的搜尋系統和資料庫，提供讀者更快、更豐富、富情境並有深度的新聞報導。

　　以下試提出，在網路衝擊下，未來中文報紙應可具有之運作思維，同時亦可做為網路新聞與傳統媒體新聞發展大戰略上的參考。

一、因應之道

(一)向外擴張

1. 多元化發展：作為幫浦母機！運用本身既有的公信力與影響力、成熟的人際網絡關係，以報紙為中心點，向外投射發展可以相互為用的多元化關係企業。如：網路公司、藝術中心、展演活動、行銷公司、廣告公司……等；

2. 跨媒體合作：在有了自有的多元化媒體後，有了多元工具，才更方便與其他類型媒體合作，如報紙與廣播、電視等媒體合作，以收截長補短之效，免除自己大量成本的支出。

(二)內部整合

1. 作業模式改變：新聞發稿「通訊社」化，例如：提高記者機動性全天候發稿供稿，且一稿多用、一事多稿（不斷更新），並結合網路、電子報、資料庫販售。

2. 經營機制：強化縱的指揮，輔以橫向聯繫，以事權專一為宗旨；以《中國時報》為例，《中國時報》有活動時，《工商時報》、中時電子報配合，時報廣告推廣活動，出版公司推行刊

物,多媒體負責製作,時報娛樂辦活動,旅遊公司辦旅行,各個環節環環相扣,在人事、生產、行政、財務、研發控制下降低成本,增加營收。

二、用全新的觀念去看待「資深」的媒體

儘管網路對傳統媒體影響甚大,但這已經是既成、發展中的事實,傳統媒體除了要保持原有的品質,以留住受眾,更應做出明確的市場定位及區隔,在冷冽的報業寒冬中,創造生機!

三、用前瞻的做法運用已有網路的媒體

已擁有網路的傳統媒體,不應一味的複製母報內容,而是應該將網路與母報的內容有所區隔,利用網路獨特的互動性、豐富性、超文本……等特質,發展不同於母報的呈現方式,讓使用者願意付費收看,如此才能在網路戰爭中,找到自己的藍海策略!

四、協調作戰,相輔相成

網路媒體的勃興,對平面媒體而言,是危機,也是轉機。網際網路重新定義報紙,也是重新劃分媒體組織的勢力版圖。大媒體潮時代的市場邏輯,不是零和的遊戲,而是雙贏之創造。整合網路媒體,截長補短,發揮傳播綜效,或許是未來平面媒體絕地反攻的籌碼!

網路媒體的世代已經到來,並不代表著平面媒體將走向絕路,但是,平面媒體應該主動出擊,化危機為轉機,徹底改善原有缺失,並且發揮其特有之利基,尤其現在的電子報多以母報實體為基礎,透過平面傳統媒體的更新作戰思維,再配合上電子網路媒體的全新發展,

不但可以使新興的電子報，在母報既有的基礎上全力衝刺，平面母報也可以透過電子報，而讓自己的發展有更大的縱深。

第四節　借鏡國外媒體

　　由於網路新聞媒體的誕生，多來自於平面傳統媒體，因此，我們也來看看，面對有線電視和網際網路等新科技的挑戰，國外傳統報業又是如何因應呢？美國時報鏡報公司董事長兼總裁、《洛杉磯時報》發行人魏里斯（Mark Willes）曾在一場研討會中發表演說，他提到，如同電子商務興起，並未使紙鈔和支票消失，也未使零售業蕭條一樣，面對網路衝擊，報紙可以透過編輯方針的調整和加強行銷，更貼近讀者需求，「人們將會驚訝的發現，報紙還有很大的成長空間。」

　　魏里斯說，光是洛杉磯一地就有十六家無線電視台，四十九家有線電視台、七十三家廣播電台、數十家周刊，以及數不清的線上服務網址，更別提還有一萬多種雜誌、一萬家通訊社和四千七百多種與貿易有關的刊物。

　　在這麼大的競爭下，報紙如何成為人們生活不可或缺的一環呢？魏里斯說，《洛杉磯時報》近年來採取了三種做法，分別是：加強社區新聞的報導、深入地方，以及貼近不同族裔的需求。

　　有鑑於此，時報鏡報公司近年來對洛杉磯不同社區共發行了十三種地方報，每個報紙的發行量只在二萬份至四萬份之間，而且由在地的編輯和記者獨立運作，人們從報紙上看到他們關心的消息和活動，看到自己關心的議題、照片，感到很興奮，覺得「嘿！我住在這裡！」這項策略非常成功，吸引不少新的廣告主。

　　其次，時報鏡報公司在紐約長島的報紙Newsday，推出一項名為

「長島：我們的故事」專案，以二百七十三篇的系列報導，介紹長島的過去與未來，從冰河時期寫到太空時代。該報導推出後得到極大回響，高潮期間報紙銷售量增加了2.1%。

此外，針對美國愈來愈多的拉丁族裔和其愈來愈強大的購買能力，《洛杉磯時報》成立了拉丁新聞部門，加強報導拉丁族裔關心的新聞，讓他們覺得自己存在，受到尊重。

然而，新媒體的誕生是否代表舊媒體的死亡？從過去和上述的經驗來看，當新媒體產生時，傳統媒體是可以更茁壯的，新舊媒體是可以和平共存的。但科技的日新月異，讓未來的新媒體必須改以客戶為導向（consumer-oriented），因此，報紙必須善用科技，高品質的報紙（質報），以及明確區隔、定位的報紙，才是有競爭力的報紙。

美國密蘇里新聞學院院長狄恩・米爾斯（Dean Mills）認為：平面印刷的報紙仍會存活下來，但未來會有重大改變，全球的媒體人士總要面對、接受網際網路，網際網路不只是傳統媒體的附加物。而值得注意的是，「媒體的角色是永遠不會改變的」，新聞記者永遠要了解新聞、了解事實、報導真實，記者的本位與原則必須不變！

思考

在讀完本章節後，你是否能回答下列的問題呢？

1.你認為網路媒體的出現會淘汰掉傳統媒體嗎？為什麼？

2.網路新聞的利基為何？

3.在網路媒體的衝擊下，傳統媒體還保有哪些競爭優勢及核心能力？

4.報紙母體與電子報要如何協調作戰？

第四章

網路新聞學之定義與影響

網路新聞學
Web Journalism

第一節　網路新聞的影響日增

在網路這個新興媒體出現之前，我們所面對的是報紙、雜誌、廣播、電視等這些傳統的媒體，而我們在傳播形式的選擇上都是單一的，也就是閱聽者在同一時點只能選擇單一媒體，但是作為第四媒體的網路媒體，卻打破了這樣的一個限制。隨著使用者日益眾多，網路新聞的數量與影響力也與日俱增。在1998年，不僅各類網路新聞媒體紛紛興起，在閱聽群設定、報導內容深度上更是一日千里；傳統媒體也因感受到網路新興媒體的威脅，而紛紛架設網站因應，或成立新事業部逐鹿網路新領域。

一、網路新聞所具備的特性

自1998年5月聯合國新聞委員會上提出把網路媒體列為「第四媒體」（前三種媒體分別指印刷出版物、廣播、電視）以來，很多學者對於網路媒體是否能夠稱得上是「第四媒體」，他們的看法始終莫衷一是。但是不論如何，在網路中存在著媒體傳播方式的特性，則是毋庸置疑的，也有人認為網路媒體終會取得獨占優勢。由於網路技術多變，網路應用不斷興起，網路充滿各式各樣的機會。究竟網路新聞具備哪些特性足以吸引閱聽眾的目光，可從以下分類略知一二：

(一) 準確性

新聞記者西摩・赫希（Seymour Hersch）說：「新聞是真實的（true），但它不是真理（truth）。」在新聞的傳統觀念裡，準確指的是讓事實說話。新聞從業者明白他們不可能解釋這個世界，但他們能

夠幫助人們在更大的背景下了解新聞事件。

　　在網路新聞時代裡，前述那些特質都沒有發生改變，所改變的只是一個重要的新角色進入了傳播領域。以往參與媒體傳播都需要很高的門檻，但是在網路媒體成為第四媒體之後，由於參與傳播形式的門檻已經完全消除，在採訪的同時其實是具備了更多被檢視的空間，媒體的傳播已經不如以往那樣容易被壟斷，因此在網路媒體報導的準確性上，相對而言會較從前有比較多的空間。

■追尋消息來源

　　一般而言，優秀的新聞記者總是要花很大工夫，使他們的讀者、觀眾或聽眾搞清楚消息源自何處，因為新聞背景資料意味著一切。在網路新聞的環境下，消息來源比過去任何時候更顯重要，因為網路上充斥著各類聲稱擁有權威訊息的網站。但是它們提供的常常是失真的訊息，他們也常常忽略，甚至故意隱瞞一些數據背後的真正動機。在很多時候，真實的動機往往不得而知，而受眾也常常不會認真思索消息來源是什麼。

　　雖然資料來源的管道多了，但這並不意味著記者可以草草行事，特別是上網民眾也同樣具有獲得這些新聞資料的能力，因此，這方面的標準比過去提高了，目的是讓新聞做得更好，也督促記者要把自己的基本功夫練得更扎實。

■多方求證

　　多方求證在新聞報導的議題中是一個重要問題，而且與追尋消息來源的問題緊緊相連。而多方求證的對立面，就是只有單一的消息來源，這樣的單一消息來源與包含了證人、文件檔案及數據在內的多個消息來源的報導相較，一篇只有一個人的話，或者只有單一消息來源的報導，其新聞可信度就要低得多。因此，在網路世界裡，設置「多重連結—多源求證」的機制十分必要。

　　總的來說，一個新聞記者能夠贏得信譽，在一定程度上，是由於他們提供的訊息是可靠的、能夠達成共識的、可做呈堂證供的。一個優秀的記者以這種方式去偽存真，向讀者充分解釋是非，正是新聞事業價值的具體呈現。

（二）公正性

　　我們都知道，在傳統新聞報導中，由於受到空間與時間主客觀條件的限制，記者並不會因為無法列出所有具代表性的消息來源，因而就無法進行新聞報導。他們相信讀者、觀眾、聽眾能夠理解，新聞報導有時就會是這樣不完整，但卻是公平的。但是網路新聞報導在時空這方面的限制就少多了，記者可以通過連結提供源源不斷的事實、意見，用來替自己的新聞作證。

（三）完整性

　　當然，要求新聞的完整性，多方與消息來源求證，提供完整性與公正性的新聞，兩者是相輔相成，缺一不可的。在平面媒體與廣電媒體如此顯而易見的局限性，又一次被網路媒體擊碎了。

　　因為在網路新聞中，能夠藏身的角落比前兩者要少，而提供真正完整的報導的機會卻大得多；對網路記者來說，在資訊量足夠甚至是非常充分的情況下，錯誤是不可避免的，沒有這些錯誤，他們就不能真正理解這一新興的媒介，也不能理解他所面臨的挑戰。

（四）時效性

　　新聞有和麵包一樣的特性，剛出爐的是最好的，但麵包很容易就會發霉，但新聞卻有自己的生命力。雖然許多報導的確具有很長的生命力，但是牢記「新聞」的「新」字是永遠不會錯的。新聞記者的目的並不僅是一味追求速度或者是在競爭中取勝，對一個成功的新聞記

者而言，追求時效意味著可以爭到頭條，同時對於做出有傾向性、有目的、有衝擊力的報導也是功不可沒，例如揭露有關腐敗、暴力、貪婪等問題的報導。

從靠划船傳送消息的年代至今，新聞傳遞速度已經有了極大的提升，網路又進一步把它向前推進。最新的體育比賽結果、總統被彈劾案的事態發展，以及股票價格的漲落，都可以直接通過電子郵件等新技術即時的傳送，人們再也不用等著最新出版的報紙，或是等著廣播電視插播最新消息，因為，無論人們什麼時候想知道最新的消息，他們都可以透過網路新聞媒體得到。

（五）原創性

網路新聞為人所詬病之處，便是被委婉的說成「內容重組」（repurposed content）的做法。儘管美國新聞記者的數量正在減少，新聞出版物的數量卻在增加。加州大學柏克萊分校新聞系前主任道格拉斯·福斯特（Douglas Foster）發現，雖然美國人口在增長或者更直接的說受眾在增多，但是，根據統計，美國報紙記者的絕對數量，近幾年來卻顯著減少。

這些數據暗示著那些前後矛盾的老掉牙的新聞，可能又會捲土重來，但是真正的新聞不應僅僅體現在時效和速度上，而應該是能夠照亮世界上原先被黑暗籠罩的角落，這才是真正新聞的價值。因此不能把已經在報紙、雜誌、廣播電視中出現過的畫面，只是略加以改頭換面重寫一遍，又在網路媒體上借屍還魂再一次的登出。

網路這種媒介本身就有鮮活的特點，這種固有的特性對獨創性來說，具有特別的功用。過人的速度、再加上極強的獨創性以及巨大的報導潛力，這些條件都意味著新聞記者如果要實現網路的威力，就一定要在突發新聞的報導上，多投入一些精力以吸引大眾。

(六) 獨立性

新聞所擁有的眾多準則之一就是不畏不偏。當記者找出一個報導的主題時，不管它是關於戰爭、環保主義還是反商業化的，他們雖然在努力進行新聞的報導工作，但不可諱言的是，記者同樣也會面對來自各方的威脅。網路記者會面對更特殊的威脅，許多時候是由網路的連結能力所導致的，有時一則消息如果處理不慎，便十分有可能引起全世界網友的撻伐，甚至在經過網路串連後，除了對記者本身有殺傷力，對新聞機構的信譽也會有很大的影響。因此獨立工作網路媒體的新聞記者必須特別當心，不要因為使用多媒體或是超連結，而使自己報導中的天平向某一方傾斜。

(七) 相關性

報導必須具有趣味性或重要性，最好是兩者兼有，應將這些相關性的新聞連結在一起，否則就不是新聞。這是新聞價值判斷最基本的起點。對專業新聞記者來說，真正的挑戰就在於把一個看上去與受眾並不相關的報導，不但能夠寫得生動而且可以讓人感動，事實可以證明，有許多有趣、有人情味而且重要的新聞，都足以引起社會大眾的廣大迴響，例如「一碗陽春麵」的故事就是一個鮮活的例子。

二、網路新聞與傳統新聞的比較

若由「網路新聞內容的獨特性」向外延伸，則可發現網路新聞的特性還不止於此。由於網路媒體自身在傳播方式上，具有一些別於傳統媒體的特徵，因此依賴網路媒體進行傳播的網路新聞與傳統媒體相較，也呈現出一些特點，具體表現可分以下幾個方面：

(一)容量大

　　報紙每天的版面是有限的，廣播與電視則要受節目播出時間長度和頻道資源的限制，因此從訊息總量上來衡量，傳統的三大傳播媒介其新聞容量是有限的。而網路上的新聞或資訊，則可以用「取之不盡，用之不竭」來形容。

　　網路廣泛的傳播面，也帶來了傳播的「無國界性」。對於新聞傳播來說，這可說是機會與挑戰並存。一方面要守住自己的陣地，另一方面，也要積極出擊。這將可帶來網路新聞傳播觀念與方式上的一系列變化。

(二)多樣化

　　由於網路去中心化的工作方式，打破了傳統的大眾傳播單向、線性的傳播秩序。傳統大眾傳播中常見的「守門人理論」、「新聞過濾」很難再發生作用，因為在網路上對新聞資訊進行封鎖，以目前來說已經不太可能。從技術層面來看，用戶可以通過許多方式，繞開「守門人」設置的障礙，這樣，不分國家、民族，不論思想、政見，任何人都可以是一個沒有執照的新聞媒體。

　　此外，網路的超文本、超連接的思想，不僅方便了人們上網獲得訊息，還為我們提供了一個前所未有的龐大資料庫，這個龐大的資料庫有著取之不盡的訊息資源，而且這些無數的資訊又可以串出各種縱向與橫向的聯繫，讓人們可以獲得更多相關資訊。這對於提高網路新聞的點和面，及加強報導深度有相當的幫助。而超連接的作用，在一定程度上也改變了網路新聞的寫作模式，這也給網路新聞記者與編輯出了一個新課題。

(三)即時性

利用網路進行新聞傳播,可以稱得上是到目前為止,在新聞傳播史上最卓越的發現,因為網路新聞傳播的快速,滿足了人們對新聞時效最基本的要求。網路的傳輸主體是光纖通訊線路,光纖的傳輸速度與電波一樣,每秒可達三十萬公里,只要將訊息一發上網路,瞬間可以到達世界任何地方。因此,線上用戶只要打開多媒體電腦,就能接收到網路媒體在千里、萬里之外發出的最新的新聞訊息。

如果要把網路媒體與傳統媒介的生產發行手段相比,網路訊息的製作與傳播的速度,毫無疑問的,要比傳統媒體快上好幾倍。尤其是對於一些時效性要求高的突發事件,網路新聞媒體完全可以在事件發生的同時,立即通過網路將訊息傳播出去。我們在前面曾經提過,網路把新聞「即時性」的標準不斷攀升,以「幾小時前的新聞」到「幾分鐘前的新聞」,到「幾秒鐘前的新聞」,最後變成「即時性的新聞」。網路在時效性方面的變化,也帶來了整個傳媒對於時效性標準的提升。

(四)綜合化

以往人們想獲知新聞訊息除了看報紙、電視或聽廣播節目之外,都是希望從媒體上得到該媒體對某一事件的報導或看法。當上網成為人們的生活方式以後,閱聽人對新聞訊息的需求層次也不斷提高,表現之一便是人們期待擺脫對資訊源的片面依賴,他們期望能夠獲得更豐富、立體的新聞資訊,而且可以看到更加全面、真實的世界。

如果這是現代閱聽人對媒體的要求,那麼網路新聞恰好滿足了人們這方面的需求。現在,只要讀者進入某一網站的新聞頁面,便會發現編輯們已經將大眾所關心的熱門問題,進行大量相關報導的整合,以專題的形式呈現在人們面前,人們只需要接觸一家媒體,便能獲得

來自多方面的新聞資訊，的確可以在網路新聞的世界得以實現。

（五）個人化

就新聞傳播而言，儘管報紙按內容劃分出不同的版面，或每天出版不同內容的專刊，廣播電視也依照受眾的不同需求向「窄播」方向發展，在具體運作上則有節目的分類化，又有頻道的專門化，但在空前強調個性化的今天，已無法完全滿足受眾的個性化需求。

以台灣為例，花錢買一份報紙，就只讀了幾則感興趣的新聞；在電視機前耗了大半天，所看到的都是很不營養且膚淺的垃圾節目，相信這種不好的經驗每一個現代人都有過。那種感覺就好像是在市場買菜，本想買一顆白菜，卻被強行搭售了一袋地瓜，而且是毫無商量的餘地。而在網路媒體上，任何一個用戶都可以說：我要看我想看的新聞，我要獲得我想獲得的資訊。在網上，任何人都可以主動地進行搜尋，並隨意的找出自己想要的新聞資訊，而再也不必像以前那樣，只能被動地接受由別人要你看的新聞資訊。

在這主動與被動的轉換間，網路新聞在內容上，也實現了向個人化的轉變。就像美國未來學家尼古拉斯‧尼葛洛龐帝（Nicholas Negroponte）所說的：「在後資訊時代中，大眾傳播的受眾往往只是單獨一人……訊息變得極端個人化……個人化是窄播的延伸，其從受眾、大眾到較小和更小的群體，最終終於只針對個人。」

（六）互動性

在網路新聞中，互動性是其中一個顯著的特點。網路傳播打破了過去由資訊傳播者單向傳送的格局，具有極強的互動性。這些所謂的互動性通常是以如下幾種方式具體進行：

1.編者與讀者之間通過電子郵件進行交流，新聞傳播者可以更清

楚地把握到受眾的脈動，並以此作為調整自己傳播內容與傳播
策略的依據。這種互動與報紙的讀者來信，和電台的叩應電話
沒有什麼本質意義上的區別，只是在時間和方式上更為便捷和
快速。

2.網友可以把自己獲得的新聞資訊，或對某一事件的意見、看法
貼到「討論區」或是某個「論壇」上發表，並且與其他網友進
行交流、討論。受眾與受眾之間的交流得以加強，既有助於提
高新聞傳播效率，又有助於在受眾與網站之間建立起更加牢固
的關係。

3.新聞報導可以以直播的形式進行，報導新聞的記者、編輯可以
在「聊天室」裡與網友座談，雙方討論和交流對某一事件的看
法，網友也能即時向記者提問；編輯也可以提出自己的欲知需
求。這種座談不受地域和場所的限制，世界任何地方的人都可
以參加，再多的人也可以容納得下，依台灣的中時電子報的做
法，有時還可以將報導對象邀請至現場，直接在播音室中將座
談的內容透過聲音和文字，即時的轉播出去。

(七) 多媒體化

傳統媒介傳播資訊的形式，總是或多或少受到限制。報紙、廣播
自不必多說，即使是集聲音、影像、文字等於一體的電視，也不能做
到十全十美。但網路則可以實現數據、文本、聲音及各種影像，在單
一的、數位化環境中全面性的傳播資訊。一方面，這可以使人們更方
便地獲得資訊，並享受到新的樂趣；另一方面，根據麥克魯漢的觀
念，新科技的產生將改變人們看世界的方式，進而引發社會巨變。

(八) 多變的傳播模式

傳統媒體的新聞傳播都是「點到面」的傳播，而網路新聞傳播則要活絡得多。網路新聞傳播可以是：個人對個人；個人對多人；多人對多人；多人對個人。這使受眾在接收訊息時，可以擁有更多的自主性。

受眾可以更自由地選擇自己所需要的資訊，包括選擇資訊的內容，及接收資訊的時間與方式。從定義上來看，這將改變人們目前依賴媒體出版或播出時間，來安排自己生活的習慣；此外，受眾也可能成為訊息的傳播者，因此，受眾的地位將進一步提高，同時也將改變過去傳統媒體一統天下的局面。

第二節　網路新聞的優勢與劣勢

從前一節的敘述中得知，網路新聞幾乎席捲了傳統新聞的所有優勢。理論上，當網路的基礎設施提供了充分的技術支持時，網路新聞的表現形態，諸如文字（圖片）、音訊、視訊，三大傳統媒體的主要形式，都能夠在網路的介面上，得以淋漓盡致的展現並加以廣泛傳播。持平的說，任何一種媒介，其能否在國際傳播中產生威力，除了相當的規模之外，還與媒介本身的傳播特性及功能密不可分。

網路傳播的基本特徵是數位化，具有資訊量大，使用方便，檢索快速便捷，圖文聲像並茂，互動性強的特點，並且可對新聞訊息進行各種處理；訊息通過電腦網路高速傳播，更使網友可以有資訊獲取快、傳播快、更新快等優點；並且在網路中電腦檢索功能和超文本功能，已經成為一種具有強大生命力的傳播媒體。同時，網路傳播允許讀者與作者之間進行網路上交流，能即時反應，也改變了傳統的學術

交流方式。

　　作為第四媒體，網路新聞媒體後來居上，突飛猛進地撼動了傳統媒體三足鼎立的局面，並以平穩的格局，徹底地打破了傳統媒體的廣告市場配額。

　　短評和小方塊的深度新聞分析，雖然不是網路媒體的強項，但這一層面的缺憾，其實可以通過整合傳統媒體的資源來補強，這也可以說是網路媒體具有自身整合功能的展現；基於網路無限的虛擬空間，具有原創的深度分析性的新聞報導，將是網路媒體的主打招牌與獨家特色。

　　網路傳播對大眾媒體的影響，目前有幾種基本的推測，一種是「滅亡論」，為網路傳播的巨大優勢，將會導致傳統媒體的消亡，在業界也有「傳統媒體工作人員將化為泡沫」的預言。另一種推測則是「平衡論」，這種論點對傳統媒體仍持樂觀態度，認為網路媒體不會代替傳統媒體。

　　網路確實帶來一種強大的衝擊力，但衝擊過後，會與報紙、廣播、電視等傳統媒體形成一種新的平衡，就像電視衝擊廣播和報紙，卻最終不能代替報紙和廣播一樣。但是，傳統媒體廣播、電視、報紙之間的相互平衡，是以單向性傳播為共同基礎的，他們之間的區別只在於是單向傳播文本、聲音還是圖像，因此他們之間很容易獲得平衡，誰也代替不了誰。

　　還有一種說法是，報紙、廣播、電視實際上並不是被徹底消滅了，而是與網路融為一體，形成一種複合型傳播系統。網路的互動性特徵比其他傳統媒體，更具有本質上的優勢，因此，它有可能會顛覆傳統媒介，而不是與它「平衡」。現代人更需要個人化的資訊服務，在未來，如果閱聽人在只能被動地收看電視台安排好的節目，或是透過點播選擇自己喜歡看的節目，我相信，大多數的閱聽人將選擇後者。

　　當然，從前面的分析來看，許多人認爲網路媒體在一段時間內，不可能替代目前的這種大眾傳播方式，而會與傳統媒體在競爭中相互融合，共同發展。因爲傳統媒體的紙本媒體有其自身的優勢：便於攜帶、自主性強、便於閱讀、便於查閱、閱讀成本低。而網路傳播則需要專門的閱讀工具，還不如看報紙來得方便輕鬆。看來，在媒體長程的發展上，網路傳播與傳統的傳播方式，是相互競爭而又互爲補充的共存共榮。

　　雖然傳統媒體面臨了網路媒體的一陣強攻猛打，但傳統媒體也在變革中求得生存和發展，許多傳統報刊都已推出網路電子版。目前傳統紙質媒體正在受到前所未有的衝擊，在這強而猛地衝擊下，傳統的紙質媒體除了發揮各自的特長之外，也出現了一種積極向網路靠攏的動向，不僅大量的名著被搬上網路，各個報刊也紛紛推出網路版，這種趨勢在全世界的平面媒體中都可以看得到。

一、優　勢

　　網路所具有的最大力量，也是最受人關注的焦點，就是網路所具有的速度。網路創建的這個二十四小時全天候的新聞週期，正推動著新聞業向前發展，正如街道網站（The Street.com）的主任編輯戴夫・堪薩斯（Dave Kansas）所指出的那樣，「網路給人們帶來了與眾不同的挑戰。在網站工作需要將準確性、高質量和時效性大膽地結合起來。」

　　到目前爲止，《華爾街日報》是唯一一個成功地利用網站內容進行收費的報紙。這種運作方式使得它能更自由地報導突發新聞。正如一百五十多年前廉價報紙的出現，使得報紙的報導範圍，不再局限於簡單的政治和商業新聞那樣，新聞網站很快就會意識到，他們有潛力提供主流新聞和突發新聞之外的更多資訊。新聞網站可以提供的資訊

還有娛樂導向、推薦旅遊等的互動式節目、機票的最新價格等。在一個原創性的環境中，原創性的思維方式自然會得到最豐厚的回報，而網路就是這樣的。

此外，網路新聞的目標，並不是只將報紙新聞和廣播、電視新聞運用自己的媒體，加以改頭換面在網頁上呈現而已，每一個新聞媒體網站，都應該大力發展自己的原創新聞。愈來愈多的廣播公司，已經開始運用網路來發展數位廣播，從而讓數位廣播直接滲入人們的住所、辦公室，甚至在行動電話和其他無線網路裝置，都會是數位廣播要爭取的對象。

由於網路傳播具有人際傳播的互動性，受眾可以直接迅速地反映意見、訊息或發表意見。同時，在網路傳播中受眾接受訊息時，還可以有很大的自由選擇度，可以主動選取、點選自己感興趣的內容。從傳播模式而言，網路傳播突破了人際傳播一對一或一對多的局限，在整體上是一種多對多的網狀傳播模式。

在網路傳播的環境裡，傳播者和接受者的資訊，幾乎是可以同時完成，傳播者和受眾在瞬間就能轉換資料，換言之，每個人既可以是傳播者，又可以是受眾，大家在使用電子郵件時，互相轉寄信件，就已經將網路瞬間轉換資料的功能，發揮得淋漓盡致了。這都是由於網路的互動性所造成的，它給予人們轉換角色的自由，受眾可以不再被動地接受資訊，而是可以主動地掌握和控制資訊，並參與到資訊的提供和傳播之中。

傳統新聞媒體的線性傳播模式，已經無法合理地解釋網路傳播，因為網路開創了一種全新的、開放式的非線性的傳播樣式。網路傳播將人際傳播和大眾傳播融為一體，傳播者和受眾的身分也開始模糊，因為資訊可以同時存在於傳播者和接受者兩端。

二、劣　勢

　　網路新聞基於目前的設備、資費等客觀因素，而尚難以成為觸手可及的媒體資訊。實際上，這就是網路新聞賴以生存的網路廣告，遲遲難以拓展疆域的現實瓶頸，這從台灣明日報的誕生和殞落（詳見本書第五章國內主要新聞網站的發展歷程），可以證明這個事實；從媒體的普及程度上說，電視是傳統媒體中，可以直接使用的娛樂資訊一體化的媒體，這點連報紙也只能自嘆弗如；當有一天，網路新聞媒體不再受制於網路的頻寬限制時，網路新聞媒體也就成了近在咫尺的媒體。

　　新聞媒體的發展與演進過程，並不是由一種媒介代替另一種媒介，而是媒體透過存在的過程互相融合、競合、調整而成。由於目前的網路媒體存在種種不可避免的局限，如技術技能、語言限制、電腦操作等等，也因為在網際網路發展的時代，傳統大眾傳播工具的優勢依然存在；所以網路雖然囊括了三大傳統媒體的傳播特點，即便不久的將來網路新聞媒體成為主流的媒體，其他媒體也並不會就此消亡，而是開始跨媒體的整合行動。

第三節　網路新聞之未來展望

　　2000年1月10日，美國線上（America Online, AOL）以一千八百一十億美元收購了時代華納（Time Warner），成為美國歷史上甚至是世界上最大的一宗併購案。合併重組的新公司囊括了新聞、電視、電影、電話、廣播、購物、音像製品與銀行業務，滲透到人類社會生活方面，成為一家融合電視、電影、雜誌、網路為一體的超級跨媒體公

司，也同時成爲近年來的媒體大事。

世界報紙協會2001年6月4日公布了一項2000年報業現狀的調查研究分析報告，報告內容清楚地顯示，網路時代所謂「行將沒落」媒體的報紙，在世界上許多國家的發行量依然穩步上升。

讓我們走出台灣，從國際觀點來檢視這個發展趨勢。西歐和北美等已開發國家，報紙的數量和發行量在此前十年都呈下降趨勢，但網際網路的出現使這一趨勢已經暫緩，一些國家的報紙發行量，甚至有小幅上升的狀況，西歐國家歷時五年的報量衰退，已經得到了有效的控制。2000年葡萄牙、英國、西班牙和其他五個歐洲國家，報紙的發行量都有不同程度的增長，而愛爾蘭和義大利，都已經連續四年保持報紙發行量的增長。據報導提供的數據表明，日本雖然在2000年報紙發行量有一點下滑，仍然是報紙發行量最大的國家，平均每天出版七千一百萬份報紙，印度緊追其後，報紙發行量達到六千六百萬份，美國居第三位，數量爲五千五百萬份。

從以上的數據觀之，報紙之所以在歷次傳媒工具革命中沒有敗陣的最主要原因，在於其文字資訊比廣播電視的圖像或聲音更詳盡、深入、透徹，且易於攜帶與隨時翻閱。即便與網路相比，報紙便於攜帶的優勢依然未減。不過，網路基於數位化技術的傳輸，可以把圖像、聲音、文字壓縮於位元（bit）空間，可以算是迄今爲止所有傳媒表現形式及優點的集大成者，而且投入商用的時間最短。

網路新媒體的出現，使報紙、廣播、電視三大媒體突然成了傳統媒體，並引發了媒介市場的頻頻洗牌，傳統媒體市場在網路新聞媒體咄咄逼人的攻勢下被迫瓦解，重新劃分勢力範圍，但更多的卻是選擇聯手，我們在前面也曾提及，就是大家開始思索自己的定位和下一步的發展。

網路傳播的技術核心是數位化，數位技術向所有領域全面推進，並爲不同傳媒間的整合傳播，提供了一個廣泛的基礎平台；一種媒體

的訊息資源可以輕而易舉地轉換形式，展現在其他媒體上。報刊、廣播、電視媒體紛紛與新興的電子出版（VCD、DVD）及炙手可熱的網路媒體相結合，甚至其訊息可通過WAP手機。我們可以從幾個趨向來檢視這個發展的方向：

一、網路媒體和傳統媒體相互融合、相互滲透

在未來的世紀裡，網路媒體將依賴傳統媒體的公信力和資源優勢，實現對新聞輿論的整合，而傳統媒體也將藉由網路強有力的技術，形成其獨特的生存方式。這中間，並不存在誰征服誰的問題，也不存在誰生存誰毀滅的問題。整合聯合，共存共榮，這就是這一世紀併購案，對傳統媒體和網路媒體未來發展方向的強力昭示。

二、網路新聞媒體的發展日趨多樣化

網路營造的世界是多元化、個性化的世界。網路傳播的特點之一便是互動性。互動性有兩個涵意：一是指個人可以按照自己的需要從網路上選擇訊息；二是指用戶可以向傳播者反饋訊息。在網路傳播中，用戶可以不再僅僅是資訊接受者，同時也成為發布者，傳播者與受眾的角色是可以即時互換的。

第二個特點是傳播的個人化。美國未來學家尼古拉‧尼葛洛龐帝認為，數位化技術將改變新聞選擇的模式，使「大眾」媒體變成「個人」媒體。網路傳播的這兩大特點為新聞網站的未來，提供了某些具有前瞻性的啟示：如何深掘自己的優勢，研究自己的特點，尋求不同的發展模式。另一方面的原因，則是迫於競爭的壓力。在日趨白熱化的競爭中，網站想要獲得生存與發展，追求個性、建立特色是其立足的根本。

　　再者，發展模式的多樣性，也是其中優勢之一，服務功能的多樣化，也是在經營模式上的一個特點。例如，對於一些較大網站來說，它可能不滿足只是提供新聞，而是向提供各種資訊服務邁進，如此它可能會成為綜合性的入口網站，而對於一些小型的網站來說，它因為缺乏做大型網站的實力，可能就會朝著做有特色網站而努力。

　　結合網站自身特點以及新聞網站的發展現狀，未來新聞網站可能有以下幾種發展模式：

(一)入口型網站

　　一些老牌商業網站及傳統媒體，藉其自身技術、人才、訊息資源、名牌效應等方面的優勢，都在朝入口網站的方向發展。

(二)特色網站

　　相對於第一類的網站，技術、資金、人才等方面資源相對弱勢的網站，仍可以找到自己的網路空間。不求大而全，只求有特色，讓人一想到某個領域，便會想到這個網站看看。

(三)點播式網站

　　這類網站主要由廣播、電視媒體經營，他們可以藉由其大量的聲音、影像資料庫，讓人們隨意選取自己需要的廣播、電視節目，或其他資訊，滿足用戶的視覺需要及多媒體享受。這一領域具有廣闊的發展前途，因此不排除未來會有此類商業性網站誕生。

(四)新聞網站

　　新聞網站是指專門以發布新聞為特色的網站，每天二十四小時不間斷播發新聞。這類網站多以通訊社或報社所建為主，因為他們具有得天獨厚的新聞資源，因而將此優勢發揮得淋漓盡致。

三、網路新聞媒體的功能不斷擴展

美國未來學家尼古拉斯・尼葛洛龐帝在其《數位革命》（*Being Digital*）一書中曾說：「……關於訊息的訊息，其價值可能高於訊息本身。」他的這一說法應已在網上得到證實。網路就像一個資訊的龐大資料庫，如果事先沒有獲得一些有關這些消息的資訊，那麼一旦貿然的投入進去，很快會被淹沒在這片資訊的龐大資料庫中。隨著網上資訊量不僅極大而且豐富，網友更會有希望網路媒體提供資訊協助的需求。因而，提供關於資訊的服務，一定會是一個行情看好的行業。

新聞媒體網站同樣不能迴避這一網路世界的普遍規律。實際上，新聞媒體的網上經營已經在朝這個方向發展了。他們不僅深掘媒體「傳播資訊」的功能，而且試圖提供多方面的服務，擴展自己的網路空間。例如：

(一)提供資訊服務是網路新聞媒體的基本功能

美國史丹福大學對四千一百一十三名美國成人所做的調查顯示，人們上網的主要目的，是收發電子郵件和查找資料和資訊，我們可以從中了解，用戶的需求就是網路媒體發展的指標。網路新聞媒體在面對用戶的需求時，不得不慎重考慮自己的角色定位：是只提供新聞？還是全面提供多元化全方位的內容和服務？顯然，選擇後者將更為明智。許多網路新聞媒體網站已經開始具體操作，進攻不同的訊息服務領域，具體而言，可以歸納成以下幾方面：

■提供綜合性資訊服務

這主要展現在一些實力雄厚的入口網站，或者綜合網站的運作上。「入口網站」是指網路的用戶進入的第一個站點（one step portal）。此類網站通常具有很強的網路資訊操作和整合能力，為別的網

站提供連接，充當「入口」或「橋梁」，以此來吸引用戶的點閱率。入口網站的主體就是搜尋引擎。入口網站一般由三部分組成，除了功能強大的搜尋引擎，還有方便易用的個人免費電子信箱，以及無所不包的訊息內容。在功能上立體化、多元化，並且有自己不可替代的資訊資源。早在1998年，「入口網站」概念一經提出，立即波及所有的中文網站。爭做入口網站，成爲許多網站的目標。新聞媒體網站和搜尋引擎，因其具有較強的資訊整合能力，而被認爲是問鼎入口網站的最強而有力者。

■提供專業化資訊服務

主要是指服務對象的專業化和服務內容的專業化。隨著網路的發展，資訊在時間和空間上呈現加速擴展的趨勢，給用戶提供全面、多方位的資訊是很難的。在經過一番衝撞和學習經驗之後，許多的網站逐漸意識到：獨具特色的資訊服務才是生存的關鍵，概括地講就是提供專業化、個性化、地方化資訊。

■提供地域性資訊服務

這種服務包括兩種類型，一種是指覆蓋全國（或全世界）的大型網站推行本地服務，針對不同地區用戶的不同需求，提供不同的資訊服務；另一種是指一些地方性網站結合自己的優勢，立足本地做好地方的門戶站點。

■提供個人化資訊服務

指的是資訊內容和服務的特色化、個人化。網路新聞媒體愈來愈傾向於提供個人化資訊，而非大眾化資訊。許多媒介都有自己的資料庫，用戶可以根據自己的需要，享受媒介提供的資料庫服務。例如MANBC在1997年2月21日曾經開闢一個道路交通危險的網址，用戶可以登入這個網址去查詢、計算他們所在社區，這幾年內到底發生了

多少交通事故。

(二)提供互動式資訊服務

　　網路傳播的一個特徵就是互動式（interactive）。因此，網路新聞媒體的互動式服務的發展空間十分寬廣。網友們可以圍繞著一個焦點新聞事件，吸引其他網友對此發表看法，從而形成一個可以互相討論、交換意見心得的特殊輿論園地。

(三)發展電子商務，提供商業服務

　　在網路世界中所謂的電子商務，指的是通過網路進行的商業活動和提供的商業服務。電子商務模式主要有如下種類：(1)線上經紀人；(2)網上廣告；(3)網上直銷；(4)網上銷售；(5)網上拍賣；(6)線上家庭投資、保險等等。

四、網路新聞媒體更注重原創性

　　網路新聞媒體在這麼競爭的環境中，當然需要拓展功能，然而，作為媒體，「傳播新聞」的功能仍然是其最重要的基礎。目前來講，不管是商業網站還是傳統媒體網站，都需要繼續提升新聞的服務品質，不論如何，追求原創性則是不變的真理。

　　相較於網路媒體，傳統媒體也在追求「內容原創」，即追求獨家新聞、獨家報導等等。網路媒體因其傳播方式的改變和競爭的加劇，可能會更加注重原創內容的製作、發表。如前所述，網路傳播一改單向傳播而為多向傳播，從由點到點的傳播到由點到面的傳播，個人可以按照自己需要，從網上任一站點獲取資訊。對於用戶來說，哪一個網站的特色、原創性內容更多，這樣的網站才具有吸引力和競爭力。

　　另外，由於第四媒體的崛起，既給傳統媒體帶來巨大的衝擊與挑

戰，同時其自身也受到來自內部和外部兩方面的壓力（見表4-1），因此在新聞網站與新聞網站之間，新聞網站與傳統媒體之間都存在競爭，而且競爭將隨網路與媒體的發展日趨激烈（見表4-2）。面對如此激烈的競爭，「個性化」也將成為網站立足之本，增加原創內容分量，將是網站追求個性、求得生存發展的一條有利途徑。另一途徑就是根據網路傳播的互動性，充分利用網路優勢，增加許多這些站點所獨有的互動性內容。

表4-1　傳統新聞媒體（以《中國時報》為例）之競爭層面

競爭項目	競爭指標與例證	問題點	權重
新聞質量	獨家新聞、報紙張數、言論品質及影響力、新聞規劃及議題設定、圖片數	採訪人員觀念、編輯台規劃及執行能力、線上作業速度及效率、後製支援能力（製版印刷及派報）	45%
視覺編採	編輯、標題、圖片表格、配色、印刷品質	編輯觀念、美術設計觀念與技術、攝影記者觀念及技術、製版及印刷機器成本、後製人員觀念及技術	30%
內容創意	單元企劃（給我報報、酸甜苦辣留言版）、版面企劃（開卷、浮世繪、教育超連結）、專案企劃（浮世繪徵文、龍應台回應挑戰）	編輯創意與執行能力、報系資源與人際網絡	25%

表4-2　網路新聞媒體（以台灣新聞網站為例）之競爭層面

競爭項目	競爭指標與例證	問題點	權重
新聞質量	新聞速度、更新次數、單日新聞量、新聞規劃及來源整合、多媒體整合能力、專題企劃	前端稿源及整合機制、編輯器及上稿速率、編輯規劃及執行能力、影音圖文整合技術及觀念	35%
機制功能	網頁視覺及友善度、瀏覽動線、連線速度、附加功能（列印、轉寄、評分）、社群平台（聯合網站、新聞對談）、資料庫功能（新聞檢索、UDN data）、互動功能（聊天室、討論投票）	主機資源與頻寬資源、硬體成本及投資、系統機制開發及創新能力、編輯及系統人員創意及規劃執行力、網頁設計創意及技術	35%
內容創意	單元企劃（新聞學測、編輯檔報告）、專區企劃（Content Portal、報校時代）、專案企劃（大考查榜、選舉、世足賽）	編輯創意與執行能力、報系資源與執行成本、跨媒體整合能力、系統支援能力	30%

思考

在讀完本章節後，你是否能回答下列的問題呢？

1.你能指出網路新聞的特性有哪些嗎？

2.網路媒體與傳統媒體相比較後，有哪些獨特的特質？

3.網路新聞發展上有哪些優勢？

4.網路新聞發展上有哪些劣勢？

5.網路媒體未來的發展趨勢為何？

第五章

國內主要新聞網站的發展歷程

　　台灣電子報的發展，最早是由《中國時報》率先於1995年7月推出「中時報系全球資訊網」（China Times Web），《聯合報》與《自由時報》也相繼在1999年推出電子報。目前台灣所發行的電子報，依功能之不同及營運現狀可分為：傳統報紙或新聞提供者所經營的電子報、大專院校的學術性電子報、非營利性的社區電子報以及專業性電子報等四大類。分述如下（趙雅麗，2002）：

1. 傳統報紙或新聞提供者經營的電子報，其發行單位可分為：
   (1)傳統報社業者：例如《中國時報》的中時電子報、《聯合報》的聯合新聞網、《自由時報》的自由電子新聞網、中央日報網路版、電子時報、《台灣立報》以及《台灣新生報》等，這些報紙都是將原印刷報紙的內容整理分類後上網。
   (2)廣播電視業者：如台視、中視、華視、民視、東森、TVBS、中天等電視台之新聞網站，內容包括文字形式呈現的即時新聞及影音新聞等。
   (3)電腦公司：如宏碁的新聞大觀，則是將各電子報網站的新聞做綜合性的整理，讓讀者可以一次看到數個電子報的整合式新聞，以及電腦家庭的IT HOME電腦報等等。
   (4)通訊社：中央通訊社。
2. 大專院校的學術性電子報，如政大的大學報、淡江的淡江時報、銘傳的銘報電子報、世新的台灣立報等。
3. 非營利的社區電子報，以文藝或社區發展為主題的，例如南方電子報、崔媽媽社區電子報等。
4. 專業性（理財、醫學等）電子報，如健康天地電子報、WIN 金融理財電子報等。

　　就媒體市場範圍而言，台灣因為地理環境的關係，所有報紙幾乎都是全國性報紙，在2003年《蘋果日報》進入市場後，已形成「一個

地理層級中有四大報相互競爭」的市場結構，與美國「一市一家」的報紙市場生態十分不同。《蘋果日報》除外，台灣的報紙讀者在以「質報」自居的三大報中，常以「政治立場」傾向，作爲選擇閱報之依據，新聞網站因爲網路連結快速方便，網友可一次閱讀多個新聞網站，某種程度淡化了以「政治傾向」作爲區隔的市場界線與閱讀習慣（蔡卓芳，2003：45）。

在新聞網站與母媒體的「媒介間」（inter-media）商品競爭方面，台灣的聯合新聞網與中時電子報因爲母媒體是報紙，與世界的其他報紙新聞網站相同，這兩大新聞網站均以人事成本爲優先考量，移植報社的新聞內容，並不增編隸屬於網站的記者。然而，東森媒體集團底下的東森新聞報，以母媒體爲電視台之姿，將新聞網站當作一個「網站企業」，而非「企業網站」經營，以專業新聞媒體自居；再加上東森新聞報不僅編制屬於自己網站的記者與編輯，市場表現亦不差。那麼，世界各地的新聞網站不編制記者，移植母媒體新聞，節省內容產製成本，才具競爭能力的想法，值得挑戰（蔡卓芳，2003：46）。

在這樣「微利」的市場現實底下，「想辦法賺錢」是所有新聞網站苦思的問題，這也是台灣的新聞網站發展愈來愈像入口網站，與手機、算命、購物、股票下單、線上查榜等結合之因。三大新聞網站一方面以專業新聞媒體自居，作爲內容產品之品質保證；另一方面，其新聞以外的商品開發又爲台灣所有新聞媒介之冠，並且在技術、速度與創意上均不輸世界各國的新聞網站。台灣的新聞網站生命力之蓬勃，可見一斑。

依媒體來加以區分，茲將國內著名的網路新聞媒體分述如後：

■中時電子報

1995年9月11日，《中國時報》在成立四十五周年之際，開通了「中國時報系全球資訊網」，成爲全台灣第一個由報紙媒體設置的綜合

性線上新聞資訊服務網路，開創了台灣地區新聞媒體發展的新時代。隔年1996 年更名為中時電子報，是台灣新聞網站成立的濫觴。中時報系經過數年經營，在1998年成立中時網科公司，並將中時電子報隸屬於中時網科之下。

■聯合新聞網

在中時電子報成立三年之後，「聯合報系」才在1999年成立聯合新聞網。聯合新聞網晚中時電子報三年才成立，一方面因為，當時台灣的網路使用人口已逐漸增加，上網看新聞成為趨勢，聯合報系若不趕緊成立新聞網站，培養閱讀使用人口，恐將流失大量的網路閱讀族群，錯失進入市場的時機。另一方面，當時正逢台灣舉行2000年總統大選，選舉新聞需求將是聯合新聞網藉此打響名號的好時機（蔡卓芳，2003：6）。

■東森新聞報

2000年初的網路榮景，以及總統大選議題的新聞需求，台灣的專業新聞網站如雨後春筍般成立。2000年2月，東森媒體集團為了多角化發展其媒體王國，在原本的東森電視台新聞部之外，又成立了「ETtoday東森新聞報」，增編網站記者與編輯，進軍新聞網站市場，成為台灣第一家以電視台為母媒體的專業新聞網站。東森新聞報網羅優秀的寫手，以輕鬆、批判的市民觀點，取代沉重的報紙社論，吐槽時事，展現年輕風格與相對於兩大報系新聞網站的革命色彩（蔡卓芳，2003：6）。

■明日報

具革命性的新聞網站不只東森新聞報。1999年12 月，台灣第一大出版集團PC Home宣布與《新新聞》雜誌合作，在沒有報社或電視台等母媒體的新聞人力與內容資源支援的情況下，在2000年創辦了網

路原生報明日報，不僅是台灣首例，也號稱是中文世界裡的第一份「網路原生報」。東森新聞報與明日報這兩個新聞網站的創立，將台灣的新聞網站發展帶入了另一個新的階段，也讓台灣的新聞網站展現出「特殊性」，即獨立編制網站記者，原生網路媒體自己的新聞。

明日報創立時，PC Home集團以高薪自《中時》、《聯合》兩大報系挖角資深記者，號稱其為「沒有截稿時間」的二十四小時即時新聞網站。並在每一則新聞報導的網頁旁，做「相關新聞」的超連結至新聞資料庫，真正落實網路新聞媒體的「超連結」、「資料庫」等媒介特性，是一大創舉。此外，明日報又基於網路媒介的民主性，發展出「個人新聞台」的機制，落實網路媒介賦予一般大眾「傳播權」的媒介特性，打破報紙、新聞等傳統媒介的「菁英式傳播」，「個人新聞台」打造了不少明星級的台長與網路寫手，一直到明日報結束經營後，這些新聞台依舊不死，造成許多回響（王家茗，2001）。

2000年與2001年兩年之間，因為2000年初的總統大選，以及2000年底全球網路產業面臨泡沫化危機等兩項事件，台灣的新聞網站經歷了1999至2001年網路產業的興衰，與2002、2003年戰戰兢兢地經營，目前台灣新聞網站的分布，儼然已形成中時電子報、東森新聞報與聯合新聞網三分天下的局勢。

台灣目前尚未有實證研究證實，因為網路媒體的出現，導致民眾對傳統媒介的使用相對降低；或者網路媒體在「需求面」上確實提供消費者更多滿足。然而，從台灣的寬頻基礎建設完備，網路使用人口不斷成長，網路的資訊品質與互動性相較報紙、電視、廣播、雜誌等其他傳統媒介，有過之無不及；加上新聞網站不僅能滿足網路使用者上網瀏覽蒐集資訊與閱讀新聞的需求，新聞網站挾其閱聽眾基礎（audience base）不斷擴大與穩固，且未來只會更多不會減少的發展趨勢，網路媒介在媒介市場中的競爭潛力，可見一斑（蔡卓芳，2003：9）。

87

第一節　中時電子報

　　1995年9月11日，《中國時報》在成立四十五周年之際，開通了「中國時報系全球資訊網」，成為全台灣第一個由報紙媒體設置的綜合性線上新聞資訊服務網路，開創了台灣地區新聞媒體發展的新時代。

一、發展背景與組織架構

　　中國時報系在1989年投資成立「時報資訊股份有限公司」，是台灣第一家亦是唯一一家從事電子資訊服務業的新聞媒體。近年來，時報資訊不斷朝向「成為全世界中文資訊的主要提供者」的目標前進。中國時報系原已初具大規模傳播集團的雛形，而時報資訊的成立更使得電子新聞、即時傳播，以及新聞資料庫的服務連成一氣。1990年代，《中時》鑑於報社產製自動化與數位化大體完成，並可透過內部網路，將新聞資訊轉上網際網路，於是籌設中時電子報（見**圖5-1**），在網路事業部下進行規劃籌備工作。

　　在傳統報業中，以中時報系於1995年9月成立「中國時報系全球資訊網」發展得最早，為我國第一家綜合型線上電子報，其後更名為中時電子報，並於1998年獨立為「中時網路科技股份有限公司」，2000年發展 "One brand, One site" 的中網家族。

　　中時電子報同樣結合中天無線新聞台，提供線上影音新聞服務，強調即時性與同步性。在傳統新聞媒體而言，報紙與電視兩種通道因訊息形式不同難以整合，但網路媒體擁有克服此障礙的特性。

　　中時電子報在總編輯負責下，規劃設有十位全職記者，分別負責政治社會類新聞及經濟財經產業新聞。電子報新聞中心的編輯台的編

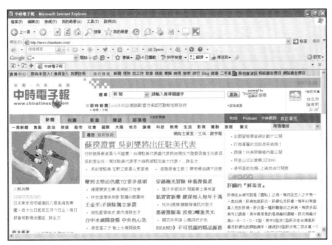

圖5-1　中時電子報為我國第一家綜合型線上電子報

制，在總編輯之下，設副總編輯一人、新聞中心總監一人、副總監一人，主編七、八人。

　　新聞內容方面，中時電子報的新聞呈現大體來說，可分為六大區，分別為閱報區、商務區、互動區、不分區、雜誌區、服務區。其各區之內容如下：

1.閱報區：有中時報系旗下所有電子版新聞，包含政治、財金、
　生活、影視等。
2.商務區：包含寬頻電視、數位媒體服務等。
3.互動區：包含新聞對談、線上民調等等的互動機制。
4.不分區：包含藝文、浮世繪等。
5.雜誌區：中時報系旗下投資雜誌，包含《時報周刊》、《愛女
　生》等雜誌。
6.服務區：包含網路和報紙的廣告價目、新聞檢索等。

二、1999年——中時電子報發展關鍵期

1999年是中時電子報發展的重要關鍵期。首先，在4月16日，中時電子報正式宣布由單一網站轉型成為包括十個網路的Cyber One Network網路媒體聯播網，中時電子報的角色，除了原先的綜合性新聞，亦針對網站使用者的分眾資訊需求，推出：影視娛樂、旅遊、生活、投資理財、科技、兒童、電子賀卡、電子商務、分類廣告九個網站。此外，其合作網站、特約作者所提供的或撰寫的資訊文字，也是新網站內容來源。同年10月，中時電子報又成立了「專業廣告聯播網」（CyberOne AD Network），用以負責網路廣告聯播的業務，這是台灣第一個廣告聯播網。

1999年下半年，《聯合報》設立的UDN、PC Home事業設立的明日報，以及國內其他網路公司紛紛成立，使得中時電子報與中時報系資深工作人員大量流失，加上《中時》內部高層人事調動，使得中時電子報面臨「內憂外患」的局面。

1999年底，中時報系積極規劃成立中時網路科技股份有限公司，計畫將含中時電子報等所有的C-Family以及相關部門彙整，如成立Cmoney888理財網，內容豐富且即時。中時網科的成立，對中時電子報的發展來說，是非常重大的轉折。中時電子報早先由《中國時報》衍生，到中時網科成立後，不僅人員急速擴充，報系資源也增加，而中時電子報還更負擔在激烈的新聞網站中競爭的責任。

2000年6月26日，全球最大入口網站美國雅虎（Yahoo！）與中時報系共同宣布雅虎投資Chinatimes.com。中時報系認為，雅虎和中時的結盟，象徵著中時電子報獲得世界性網路公司的正面肯定，其意義代表著中時電子報已躋身國際網路強勢公司之列，對進入世界舞台有重要的意義。

近年來，中時電子報的內容不斷更新，作業系統也不斷調整。內容方面，也因為獨立成為時報資訊網際網路事業部，因此不僅擁有《中國時報》、《中時晚報》（現已停刊）、《工商時報》的新聞內容，更擴大至《時報周刊》、《愛女生》等時報集團經營的雜誌，使得中時電子報的內容更為多元豐富。

第二節　聯合新聞網

聯合報系比中時報系晚了整整四年才成立電子報，聯合報系認為當時台灣網路環境和市場尚不成熟，還不是進入的時機是其主要原因。直到1997年，內部才形成共識並確立了一個原則：要成為網路中的媒體，而不僅僅是報紙的電子版。當聯合報系進入網路傳播這一領域時，已立足於較高的起點。

1999年9月14日，聯合新聞網正式推出（見圖5-2）。其主題形象標示是一個三向電源插座，「UDN讓你找對插座，隨時上網看世界！」《聯合報》當天為此專門發表社論：「我們並不把聯合新聞網看成聯合報系事業的一個附屬或延伸，我們把這個網站當成一個具有獨立人格及獨立特質的全新媒體來經營。」

2000年3月21日，聯合報系成立聯合線上公司，以新聞資訊為主，提供個性化服務，讓用戶在閱讀新聞時，「心動就能馬上行動」，並進行第一次大改版，新增「即時焦點」和「最新新聞」兩個標目，另闢海外新聞網，把《歐洲日報》、美洲《世界日報》的新聞資源納入聯合新聞網，強化新聞即時性。並成立人力資源網（udnjob），跨入網路求職求才的戰場。傳統報業裡大約有20%的收入來源於分類廣告，分類廣告像網路是可以預見的趨勢，人力資源網作為聯合報系推出的第二網站，也是探索網站營利的模式。

圖5-2　聯合報系緊接於中時電子報後,推出「聯合新聞網」,揭開台灣新聞網站競爭氣氛

　　10月23日,電子報(以電子郵件傳遞新聞)網站(udnpaper)開通,內容除整合報系旗下各類精準新聞外,還與多家內容經營者結盟,網羅眾多寫手,通過專業編輯,發展具有高度資訊性及娛樂性電子報近百種,並以純文字、HTML、有聲、PDA、WAP等多格式呈現,讓網友自由選擇適合自己閱讀的方式,在編排上讓不同的報份呈現獨特性。

　　聯合新聞網(Udn.com)在1999年9月粉墨登場,由於其結合聯合報系深謀遠慮,凡事小心謹慎,步步為營,謀定而後動的企業性格,故而聯合新聞網的版面中規中矩,輕雅舒爽,網站設計重使用功能,實際而不花俏。其所運用的下拉式選單技巧,能讓網友一目了然的挑選所需新聞,並以互動的新聞評分作為爭取讀者認同的基礎,亦頗具巧思。

　　聯合新聞網儘管在成立初期不見過大的動作,卻可窺見經營者打組織戰與持久戰的決心。並且,藉由電子報的發展,報系並進一步延伸出「中央廚房」的概念,統一發稿系統,這也為日後的跨產業(平

面、電子）媒體整合埋下伏筆。

《聯合報》在一陣鴨子划水後，於2001年2月推出新聞資料庫，與中時電子報新聞資料庫互別苗頭。然而，中時電子報的新聞資料量僅自電子報建立開始，聯合新聞網則有系統的以數年的時間將過去的所有新聞漸次整理，納入資料庫中。未來，聯合知識庫將成為有能力與中央通訊社資料庫系統一較長短的台灣繁體中文新聞資料庫（http://www.npf.org.tw/PUBLICATION/EC/090/EC-C-090-038.htm）。

第三節　東森電子報

台灣的網路新聞媒體中，中時電子報與聯合新聞網，並沒有獨立的編採人員（註：中時電子報在2007年開始，自行組成採訪團隊，進行新聞採編工作），真正以獨立的編採人員產製新聞的原生網路媒體，只有以前的明日報與ETtoday東森新聞報（見圖5-3），其中，明日報在未停刊前有三百位編採人員，而ETtoday則只有八十三位編採人員。

ETtoday東森新聞報的新聞室組織，從上層的總編輯、副總編輯到中層的編輯中心（含地方組、國際新聞組）、採訪中心和內容開發中心、影音中心、美術編輯中心、資訊中心、行政組。其中，採訪中心負責新聞採訪，分為政治、社會、財經、生活四個群組；編輯中心下設編輯群，負責新聞編輯，以及相關新聞搜尋與連結以及防漏補救，是整個網路新聞產製過程中的主力。

內容開發中心雖然著重企劃與行銷，對於具有廣告效益的議題，站在促銷觀點的規劃，但是內容開發中心也有一部分人力是負責新聞編輯與採訪的工作，包括影劇新聞、體育新聞、男女情色新聞、網路謠言追查、駭客聊天等等，都由內容開發中心的編輯與記者負責。

圖5-3　東森新聞報為電子媒體中，率先成立之新聞網站

　　影音中心則負責所有東森電視台提供的影音新聞，負責剪輯後傳輸給各採訪中心組長與編輯中心，提供相關新聞的影音檔資料，屬於新聞後製形態。

　　至於資訊中心則負責整個公司的資訊工程系統，美術編輯負責電腦網頁的各種版面程式設計與美化工作，沒有直接參與網路新聞內容的產製作業。

　　在ETtoday東森新聞報這份網路媒體中，從上述的工作內容來看，擔任網路新聞產製工作的，除了第一線的採訪記者外，也包括內勤的編輯人員。目前，ETtoday東森新聞報是採取「編採合一」的新聞群組工作形態，也就是說，記者負責外勤採訪新聞，但是，編輯雖然是內勤作業，卻必須負責上網搜尋新聞相關線索，並且以電話進行採訪或寫作的工作（田炎欣，2001）（ETtoday記者對電腦輔助新聞報導的使用研究。

　　根據數博網iRate網路即時收視率調查系統在2001年6月1日至6月30日，來自於全省三千三百二十八名家庭以及辦公室網路族群偵測到的數據中，我們可以發現，雖然中時電子報的辦公室瀏覽族群占整體

的47.73%，可是由這群用戶所創造出來的流量卻占了總體的83.76%，而主站news.chinatimes.com.tw更高達九成。另一方面東森新聞報流量的主流則是家庭用戶，占總體流量七成之多。

換另一個說法，如果我們將每一個家庭使用者對於流量的貢獻度視為1，而中時電子報的辦公室使用者的流量貢獻度則為5.3，聯合新聞網的辦公室用戶流量貢獻度為2.63，東森新聞報則僅有0.32。

從數據中可以發現，中時與聯合的辦公室使用者，都呈現出較高的活性。但是東森新聞報卻呈現家庭用戶活性較強的趨勢，這可能與東森新聞報使用電視台作為密集網路宣傳曝光管道有關。

東森新聞報曾於2004年8月傳出由於業務表現不佳，廣告收入不敷支出，東森集團將原網路新聞部門員工轉派至其他部門，部分員工選擇資遣，預計在9月初時東森新聞報員工將減少半數。雖然目前東森新聞報ET today仍持續營運，但是並無專屬於電子報的記者，未來東森電子報將如何發展尚無定論。

東森新聞報的裁撤整併，意味著即使在其他媒體的支援下，電子報仍不被看好。即使利用大編輯台由其他媒體如電視廣播供稿給網路電子報，可能仍不符合其媒體特性，仍然必須要加以改寫。而電視媒體由於營收成效較佳，人力資源與各項設施亦較為豐富，容易造成電視媒體獨大。而電視新聞記者在電視新聞的截稿時間壓力下，時間急迫卻還要幫網路電子報寫稿，認為供稿給電子報是「多做一件事，但薪水沒有比較多」，因而產生不平衡（http://www.ectimes.org.tw/readpaper.asp?id=6198）。

第四節 明日報誕生和殞落

2000年2月15日，台灣媒體史上第一份的網路原生報明日報誕

生。明日報（Tomorrow Times），是一個以傳播新聞為主的網路原生報，由台灣PC Home集團與《新新聞》共同創辦，在沒有傳統媒體為母體的支撐下，開始了一場網路原生報的試驗，並在網路新聞傳播領域中，短時間內迅速形成了自己的公信力和社會影響力，成為網路先鋒（http://udn.com/SPECIAL_ISSUE/DAILY/9002/ 21a/index.htm）。

然而，由於出發時機不當、人力成本過高，加上增資不順、網路市場環境尚未成熟等因素，明日報在堅持一年後，終於2月21日宣布停刊。這個消息，意味著「明日報歸零，數位媒體實驗段落告終」，更為「網路泡沫化」的預言再添一筆（http://udn.com/SPECIAL_ISSUE/DAILY/9002/21a/index.htm）。

一、首份網路原生報誕生

明日報於1999年12月，由PC Home集團和《新新聞》雜誌共同成立，2000年2月15日正式上線，爭取網際網路內容提供市場商機。由於沒有傳統媒體作為支撐，因此開始了一場網路原生報的試驗。

明日報與傳統報紙網站最大的不同，便是在一開始就從各大報社招募了許多人才，分為八大新聞中心、十七個分版，擁有兩百名記者，上百位編輯、製作及技術支援的後製團隊，約三百名員工，每天提供一千則中外新聞，依照網路傳播特性，提供更具水準新聞服務，最終讓明日報成為新聞專業網站（http://udn.com/SPECIAL_ISSUE/DAILY/9002/21a/index.htm）。

作為一個網路原生報，明日報的開辦對於媒體來說是一個劃時代的創舉，兩百多位媒體菁英在詹宏志辦報理念的號召下，願意離開既有的工作崗位，一同放手嘗試。有幸成為改寫媒體史的一分子，做出既不為薪水、也不計較過去年資而共同打拚的決心（http://priscilla.bluecircus.net/archives/005050.html）。

　　明日報在採取免費訂閱的經營策略下，網路廣告成爲明日報主要收入來源，根據明日報的規劃，除原有的輪播式網路廣告外，也會提供分版廣告贊助方式，在創報首月的網路廣告業績約六百萬元（http://udn.com/SPECIAL_ISSUE/DAILY/9002/21a/index.htm）。

　　明日報董事長詹宏志說，網際網路這項新媒介帶來新傳播方式，會改變使用者的閱讀習慣、編輯者寫作和編輯方式，明日報是首份針對網際網路成立的專業新聞網站，希望能讓許多新的做法，獲得實現的機會（http://udn.com/SPECIAL_ISSUE/DAILY/9002/21a/index.htm）。

二、明日報實驗告終

　　然而，明日報成立於網路事業發展的高峰，不久後，就開始面臨網路泡沫化衝擊。明日報的創刊實收資本額爲八千五百萬元，登記資本額爲一億四千萬元，後來增資到一億九千萬元。實際上單月營收僅數百萬元，但每月開支約二千萬元，收支無法平衡，加上增資不順，導致一年後宣布停刊（http://udn.com/SPECIAL_ISSUE/DAILY/9002/21a/index.htm）。

　　明日報停刊主要的原因，大致有以下數端：

(一)過度膨脹網路商機

　　「免費資訊」的概念在網路世界上大行其道，對於「使用者付費」的觀念迄今仍難建立，因此所有的網站都還在尋找一種可行的獲利模式。

　　明日報主要收入爲網路廣告，而許多廣告主尚未將網路廣告成本納入預算之中，加上企業縮減預算、國內大型入口網站競爭的影響

下，收入銳減，已不比創刊時風光。

(二)出發時機不當

明日報的失敗，證實了網路市場環境還未成熟到能夠支持網路原生媒體生存的程度。明日報過度相信在網路普及率不足、閱聽人習慣未調整的台灣網路世界，能夠提供足夠的養分讓明日報成長。網路媒體經營者應該認知到要將自身的形象轉變爲「內容提供者」，而非僅以網路爲主的業者，才是生存之道（http://udn.com/SPECIAL_ISSUE/DAILY/9002/21a/index.htm）。

(三)營運成本過高

明日報爲了保證自己原創數量可觀的新聞，必須維持一定記者人數，深入各區域。此外，要發揮網路媒體特性，明日報必須不斷地推出新的項目、新的服務，加上每月人事、管理、租金等營運成本支出，入不敷出的情況下，種下停刊因子。

明日報停刊說明中提到，雖公司前景看好，運作正常，但全球網路產業的不景氣，在資金耗盡，尋求各種增資管道失敗後，只好忍痛結束業務。

明日報停刊後，由香港壹傳媒集團主席黎智英接手，壹傳媒將所有人員及財務全數轉往平面媒體發展，成爲壹傳媒在台發展基礎。壹傳媒集團具有中資背景，在港以低價行銷和煽動報導手法聞名，在今日，旗下《壹週刊》和《蘋果日報》已對國內媒體帶來極大的衝擊（http://udn.com/SPECIAL_ISSUE/DAILY/9002/21a/index.htm）。

三、明日報帶來的前瞻性思維

才短短一年的時間，明日報從快速集資、風光成立到宣布停刊，雖然營運的時間不長，卻留下了許多珍貴啓示和多項網路媒體創舉。下面我們列舉出明日報的貢獻：

(一)網路原生報概念

明日報將網路原生報的概念帶給了媒體界，並且在探索中提出了要做數位內容提供者（digital content provider, DCP），在網路新聞傳播理論建設中可說是一大貢獻。在實踐部分，明日報在分版結構、報導方式、分類寫作、整點出版、郵件傳送、搜尋等等，完全依網路傳播特性而有新的變化。

(二)優質人才的培養

如同明日報董事長詹宏志給員工的信中所說：「明日報在網路報紙摸索的知識與成績，將會是整個社會的資產，它藏在各位的身上：你們身上的經驗與知識，將是下一階段中文數位內容生產的關鍵資源。」而和所有媒體比起來，明日報的新聞速度非常快，每一則在傳統報紙要隔天才知道的新聞，當天就讓讀者知道，每個整點更新網頁後，都是最新最即時的新聞，對從業人員來說是一大考驗，因此也培育了許多優秀的媒體人（http://priscilla.bluecircus.net/archives/005050.html）。

(三)部落格始祖──「個人新聞台」

根據明日報的統計，在發刊期間，明日報共成立了一萬五千個「個人新聞台」、十七家虛擬報社的「鬥陣新聞網」、二百二十八個由

民代立委設立的「網路議會」，全站每天總瀏覽頁數達到一百八十萬（http://www.techvantage.com.tw/content/003/003098.asp）。明日報與讀者的「互動」不但形成一股風潮，留給網路界最大的資產，應該是具備部落格雛形的「個人新聞台」，影響所及，帶動網路文學和創作風潮，直到現在PCHome接手後還沒有人搬動（http://priscilla.bluecircus.net/archives/005050.html）。

另外，《明日報》各部門推出的電子報，更是受到不同族群的愛戴與歡迎，例如「手機報」、「好吃有好報」、「瘦身報」等，訂閱人數都是數以萬計，這些都說明了網路無遠弗屆和未來小眾媒體的發展趨勢（http://priscilla.bluecircus.net/archives/005050.html）。

在眾多媒體當中，報紙的市場已明顯呈現萎縮，老讀者逐漸凋零，未來的社會菁英早已開始使用手機、PDA來「收看」或「閱讀」新聞，網路原生報將是影音整合完成的多媒體平台。再過不久，所謂紐約「新聞與紀錄報」（記者＋部落格＝新世紀媒體）新趨勢將成為必然；只不過，明日報早在五年多前就已經預測二十一世紀報紙的新趨勢了（http://priscilla.bluecircus.net/archives/005050.html）。

(四)市場區隔及行銷出色

根據數博網iRate資訊即時收視率調查系統的調查結果，明日報當時在所有新聞網域中排名第三，如果扣除入口網站奇摩新聞頻道，明日報以每千人瀏覽九十‧二次，每頁平均瀏覽九十六‧二四秒，僅次中時電子報的一百一十‧七次與一百零一‧八秒，也遠高於所有新聞網站平均值的六十六秒（http://www.bnext.com.tw/mag/2001_03/2001_03_1334.html）。

數博網也指出，比較一、二名的人口重疊狀態，其中明日報的讀者中有20.69%會閱讀中時電子報，而中時電子報的讀者僅有14.63%會閱讀明日報，同類型網站卻有如此低的重疊度，可見明日報在行銷

及市場區隔上，有其獨到之處（http://www.bnext.com.tw/mag/
2001_03/2001_03_1334.html）。

　　明日報的種種出色表現，促使傳統新聞媒體網站，如中時電子
報、聯合新聞網等不敢有懈怠，不斷改進，間接提升了國內網路媒體
的整體水平。

第五節　　新聞網站經營策略

　　線上媒體在成本方面，大致可以歸納出「固定成本、生產成本、
散布成本低，行銷成本高」的模式，但線上媒體的營收僅依賴廣告收
入與電子商務，在獲利方面顯然十分吃力。線上媒體在未發展出一套
可行的經營模式（business model）之前，其獲利能力堪虞，仍是個
棘手的問題（蔡卓芳，2003：22）（請參閱本書附錄—整合行銷　開
創網路未來）。

　　資訊產品逐漸發展後，「經營策略」便成為線上媒體關注的焦
點。然而，一個媒體的經營模式，並非只是單純的媒體「獲利」方
式，它是一個同時處理產品、服務與資訊流的工程，在處理過程中也
包括去評量這些活動的商業潛在利益與獲利可能（Picard, 2002：
26）。因此，經營模式與策略會隨著市場環境不斷地改變與不斷被檢
驗，沒有對錯，只有適合與不適合，曾被遺棄不用的模式依然有其研
究價值，經過調整依然可能死而復生（蔡卓芳，2003：22）。

　　楊東典引述Schwartz（1996），由網路經濟學（Webonomics）觀
點，指出網路企業有以下九種經營策略（楊東典，1999）：

　　1.網站訪客對於網站的使用者滿意度的重要性高於到訪的人數。
　　2.網站須成為網友喜愛的網站。

3.將私人資料提供給網站的消費者須獲得回饋。

4.網路消費者只喜歡資訊豐富的產品。

5.自助式服務是讓網友最感自在的服務方式。

6.有價貨幣能創造自己的財富體系。

7.深受信賴的品牌字號在網路上愈形重要。

8.在網路的全球市場中，小兵也能立大功。

9.企業應隨市場脈動調整步伐。

Picard（2000）則提出線上內容產業的六種經營模式，以及其發展基礎、財務基礎及發展結果如下表5-1（蔡卓芳，2003：22）：

而新聞網站的經營績效及關鍵成功因素，不外乎「資源」的充分整合、「策略」的清楚定位。一個電子報或新聞網站的表現優劣亦展

表5-1　線上內容產業經營模式一覽表

經營模式種類	發展基礎	財務基礎	發展結果
Vedio text	從平面媒體與有線電視系統的產品生產改變而來	收取小額費用將資料做二次使用，或為報紙宣傳	閱聽眾拒絕
Paid internet	美國軍事產業的投資	Pay-for-use	閱聽眾拒絕
Free web	歐洲的核能社團投資	由內容提供者負擔成本	閱聽眾接受商業內容提供者拒絕
Internet/Web ad push	網路訂閱及在網頁上放置廣告	直接郵寄方式的廣告商付費，以及專業性出版的廣告費用	閱聽眾拒絕服務者拒絕廣告商拒絕
Portals and personal portals	從伺服器及軟體能力改變而來	報紙與雜誌方式的廣告商付費	閱聽眾接受廣告商接受
Digital portals	影音媒體數位化及通訊傳播設備進步	有線電視與衛星服務訂費／pay-per-view	閱聽眾支持廣告商支持內容提供者支持線上服務者支持

現在下列幾點：更新日期多寡、網站可否正常連線、網頁換頁速度可否接受、網頁是否出現不正常訊息，以及有無超文本功能等（連寶如，2002；轉引自洪淋貴，2003：36）。

　　觀察線上媒體產業的經濟特色可以發現，網路媒體產業因身處於資訊經濟體系中，讓原本的媒體產業結構，因網際網路而有所改變。網路的可及性與散布容易、通路成本低廉等特性，讓創意生產者不需要傳統媒介組織中介，獨立生產產品並在網路上銷售產品的可行性增加，使傳統媒體的存在價值受到挑戰。然而，生產者獨立生產可行的程度，又隨線上媒體商品種類而異，線上新聞仍需要母媒體的品牌與公信力為後盾，記者較難透過自行生產販賣新聞。因此，母媒體的存在對於新聞網站有其重要性（蔡卓芳，2003：24）。

　　王仲儀（1997）認為，新聞網站的生存必備條件和關鍵成功因素如下表5-2所示：

　　王仲儀（1997）針對電子報產業的研究，指出以下幾點結論：

表5-2　電子報產業的經營策略分析

電子報網站的生存必備條件	1.電子報網站的內容是經營基礎
	2.電子報網站應竭力做到即時的更新
	3.電子報網站可以利用辦活動來增加新顧客
	4.電子報網站可以利用網站的附加功能來與顧客建立關係
	5.電子報網站必須重視廣告經營
	6.品牌知名度與形象是電子報網站重要的資產
	7.線路頻寬是上站人次的限制條件
電子報網站可能的關鍵成功因素	1.電子報網站欲達到即時更新、並做到網站經營手法、附加功能的創新，必須持續在資訊技術上加以投資
	2.電子報網站和廣告主或廣告代理商的關係是否良好，將是網站獲利之關鍵

1.電子報網站的「內容」是經營基石，內容是網站經營最應該注意的事。

2.電子報網站應該竭力做到即時的更新。

3.電子報網站可以利用辦活動、製造話題等方式來增加新的顧客。

4.電子報網站可利用附加功能，如資料庫搜尋、熱門新聞討論等，建立與顧客之間的長遠關係，讓顧客能夠經常造訪。

5.品牌知名度是電子報網站重要的資產。

6.線路頻寬是上站人次的限制條件，因此應該盡可能投資於網站的線路頻寬。

網際網路的媒介可及性，以及低廉的傳輸（通路）成本，在理論上，將新聞網站的廣告市場與資訊市場的範圍擴大至「全球」，成為一個全球性媒體。然而，在實際的操作上，由於新聞網站的內容商品，仍以媒體所在的在地資訊為主要內容，閱聽眾的來源也以本地市場為多；因此，新聞網站的市場範圍是否就依據其媒介可到達的地理範圍，認定其市場是全球性市場，仍待斟酌（蔡卓芳，2003：29）。

思考

在讀完本章節後，你是否能回答下列的問題呢？

1.你能舉出幾個國內知名的新聞網站或電子報？

2.你知道明日報停刊的原因是什麼嗎？它對台灣媒體的發展，帶來了什麼樣的啟示？

3.新聞網站或電子報的經營策略有哪些？

4.新聞網站或電子報的必備條件與關鍵成功因素為何？

第六章

他山之石！國外電子報成功案例

　　新聞的供給與需求已經有百年的歷史，網際網路的出現，開啓了另一個市場的供需，就成本考量與進入市場門檻而言，舊有報業、新聞媒體具有相對的優勢。然而，進入網路市場後，媒體所要面臨的第一個問題，已經不是去競爭誰是老大，而是最基本的「生存」問題，我們將深入探討國外成功的電子報案例和形態，提供國內媒體進入網路媒體市場之借鏡。

第一節　報業進入網路市場之形態

　　報業經過電腦化、資訊化的革命後，現在也都轉向網路市場發展與前進。但是，網路市場與傳統報業之運作方式和文化，有很大的差異，在《遠景：線上新聞學》（*Perspective: Online Jounalism*, 1998）一書中，作者舉了不少例子，我們將分別加以討論，提供國內報業思考進入網路市場後的運作形態。

一、New York Times與Boston.com

　　從一般經驗法則和商業運作模式來看，大報業進入網路市場後，通常會採取多樣化的策略來發展它的網路新聞，像是隸屬於《紐約時報》集團下的New York Times與Boston.com就有很明顯的不同處理方式。

　　New York Times Electronic Media Co.的編輯主管麥克納（Kevin McKenna）就說：「我們的網站很像《紐約時報》」；而Boston.com的網站則很像「波士頓這個城市，而非《波士頓環球報》這份報紙」。

　　Boston.com是《波士頓環球報》的線上網站，它的製作方式並不

像它的母報或其他大多數的線上新聞網站。Boston.com的內容不完全來自於《波士頓環球報》，而是藉由超過三十個分支機構，如報紙、雜誌、電視台、廣播，甚至圖書館、博物館、地方芭蕾舞團、交響樂團、商業辦事處、地方性的天氣、交通服務等來供應。曾任《波士頓環球報》新媒體事業群的副董米爾斯坦（Lincoln Millstein）強調，Boston.com就是要做一個「閘道」（gateway）。

以下有幾個案例可以說明Boston.com的成功：

1. 曾經有個暴風襲擊美國東岸時，Boston.com便早一步在暴風席捲波士頓前，整合了電視、廣播等媒體的訊息在網站上，提供波士頓的居民了解暴風的動態。
2. Boston.com也利用網站對於一些弱勢族群做一系列的報導，增加了一些本地的新讀者。

反觀，《紐約時報》是一份國際型大報，有超過40%的銷售來自於紐約，因此《紐約時報》在網路的策略上採用了同名的網站。麥克納表示：「我們想要網站感覺起來、看起來像是《紐約時報》。」

線上的New York Times提供《紐約時報》全部的新聞內容，而且讀者不須付費（除了一些國際的讀者外）。此外，New York Times並將Sunday Book Reviews上線擴大營運，在線上Sunday Book Reviews整合了自1980年至今的所有資料，不論是作者文章或是個人相關著作、背景資料……等，一應俱全。

二、華爾街日報

《華爾街日報》是全球最知名的財經報紙，也是最致力於整合紙本與網路的媒體，他們甚至重新整修新聞室，將兩者的團隊合併於同一個辦公室內。《華爾街日報》將紙本與網路相互為用，一些原本出

現在紙本上的新聞被運用到網站上，而網站的內容也會出版紙本*。

　　這套做法的推動者坎恩（Peter Kann）認為，網站上的內容也是一種新聞（journal），因此應得到相同的對待，而非只是附屬於紙本媒體下的項目而已。

三、達拉斯晨報

　　達拉斯晨報的做法則帶給網路電子報新的思維。有一次達拉斯晨報在週五時取得了一個獨家新聞，但是它們必須要等到週六上午報紙出刊時，才能讓讀者看到。因此，達拉斯晨報率先在取得消息的同時，將這個獨家新聞公布於網站上，不但讓讀者搶先閱讀，更可避免其他媒體的競相追蹤報導，爭取時間差效應。

第二節　創新的內容──芝加哥論壇電子報

　　芝加哥論壇電子報和其他電子報最大的不同，是它有專門的電子報記者，產製原生的報導內容，而非「鏟送品」（shovelware），「鏟送品」的意思就是它的內容只是簡單的把紙本報紙的內容，不費心思地一鏟一鏟的送到電子報上去。主管芝加哥論壇電子報互動媒體部門的楊門（Owen Youngman）表示：「讀者不看電子報不是讀者的錯，而是我們的錯，因為我們忽略了他們真正在意的資訊。」

　　芝加哥論壇電子報的網路顧問金粹（Leah Gentry）提出以下一

---

*從2007年一開始的經營情況來看，《華爾街日報》甚至連紙本報紙的形式都加以改變，以往的報紙是充滿了專業與刻板的形象，但2007年初，《華爾街日報》已經將它的報紙整個的設計走向年輕化、輕鬆化，目的就是要吸引新一代的讀者，讓他們知道，專業的《華爾街日報》讀起來也可以很輕鬆。

套稱爲利亞守則（Leah's Rules）的電子報運作準則，可供參考：

1. 傳統新聞學的規範可以套用到電子報上，例如採訪與編輯的基本要求、查證的方式……等。
2. 沒有眞正的即時報導，所有的報導在上線前，都必須經過標準的編輯程序。
3. 電子報記者在進行報導時，必須考量到這則新聞要用什麼方式呈現，並要善用多媒體的能力說故事。
4. 電子報要做的事情是新聞報導，而不是要些新科技的花招而已。

芝加哥論壇電子報裡面有紙本報紙中所有的資訊，包括新聞、體育、徵才、不動產、汽車廣告、天氣、股票以及電視節目表等。相較於紙本，論壇電子報可以提供給讀者更全面的資訊，如：新科技的報導、遊戲資訊、討論區……等。另外，論壇電子報也把同屬集團中的廣播電台和電視台的影音資料，同時上傳到電子報中，這和目前台灣地區的東森新聞報和中時電子報的做法相似。

芝加哥論壇電子報的記者利特爾（Little）表示，電子報的工作性質和傳統平面媒體類似，兩者都是要蒐集各式各樣的資訊，再把這些資訊傳播給讀者。但是電子報的寫作方式及新科技之匯流特性，使得電子報的呈現方式相當不同。

由於電腦的螢幕比報紙的版面還要小了許多，所以電子報的首頁通常只能包含一個標題、一張照片，以及被設計用來引導讀者前往下一層閱讀的文字。利特爾仿效《華爾街日報》的頭版文章寫作方式，發展出「層化」（layering）的網路新聞報導架構。

這個架構主要爲：(1)頭版（或首頁）擺放一些關於新聞事件的趣聞、軼事吸引讀者的注意；(2)第二版（或下一頁）則利用圖片及表格輔助、增強這個事件的報導；(3)其他版面則依循前兩版，讓讀

者去順著開展各個不同的報導。在「層化」的報導架構下，不僅提供了一個符合邏輯的開展方式，也讓所有讀者都可以依照自己的意願來設定閱讀的順序。

另一位記者韓德森（Henderson）則有不同的做法。他對於1995年芝加哥的犯罪謀殺率相當有興趣，他表示，這個主題雖然是老生常談，但是他認為還能夠有不同的處理方式去報導這個題目。

亨德森首先向日報的記者蒐集所有犯罪謀殺的資料，包括時間、地點、犯罪動機以及其他各種的統計資料。接下來，他將這些資料整合於芝加哥的地圖中，讓讀者能夠藉由滑鼠點選地圖，了解自己居住的區域內犯罪率的相關資料。這樣的互動關係與傳統報導大異其趣。韓德森說：「如果我們利用了一個大資料庫來寫這個報導，那麼我們也應該要讓讀者自己有機會使用這些資料，這樣會讓讀者能夠直接找到對於他們最有意義的訊息。」

第三節　網路雜誌──HotWired

有愈來愈多年輕又充滿熱情的網路編輯和企業，在網路的世界裡扮演開荒闢土的角色。HotWired一位從舊金山來的文案撰寫人員丹寇（Pete Danko）說：「雖然我現在工作的時數較長、收入較少，但我感覺到比較快樂。」「我對我的未來感到樂觀，而且覺得它正要走向某處。」

HotWired是第一家商業網路雜誌，成立於1994年10月，向來標榜"Be fast, be simple, and degrade gracefully"。雖然它是紙本雜誌*Wired*的附屬品，但其內容亦相當豐富，網站上的圖片讓讀者看得頭暈目眩。HotWired.com以前瞻的眼光探索未來數位科技和生活，充滿知性的人文內涵。

　　相較於傳統的媒體，擁有許多廣告和精緻圖片的HotWired的成功，其意味著在思維和編輯方面轉變的起飛，並包含視訊與音效在字裡行間的結合。丹寇親自為HotWired定下「十誡」清楚告知內部員工，包括：「不要消除有害內容」（Don't Sanitize）和「我們再也不是在報社工作了」（We are not in newspapers anymore），而其指導原則是「發明新的字彙」（Invent New Words）。

　　HotWired從創立以來，發生了許多大事。對於丹寇而言，網路時代如同狗的歲月（web years are like dog years），十分短暫。因此HotWired不停的改革，其投入的不是報紙、不是娛樂雜誌，而是注重互動，並朝不同的領域發展。

　　目前，HotWired的經營扣除成本，幾乎所有的線上報紙都是免費的。每個網站都試圖藉由讓自己看起來友善、多樣化及出色，以變成網友每天生活的一部分。這些網站不只和其他類型的媒體競爭，也和成千上萬的網站廝殺。根據AJR（American Journalism Review）報告，《華爾街日報》和《洛杉磯時報》也開始著手線上版的服務。

　　不過，大部分的線上報紙都如前所述，只是在產製「鏟送品」而已，將母報的文章或報導重新複製到網頁上，某些關鍵字則是透過超連結，讓讀者點選到其他網站觀看更深入的報導。但HotWired則是在世界各地撰寫新聞，提供更多的消息給讀者。

　　韋爾（David Weir）曾經擔任《瓊斯媽咪》（Mother Jones）和《滾石》（Rolling Stone）的編輯，也是調查報告中心（Center for Investigative Reporting）的共同創辦人，在他的指導下，HotWired開始去報導一些政治性的新聞。HotWired的政治專欄「網民」（Netizen），每天從候選人活動中提供一些辛辣、尖銳的消息；而其政治版則常用一些街頭巷尾的俚語來批評時事，注重貼近民眾意見。相較於一般的報紙或雜誌，HotWired用詞的活潑程度與文章長度較不受限制。

韋爾表示：「我們必須去證明HotWired是有市場的；如果有足夠的人上『網民』瀏覽，就會有愈來愈多的新聞報導被注意。我想，人們眼前所見證的，即是新媒體的誕生。」

第四節　電子報面臨之困境

當然我們看網路媒體的許多機會點，但是不可諱言的，網路出版的生存和發展也面臨了一個很大的問題，那便是以目前來說，網路媒體的出版沒有分類廣告，而分類廣告在傳統紙本出版上，占了相當大的廣告收入。雖然網路出版的趨勢走在時代尖端，也是媒體未來必行之路，但一般媒體都害怕網路出版會使得他們的利潤減少。傳統媒體認為，如果網路出版可以吸引到新的讀者群，這樣才會比較有幫助，

至於網路出版的收費問題，我們從一些要付費的網站粗略統計後發現，他們的付費訂戶竟然比免費訂戶來得多，這意味著網站的付費模式，是一個可以開發的市場。芝加哥論壇電子報互動媒體部門的主管楊門針對電子報，提出他認為電子報在未來可以創造利潤的方式。他表示，目前電子報的所有內容都是免費的，因此讀者會上電子報查詢他們需要的資訊，等到這樣的服務漸漸成為讀者的習慣時，電子報就可以將部分的特殊內容隱藏起來，並開始對讀者進行收費。

但也有人質疑，網路文化的最原始精神來自於免費、分享等概念，如果要讀者付費才能閱讀網路新聞，恐怕是一件困難的事。

此外，傳統平面報紙與電子報員工間有鴻溝存在，有些平面報紙的員工抱怨，公司把太多資金投入在網路數位科技中，導致他們的薪資受到很大的影響，荷包大縮水，許多人煩惱未來電子報將取代平面報紙的地位。這也是傳統報業進入電子報市場亟待解決的問題。

雖然沒有人可以確定網路新聞未來是否可以獨挑大梁，或徹底顛

覆傳統新聞，但是增加對新媒體的能力是絕對有必要的。新媒體是個新奇又刺激的世界，也是創造力的啓發點。網路媒體所包含的範圍很廣，美國報紙協會（The Newspaper Association of American）的網站列表，有超過一百五十個報紙有上線服務。網路雜誌（e-zine）的種類更是多不勝數，範圍從小到大都有，而且數目還在急速增加中。

此外，定時更新的網路新聞（routine news）會日益增加。例如華盛頓有大風雪的時候，讀者可以到《華盛頓郵報》的Digital Ink點選收看即時的氣象預報、圖片等，網站內還有其他相關連結可以獲得更多相關消息。這類即時新聞是跨媒介的，有時是傳統的，有時是網路的，甚至有時是互動的。

無論如何，媒體走向數位化、網路化，是未來必然的趨勢，儘管媒體對於新科技仍有許多疑慮，但是新科技存在著無限的可能性，媒體應盡力去解決問題，發展這些可能性，並說服員工及大眾相信這是對的政策。

思考

在讀完本章節後，你是否能回答下列的問題呢？
1.通常，國外報業進入網路市場的形態有哪些呢？
2.你知道電子報在發展上所面臨的困境爲何？
3.你認爲電子報應該如何突破上述的困境？
4.你認爲本章所舉出的國外電子報案例，如何套用在台灣媒體上？

第七章

發送端與接收端的角色轉移

網路新聞學 Web Journalism

網路媒體的出現，對傳播產業及傳播模式確實造成衝擊，由於網路伴隨而來的互動性、匿名性、即時性、豐富性、分眾化等特質，使得閱聽人的主動性提升，閱聽人已不再是被動接收訊息者，他們可利用網路媒體，如：個人新聞台、部落格，一方面扮演接收者角色，一方面則同時發送訊息；新聞報導再也不是專業新聞媒體的專利，其論述與傳播權力已慢慢移轉至閱聽人身上。

在前述幾章我們分析了網路傳播的發展、優劣勢、未來展望，以及Web2.0時代的來臨，在本章，我們將介紹幾個近年來新興的網路媒體，並探討這些當紅的網路傳播工具，對於閱聽人及傳統媒體產業所產生的影響。

第一節　引領風潮的「個人新聞台」

網路世界所呈現的一些現象，常常反映出許多社會趨勢，甚至創造出新的流行風潮。像現在大家常說的「五年級」「六年級」這些名詞，就是由一個名為「五年級訓導處」的個人新聞台所創造出來的（見圖7-1）（http://www.gvm.com.tw/theme/inpage_cover.asp?ser=10194）。

個人新聞台的出現，使得閱聽人得以身兼總編輯和記者，讓閱聽人可以自己寫報導、下標題及編排，並與網友互動。

2000年創刊的明日報，可說是個人新聞台的濫觴。繼1996年PCHome的ePaper電子報和1997年智邦電子報後，2000年明日報創立MyPaper個人新聞台，當時創辦人詹宏志以「全民記者」的概念，認為每個人身邊的東西都可以發展成新聞，而不再局限於媒體和記者報導的內容，但後來的發展卻偏離了原先目標，MyPaper變成個人心情日記為主的平台。

圖7-1　個人新聞台引領網路傳播風潮，更是明
　　　　日報之濫觴！

　　個人新聞台在台灣的網路世界，已經成為一個心理宣洩，甚至是
經營另一個人際關係的管道（http://www.gvm.com.tw/theme/inpage
_cover.asp?ser=10194）。

　　由於個人新聞台擁有強大的人氣與張貼文章數目，從明日報一停
刊就不斷傳言有企業願意接手，後配合PCHome首頁改版，個人新聞
台終於又有一個正式的入口，開台及文章增加數目也隨之大增，讓人
不禁相信「企業是一時的，網友才是永遠的」（http://www.gvm.
com.tw/theme/inpage_cover.asp?ser=10194）。

　　在表現形式上，個人新聞台的版面配置有一定的格式，每篇文章
只能插入一張圖片，背景底圖也是固定的，不能隨意更換。新聞台由
早期的純文字書寫，逐漸演進到結合文字、圖片、影像的應用，再慢
慢演變成如今可以結合文章發表、電子報、留言討論區、貼照片、搜
尋等功能的部落格。不論部落格也好，新聞台也罷，這些網路日記式
的平台之所以會受到年輕人的歡迎，共通點都是因為提供了一個讓年
輕人發揮的空間，和提供一個宣洩的管道（http://72.14.203.104/

search?q=cache:59_n2Z9Vdb8J:www.ec.org.tw/Htmlupload/7-3.pdf+%E5%8F%B0%E7%81%A3%E5%80%8B%E4%BA%BA%E6%96%B0%E8%81%9E%E5%8F%B0&hl=zh-TW&gl=tw&ct=clnk&cd=39&lr=lang_zh-TW）（http://www.wei1105.idv.tw/comp/ journal/blog-3.htm）。

2006年3月，PCHome個人新聞台搭上Web 2.0的風潮，新增加標籤的功能，有別於一般制式的文章分類，由台長為自己的文章下定義，設定關鍵字的分類方式，讀者也能更精確更快速地找到需要的文章。PCHome個人新聞台目前共有五十三萬個，一千三百多萬筆文章，平均每天新增五萬多篇新文章（http://news.chinatimes.com/Chinatimes/newslist/newslist-content/0,3546,11051806+112006032200389,00.html）。

出版社也從中找到許多優質寫手，將台長文章集結成冊出版，包括《給下一個科學小飛俠的三十七個備忘錄》、《五年級同學會》、《尋找莊哥哥》、《我的單身不必議論紛紛》、《高潮咖啡因》等十幾本書，明日報已譜下終曲，個人新聞台人氣卻未散，可說是另一個令人驚奇的紀錄（http://www.books.com.tw/activity/2001books/publish12.htm）。

以蕃薯藤全力經營的女性頻道"HerCafe"來說，其中最紅的單元是「女人私日記」。有個暱稱叫「單單」的女生所寫的「單單愛的日記」，不到一年的時間，點閱人數已經超過五萬人次。雖然名稱叫日記，不過仍是以個人新聞台的模式呈現，當然，講的絕大多數都是私事。另外PCHome個人新聞台的「伯軒媽媽」，自從十七歲的兒子車禍身亡後，個人新聞台也成為她思念兒子、並與其他車禍受難者家屬心情共享的重要管道。

人們生活在疏離感強烈的現代社會，距離最遠、甚至交流對象不確定的網路世界，反而給人的感覺最熟悉、最容易親近，也因此許多

人願意在網路上暴露自己不爲人知的一面。這種現象在女性網友之間尤其明顯，女性的特質加上網路的匿名性，造就了「女人私日記」大鳴大放的盛況，自從蕃薯藤2003年推出這個單元以來，至今已經累計超過十八萬篇各類文章，每月不重複到訪人次更多達五十一萬（http://www.gvm.com.tw/theme/inpage_cover.asp?ser=10194）。

第二節　後起之秀──部落格

1999年8月，美國小型軟體公司Pyra（Blogger.com前身）將他們編寫的部落格（blog）軟體送上網路，免費與大家分享。短短五年，造就出全球超過千萬名部落客（blogger），衝擊傳統新聞事業，也開創新的新聞事業（陳順孝，2005）。

一、部落格的快速竄升

Blog是 "Web+ log" 的縮寫，一般人稱爲網路日誌，在台灣翻譯爲「部落格」，中國則稱它叫「博客」，部落格是一種根據既定寫好的程式而成的網路介面，使用者可以自行登入，架構自己的網站頁面，進行內容設計的形式風格；撰寫部落格的使用者，則稱爲網誌作家、博客或部落客，可以書寫生活、工作、時事及其他一切事務。

"Blog" 在2004年被《韋氏大辭典》編輯委員選爲「年度之字」（word of the year）（《數位時代》，2005/06/15：56）。部落格也是目前最受歡迎的網路媒體之一（見圖7-2）。

部落格的定義眾說紛紜，《韋氏大辭典》將部落格定義爲一種線上個人日誌，包含作者本身的反思、評論與提供超連結的網站。而網路百科全書Wikipedia則將部落格定義爲，網友個人撰寫於網路空間

圖7-2 部落格快速在網路上竄升，圖為2005年
「全球華文部落格大獎」中，獲得「評審
團推薦優格」之黃小黛個人部落格

上的個人日記，屬於網路共享空間的一種。

國內部落格作家林克寰依據部落格的精神，對其下的定義包括
（轉引自周立軒，2005）：

(一)以作者為中心

部落格是以部落格的作者為中心，不一定是客觀的新聞書寫，更
不同於以主題為中心的網路討論區。

(二)著重內容

注重資料的蒐集、消化、整理及呈現，可以帶來更有深度的內
容，而愈來愈方便易用的部落格工具更能夠養成使用者的書寫習慣，
創造更好更豐富的內容。

(三)講求與世界互動

地球村中每一個在部落格上書寫的人，都能寫下他們每天所見與
所聞，並透過部落格的連結、回響與引用功能，更輕易的將消息散布

到全世界，這種精神與全球資訊網的精神並無二致，但卻因為技術的進步，使得這樣的互動更簡單也更頻繁。

(四)是一種生活態度

部落格並非是特定軟體或系統的稱呼，它提供了使用者持續書寫與發聲的權利，這也使得使用者得以藉著書寫來精鍊文字、分享資訊並且親身反省，培養出社會價值觀所認為的良好生活態度。

但部落格與個人網站最大的差別在於，部落格大都利用專門的發行機制，不用撰寫程式碼，而且互動功能強，可以讓其他使用者張貼意見或互相串連。此外，大部分的部落格可以產生格式統一的RSS的程式碼，讓其他瀏覽器、軟體可以再次利用。

部落格的其他特色，也包含：以時間順序來做紀錄，透過引用（trackback）和回響（comment）進行與其他部落格之間的交流，並且大量採用了RSS技術來通知訂閱者最近的文章更新。

簡單地說，部落格是一種個人化的出版平台。使用者不需要了解太多程式語言，即可架設維護網站。其特色在於它比個人新聞台自由，功能又比電子布告欄來得多。使用者可以依自己喜好更改網站外觀、設定文章分類。而每一篇文章又有留言回響與搜尋的功能（蕃薯藤，2004）。

中央研究院社會所副研究員鄭陸霖分析，部落格迅速普及的原因，主要是因為部落格不像以往的個人網站架設困難，建立部落格的技術門檻低，使用者不需要會複雜的HTML語言，只要學會打字和上網，就有能力架設自己的部落格（《數位時代》，2005/06/15：58）。

部落格可視為個人的線上出版系統，這種「微型出版」的概念，扭轉了僅有大型組織才能對大眾傳遞訊息的傳統，當「出版」與「訂閱」的過程變得成本便宜，而且「成品」同樣美輪美奐，部落格便呼

應著二十一世紀個人主義時代「喊出自我」的潮流,迅速成為網路世界的狂迷現象(《數位時代》2005/06/15:58)。

有人認為,部落格能作為「社會情緒」的觀看窗口,因為「這個新媒體具有無與倫比的『即時性』(tied to a moment)」,部落格搜尋服務公司Technorati創辦人西弗來(David Sifry)解釋:當訊息一在部落格上流傳、討論,就會透過連結和訂閱機制,快速地形成某些集體共識,甚至提出有效的建議,這種立即的「反饋」不僅傳統媒體做不到,就連網路上的線上討論區也無法完成,「它是一種『全球交談』(global conversation),快到『以分鐘計』(minute by minute),幫助你『即時理解』(up-to-the-minute read)這世界的思考和想法」(《數位時代》,2005/06/15:60)。

而部落格最為人稱道,也是它可以快速崛起的特色,就是將網站製作的過程,簡化到讓一般使用者都可以自行創作、架構網站。部落格自2003年開始廣泛流行,現在的六、七年級生大都有自己的部落格,許多活動透過網路同好之間的串連,形成一股巨大的力量(《破報》,387期)。

二、部落格之發展

(一)部落格的數量調查與趨勢

根據Technorati 這家以部落格調查為主的公司追蹤報告指出,2004年7月時,部落格的數量超過三百萬,並且每天以八千至一萬七千個的速度往上攀升。而根據部落格服務提供網站Blogger.com公布的訪客數目,2004年3月的瀏覽人次達到三百三十八萬人次,這個數據同時則包含了部落格的書寫者與讀者。除了百萬計的部落格站台數量外,部落格的內容更新頻率上也受到關注。根據LiveJournal部落格

服務公司所做的調查：在調查日過去三十天內約有30%的部落格有過更新；七天內更新的則降為20%；一 天內更新的則僅有9%（周立軒，2005）。

　　《數位時代》雜誌在2005年6月的報導，全球目前已經有三千一百萬個部落格，而美國網路產業調查公司Perseus則預估在微軟（microsoft）與雅虎推出免費部落格服務後，部落格數量會在2005年底成長到五千三百萬個。根據中時網科公司總經理在2006年12月第二屆華文部落格頒獎典禮時表示，全球的部落格在2002年總共只有二萬三千個，但到2007年已有五千五百萬個部落格。

　　而PEW Internet & American Life Project這個長期觀察美國網路與社會脈動的專案機構，在2004年11月開始調查，在2005年1月所發布的報告中推論：在一億二千萬的美國網路人口中，有超過八萬名、約7%的使用者曾經建立部落格或線上日誌。而有三千二百萬、約占總數27%的網路使用者曾經閱讀過部落格，與該年2月的17%相較，成長了約58%。

　　該報告認為部落格讀者的成長主要受到選舉的影響，歸因於選舉期間政治性部落格的讀者有所增加。統計數字則顯示，有9%的網路使用者在選舉期間「經常」（4%）或「有時」（5%）會閱讀政治性部落格。從PEW自2002到2004年底的追蹤調查可以發現，美國部落格使用者從2002年7月占所有美國網路人口3%，至2004年11月的7%，成長了一倍以上（周立軒，2005）。

(二)台灣部落格之發展與應用

　　2002年10月，網路社群藝立協（Elixus）成立「正體中文blog資訊中心」，並致力於部落格的推廣，部落格開始在台灣受到矚目，接連出現「台灣應遞媒與部落格實驗」與「台灣部落格——天線部落」（林克寰，2003）。2003年6月，台灣開始有平面媒體注意到部落格的

消息，《聯合報》即簡單介紹了部落格的定義與崛起（陳姿羽，2003），藉著這群創新使用者與大眾媒體的曝光，部落格也在該年更迅速的進入台灣人民的生活中。

使用部落格的熱潮，由年輕的族群中開始風行，並吹入台灣的大學校園，像是台北護理學院、台灣大學新聞所、中正大學等學術單位，也都開始以部落格作為網站或溝通分享的平台。《破報》、《立報》等分眾媒體中，也開始利用部落格的特性，作為發報的電子平台。

在政治上，政治人物也利用部落格個人化的特性，作為其在網路上對於網友發聲與溝通的平台；立委高金素梅與候選人林正修都曾經以部落格作為個人網站，作為政見發表與選民溝通的管道。而羅文嘉則是以部落格記錄其日常生活的點滴，充分應用部落格草根媒體的特性，作為個人在網路上宣傳理念的工具。

在商業的應用上，國內的新浪部落、無名小站、樂多日誌、中華電信Xuite目前都提供免費部落格的服務。雖然並沒有對使用者收費，但部分服務商會在部落格網頁上刊登廣告。對於入口網站或社群網站而言，部落格成為一種繼電子郵件、網頁空間與相簿服務之外的吸引人潮方式。

2004年10月，入口網站主要品牌蕃薯藤，也開始發展與部落格相關的服務「全民速報」。只要使用者提供個人部落格所產生XML格式的RSS檔案，便可以讓自己在部落格上發表的文章，即時更新到全民速報網站。網站中同時也會將登錄的部落格做分類，不但會對流量較高的部落格做排序以供讀者參考，也會自動刪除三十天以內未更新的部落格網站，以維護讀者觀看內容的品質。全民速報本身並沒有提供部落格服務，但是以RSS標準聚集網站的方式，顧名思義是要讓使用者提供他們對事物的觀點與看法，讓每個讀者的角度都可以是一份報導（周立軒，2005）。

全民速報同時整合在蕃薯藤的新聞內容服務之下，當讀者觀看新聞時，同時也可以瀏覽最近幾則熱門的部落格文章，該服務用意在將部落格視為個人媒體工具，將使用者視為這個新媒體的記者，讓部落格書寫除了個人日誌的抒發功能外，亦能成為無處不在的新聞台（周立軒，2005）。

三、部落格挑戰主流媒體

為什麼部落格會具有影響力？很重要的原因是它原初創生時的「真實、不作假」的特性，直接衝撞由政府、企業和媒體「包裝」過的傳統資訊，也連帶挑戰了這些傳統資訊霸權的權威（《數位時代》，2005/06/15：58）。部落格試圖打入傳統傳播媒體的領域，在某一定的層面與媒體分庭抗禮，充分發揮另類媒體（alternative media）的力量。

部落格盛行現象，像是平原中佇立的一塊大石，很難不去注意它的存在。當這塊大石開始滾動，傳統新聞媒體首當其衝地受到衝擊（《數位時代》，2005/06/15：60）。部落格的出現，形成草根性濃厚的發表媒介，使公民新聞學的實踐更為可能，挑戰傳統主流媒體觀點。

通常來說，個別報紙與電視台要比個別部落格，能夠觸及更多閱聽大眾。不過部落格的力量呈級數擴展：大型部落格網站可以在網際網路上立即連結及複製，產生滾雪球效果，從而穿透主流媒體。再者，部落格比傳統新聞媒體文章壽命更長，記者見報的文章幾天後，就可能從免付費的網站消失，而部落格的報導版本則可長久供人擷取（《中國時報》，2006/03/06）。

國際傳媒巨擘「新聞集團」老闆梅鐸（Rupert Murdoch）也表示，網路時代的來臨，代表昔日媒體大亨的終結，而權力也正從二十世紀的媒體主編群及執行長，這些傳播業傳統菁英階層手中，移轉到

二十一世紀的部落格格主（《中國時報》，2006/03/15）。

　　梅鐸也指出，他所認識的三十歲以下年輕人，沒有一個在看傳統報紙。梅鐸指的不只是這些年輕人都跑到網路上「看」報，而是都跑到網路上「辦」報。 聞風氣之先者如六年前台灣的《明日報》和韓國的ohmynews.com，上網者不花一塊錢就可參與辦報，近兩年則是全世界流行的「部落格」，進一步讓每個人都能辦自己的報紙，從作者、編輯到發行人全兼（《數位時代》，2006）。

　　這不只是單純表達自我吸引注意。網際網路的本質，已從早期的技術現象、產業現象，發展到目前的文化現象，主控權則由創業家和資本家手上，交給一般平民大眾，使用模式也從最初的「下載」（download）改為「上傳」（upload）（《數位時代》，2006）。

　　沒有一個人或一家公司，能宣稱擁有或主導部落格的權力。所有參與其中寫作和閱讀的個人，共同決定它會怎麼走。沒有哪一個政府和組織，能控制或審查這種全球範圍的集體創作，但是在這個新媒體出現的內容，影響力卻反向滲透到實體世界的每一個環節中（《數位時代》，2006）。

　　2004年底，美國國會兩黨與白宮都對部落格站長發出採訪許可證，引起了傳統新聞媒體的不滿，紛紛起而質疑這種網路力量的權威度與公信力，但這股聲音在美國哥倫比亞電視網資深主播丹‧拉瑟（Don Rather）於其「六十分鐘」新聞節目製造假新聞，誤指美國總統小布希（George Walker Buch）在三十年前曾在軍中運用特權，從而被部落格網主們揭發後，已漸漸煙消雲散，丹‧拉瑟也因此道歉辭職（《數位時代》，2005/06/15：60）。

　　但在部落格世界裡最轟動的「新聞」，當屬2005年4月，由知名專欄作家赫芬頓（Arianna Huffington）所創立的部落格赫芬頓郵報（Huffington Post）（見圖7-3），在這個超級部落格裡，赫芬頓自己充當召集人，號召了包括知名作家克朗凱（Walter Cronkite）、電影明星

圖7-3　赫芬頓郵報的部落格，號召三百多個超級寫手，
　　　　一舉顛覆傳統部落格的「個人」、「業餘」、「游
　　　　擊戰」的形象，直接挑戰大型實體新聞媒體

黛安・基頓（Diane Keaton）、劇作家馬密（David Mamet）等三百個
超級寫手，一舉顛覆傳統部落格的「個人」、「業餘」、「游擊戰」的
形象，並由前美國線上時代華納執行副總裁李樂（Kenneth B. Lerer）
出面經營網站，直接挑戰如《華盛頓郵報》、《紐約時報》等大型實
體新聞媒體（《數位時代》，2005/06/15：61）。

　　赫芬頓指出：赫芬頓郵報部落格不僅將嘗試賣廣告，也準備把內
容賣給實體媒介，因此赫芬頓郵報不僅將挑戰年方六歲的部落格「非
商業」傳統，也直接挑戰到實體報紙在內容供給上的「優勢」地位，
才不過成立一個月，赫芬頓郵報便與新聞版權授權商Tribune Media
Services簽約，供給美國各實體報紙專欄（《數位時代》，
2005/06/15：61）。

　　部落格除了可賦權（empowerment）予閱聽人，使閱聽人能夠挑
戰、反制主流媒體觀點及論述外，受訪者如果認為採訪記者對他們存
有偏見或引據有錯誤，現在他們會運用與記者同樣的方法予以還擊，
包括受訪時錄音存證、蒐羅與記者往來的電子郵件存檔、於接受電話

採訪期間做筆記，然後在自己的網站將這些內容公之於世。這種
「『報導』記者」的做法正在改變新聞採集及呈現的方式，對於新聞業
的未來帶有深遠意涵（《中國時報》，2006/03/06）。

　　紐約大學新聞學教授傑·羅森（Jay Rosen）指出，公布訪談筆
錄、電郵採訪及通話內容，以及能夠上Google這種網路搜尋引擎蒐羅
資料，這些新做法已使得「過去被稱為閱聽者的這群人」力量大增。
羅森表示：「在這個新世界，閱聽人與新聞消息來源都是新聞發布
者。他們正在告訴記者：『我們也是新聞製作人，所以訪談要在你我
之間求取中間點，你從訪談中製作了東西，我們也一樣。』」（《中國
時報》，2006/03/06）

　　在哈佛大學研究部落格對新聞業影響的前「有線電視新聞網」記
者芮貝卡·麥金儂（Rebecca Mackinnon）預測，傳統新聞製作和揀
選新聞資訊的技藝不會就此消失。她指出：「大多數人不會每天花數
小時上網，他們希望有某個人能夠迅速並言簡意賅地告訴他們所需的
資訊。不過，能夠讓有閒暇時間者取得新聞原始資料也是件好事。」
（《中國時報》，2006/03/06）

四、部落格VS.媒體產業

　　美國《商業周刊》指出，部落格未來發揮的媒體力量，將是繼網
路之後資訊界最爆炸性的發明，媲美1440年德國古騰堡（Johannes
Gutenberg）的活字印刷。《商業周刊》預估，不出五年，全球主流
媒體將全面部落格化，贏家不再是具備完整新聞產品的業者，而是能
把部落格議題討論主持得最好的媒體（《蘋果日報》，2005/08/22）。

(一)傳統媒體開始設立部落格

　　這已經是個全球的通例，受到網路的衝擊，近年美國報紙銷售量

也有下跌趨勢。為求生存，美國北卡羅萊納州的地方報紙《新聞記事報》在網站上增設部落格頁面，由該報的記者及編輯親自撰寫，希望吸引更多讀者（《蘋果日報》，2005/03/29）。

　　每日發行量約九千三百份的綠堡市《新聞記事報》，於2004年夏天開始設立由記者與編輯撰寫的網站部落格，目前有十一個不同主題的部落格，其中一個部落格還專門由編輯解答讀者問題、回應批評、並討論報紙的運作方向。除此之外，網站也設有二十三個各類主題的論壇供讀者討論問題，並刊登最新的統計數字，如房屋擁有率、結婚和離婚率等公共資訊（《蘋果日報》，2005/03/29）。

　　《新聞記事報》編輯魯賓遜（John Robinson）指出，有愈來愈多讀者上網，他們的做法是「到有鴨子活動的地方捉鴨子，而現在鴨子就在網上活動」（《蘋果日報》，2005/03/29）。

　　報導新聞業界消息的美國《編者與出版者》周刊認為，當《新聞記事報》的革命完成後，「將可能成為二十一世紀報紙的模範」。北卡羅萊納大學新聞系教授梅爾（Philip Meyer）說：「這是一個好主意，對報社來說，進行高風險的實驗很重要。」（《蘋果日報》，2005/03/29）

　　除了《新聞記事報》設立部落格外，當英國《衛報》以及美國廣播公司等主流媒體都開闢「部落格專區」，援引有新聞性的文章以及從其他部落格中延攬專欄作者時，如何善用部落格匯集的各種資訊，已成為媒體不可避免的趨勢（《數位時代》，2005/06/15：79）。

　　利用部落格來豐富傳統媒體的內容，在台灣目前也是種新趨勢，如：中時電子報開闢「中時部落格」，由資深記者、編輯發表看法，聯合線上也爭相投入「部落格服務」的市場；而各電視台也紛紛為主播開設了部落格的平台，希望增加觀眾與媒體互動的管道（見圖7-4）。

　　不論是《中時》還是《聯合》，在部落格經營上都運用了「守門人」的概念。中時電子報總編輯郭至楨表示，平台業者或是入口網站

圖7-4　傳統媒體之新聞網站，開始推出部落格服務，
　　　　成為一種新趨勢。圖為中時報系的「中時部落
　　　　格」

在推部落格的時候，衝的是數量，但他認為以《中時》為例，跨足部
落格領域，延續優質媒體的形象才是首要條件（《數位時代》，
2005/06/15：79）。

聯合線上總經理劉永平則指出，部落客在先發聲之後，還是要加
上其他媒體的報導，才能發揮最大效益，傳統媒體與新興的部落格同
樣具有價值，在網路世界流傳的訊息，如果沒有其他媒體管道配合，
力量不會這麼驚人，「不過，以前水門案要找深喉嚨得約在停車場，
現在可能消息就在部落格上。」他比喻。劉永平說，過去許多民眾都
有投稿被退回的經驗，但利用部落格就可以找到發揮空間，甚至受到
推薦而躍上檯面，聯合線上就想扮演中間這個適合的機制（《數位時
代》，2005/06/15：79）。

在部落格的經營層面上，郭至楨強調，所有媒體都在關注部落
格，會帶動正面的發展，部落格不僅打破單向溝通的傳播模式，而且
更進一步能夠聽到各界聲音，只是在喜歡跟隨流行的台灣社會裡，
《中時》希望藉由更謹慎地經營，而不是一個部落格的「蛋塔泡沫」

（《數位時代》，2005/06/15：79）。

　　而雅虎在新聞搜尋引擎上，則將部落格新聞與正統專業新聞報導並列；許多頂尖部落格成員雖然缺少專業新聞訓練，仍吸引可觀的忠實讀者，而且勤於報導主流媒體遺漏或忽略的即時新聞（Blog_1）。

　　雅虎納入部落格的部分新聞，形同肯定「公民新聞學」（public journalism）。雅虎方面表示，傳統媒體缺少持續報導全部新聞不可或缺的時間及資源，如果網友想要搜尋新聞，部落格可以讓新聞內容更加豐富（Blog_1）。

(二)部落格對新聞事業衝擊（http://ashaw.org/2005/04/post.html）

　　以目前發展得如日中天的部落格來說，的確對傳統的新聞媒體造成了衝擊。它的影響所及，可以分成以下幾個層面來探討。

■部落客會讓採訪網變大、變密，與記者既合作又競爭

　　部落客們的眼睛、人脈和照相手機，監看著社會每個角落，任何新聞人物都將無所遁形，任何秘密會面都可能曝光，原本因為難以採訪而被忽略的人和事（如弱勢族群），則比較可能獲得報導。部落客揭露的題材，可能先在網路流傳，然後被傳統媒體引用，運用即時書籤（RSS）監看部落格新聞，將成為記者的例行公事。部落客將逐步分擔甚至取代傳統記者的工作，記者不能再靠報導例行新聞討生活，必須以深度的報導、宏觀的分析、深入淺出的文筆來證明自己的存在價值。

■部落格讓閱聽人能夠串連，新聞媒體將面對愈來愈大的挑戰

　　當閱聽人對新聞報導有所疑惑時，不必再悶在心裡、不必再寫往往石沈大海的投書，而可以透過部落格提出質疑，有疑問就互助合作找出真相，有不滿就串連抗議，閱聽人不再是分散的大眾，而是分進合擊的行動者。媒體不能再傲慢的拒絕道歉，記者也不能再自以為

是，他們必須謙卑地面對這個潮流，甚至善用這股浪潮，借助部落客的力量改正錯誤、補足材料、促進對話、豐富內容，才是雙贏之道。中時電子報創辦「編輯部落格」，就是勇於面對潮流、探索未知的嘗試。

■部落格創造豐富的新聞資源，媒體競爭的勝敗關鍵將因此改變

　　過去，媒體競爭力的基礎在於財力，有財力才能以高薪雇用人才、以鉅資擴充設備；但在部落格時代，競爭力基礎在於魅力，有魅力才能吸引部落客來投稿、來加盟、來對話、來貢獻智慧、來分享資源，這是重義輕利的結盟，能夠集結比任何財團更多的人才、資源和聲譽。南韓OhmyNews以四個人起家，短短四、五年就吸引三萬五千個寫手加盟、創造出每天二百五十則新聞、二百萬人次流量，證明吸引人才比雇用人才更有力。而吸引人才的魅力來自媒體的信譽和形象，也來自打動人心的編輯政策和開放的加盟辦法。

■部落格開創暢通的傳播通路，新聞控制的難度將愈來愈高

　　政府、財團、媒體老闆控制新聞，主要是藉由媒體所有權、人事任免權、新聞選擇權來管控新聞傳播通路，確保記者馴服、新聞不逾矩；但在部落格時代，人人可以擁有自己的媒體，任何被媒介組織封殺的新聞，都可以透過部落格或其他網路媒體匿名發表，美國《新聞周刊》雜誌扣下的柯林頓與魯文斯基性醜聞，當晚就被德魯吉報導（Drudge Report）公之於世就是一例，愈來愈多獨裁國家的人民，透過部落格發聲也是明證。

■部落客讓新聞變多、變雜，編輯的重要性將與日俱增

　　部落格世界資訊爆炸，真偽難辨，良莠不齊，如何明辨真假、去蕪存菁，進而選擇、重組成新而有力的新聞專輯，與傳統媒體既有內容相輔相成，在在需要編輯的功力；此外，如何避免毀謗、侵犯著作

權，需要編輯慧眼把關；如何帶動對話、管理留言，也需要編輯拿捏分寸。編輯不能只是被動的加工新聞，而必須主動的企劃新聞、建構新聞。

　　由於網路消息在可信度方面常受到質疑，網路上經常會出現刻意捏造的假消息；在訊息可信度方面，拉西卡（J.D. Lasica）認爲，部落格的透明性可提高可信度。他指出，部落客將新聞視爲一種對話，作者公開自己的背景、交代資訊蒐集程序，讀者則像專業記者查證時一樣，不斷檢視作者及其消息來源的權威度。他引用Napsterization. org's blog主編賀德（Mary Hodder）的觀點指出，部落客比一般記者更値得信賴的四大理由（陳順孝，2005）：

1. 擁有利基的專門知識（Niche expertise）：報紙無所不報，部落客則僅深耕一專業議題。
2. 動機透明（Transparency in motives）：部落客坦率揭露自己的預存立場和主觀傾向，接受讀者的判斷和挑戰，而且他們有高度的自由去表達自己眞心的想法，不像報社記者只能呈現媒體組織所謂的「客觀」觀點。
3. 程序透明（Transparency in process）：部落客會連結新聞原始文件、消息來源和佐證資料來作爲寫作的論證，而報紙上的文章幾乎從不與任何東西相連，宛如從眞空狀態而來。
4. 坦然認錯（Forthrightness about mistakes）：部落客犯錯時會坦然認錯，並將改正的訊息與原稿並列；不像報紙，頭版犯的錯常常只在內頁更正，也不像廣播新聞幾乎從不認錯（陳順孝摘譯自：Lasica, J. D.（2004）.Transparency Begets Trust in the Ever-Expanding Blogosphere. http://ojr.org/ojr/technology/1092267863.php. 2004-08-12）。

第三節　RSS成網路趨勢

　　部落格雖然擁有容易簡單上手的特性，但這不是部落格迅速普及的唯一原因。部落格的形式類似「私人布告欄」，容許作者以較長的文章表達完整的概念，同時部落格上的 "RSS"（Really Simple Syndication）訂閱程式，則方便網友藉由簡單操作，即可在部落格內容更新時主動提醒，在在都使這個新媒體產生強大力量（《數位時代》，2005/06/15：58）。

　　RSS是一種用來分發和匯集網頁內容（例如新聞標題）的 XML 格式。透過 RSS 的使用，供應網頁內容的人可以很容易地產生並傳播新聞連結、標題和摘要等資料。

　　使用者可以用RSS訂閱部落格、留言板或新聞，之後如果有新的文章、留言、新聞，使用者將會自動收到通知，不用一個一個網頁慢慢瀏覽，在不打開網站內容頁面的情況下，閱讀支持RSS輸出的網站內容。通常在時效性比較強的內容上使用RSS訂閱，能更快速獲取資訊。網站提供RSS輸出，有利於讓使用者發現網站內容的更新（見圖7-5）。

　　以往新聞網頁的新聞常常卡住閱讀的動線上，每天上千則的新聞，在頻道首頁單一動線上無法有效顯示出來，對網友而言，被動式的接收較不能完整接受訊息，RSS的出現，讓網友能主動接受新聞訊息，彌補閱讀動線上的不足，且提高閱讀的回流率（《銘報》，1485期）。使用RSS閱讀新聞有以下幾項特點：

　　1.沒有廣告或者圖片影響。
　　2.直接閱讀標題或者文章概要，再決定是否閱讀全文。

圖7-5　RSS技術的出現，有利於使用者發現網站
　　　　內容的更新，並能更加快速獲取資訊

3.RSS 閱讀器自動更新定制內容，保持更新的及時性。

4.閱讀內容的個性化。

5.使用者可以加入多個定制的 RSS 提要，而不用在不同網站間切
　換。

　　RSS也是當今各網路媒體共通的趨勢，台灣網路媒體也相繼推出
運用在新聞、娛樂、網路相簿各種層面，廣受業界及民眾注目。目前
中時電子報及聯合新聞網，皆有推出RSS的服務，提供網友更便利的
瀏覽方式及第一手資料的迅速更新，滿足閱聽眾個人化需求（《銘
報》，1485期）。

　　中時電子報的RSS系統，與其他業者最大不同點在於OPML（所
有訂閱RSS的書籤檔）的製作，全部RSS頻道連結用OPML建置，網
友可自由選擇《中時》所有頻道一次匯入，簡化繁瑣的複製頻道
（《銘報》，1485期）。

　　中時電子報編輯部新聞中心執行主編劉偉國表示,《中時》的RSS可直接連結網頁,這樣的設計,使得中時電子報的點閱率大幅提升,2005年3月RSS系統上線時,《中時》利用Web Base讓網友加入頻道,應用軟體的程式視窗寫成HTML格式,用瀏覽器開啓,有較好的相容性(《銘報》,1485期)。

　　聯合新聞網內容發展組主任周暐達表示,推出RSS是爲方便瀏覽者取得更新訊息,並提高網站閱讀者的回流率。未來將運用在聯合新聞網部落格,利用RSS隨時提供新資訊,提高瀏覽者與部落格作家的互動性(《銘報》,1485期)。

思考

在讀完本章節後,你是否能回答下列的問題呢?

1.什麼是「個人新聞台」?它和「部落格」(Blog)有什麼異同之處?

2.你認爲「部落格」的精神是什麼?

3.「部落格」對於傳統新聞媒體造成了什麼影響?它能夠取代傳統新聞媒體嗎?

4.你有經營自己的「部落格」的經驗嗎?你認爲一個好的「部落格」應包含什麼元素?

5.什麼是"RSS"?

第八章

網路新聞編輯與電子報實務

　　網路編輯是網際網路發展後所形成的另一種工作類型，其工作形態雖部分沿襲傳統平面編輯的工作內容，但卻也衍生出更多變化，本章的內容可以提供給時下加入網路工作的人，另一種發展與思考的空間。

　　網路編輯，廣義的來說，可指所有從事網頁更新與維護工作的人，包括個人網頁、個人網站、公司團體網站，甚至程式撰寫人員。狹義的說，則可縮小為網頁的文字與圖片處理人員，或從平面編輯的概念來加以衍生，專指在電子報內，從事文字與圖片處理的新聞工作人員。

第一節　網路新聞編輯之責任與企圖心

一、網路編輯角色多樣化

　　從工作內容來說，網路編輯的工作類型是多樣化、沒有限制的。在個人網頁上，網路編輯可視為版主（web master），將一個網站從無到有架設起來，填入內容，使其運作，提供資料檢索查詢功能。

　　在大型的網站中，網路編輯的工作大致可區分為三種：(1)文字與圖片處理人員；(2)程式撰寫人員；(3)網路管理人員。

　　隨著網站的屬性不同，所處理的內容（content）及工作形態都不同，例如在入口網站的編輯，工作內容主要在資料的整理與分類（前端）；在電子報的網站中，網路編輯的工作主要在新聞的處理與呈現（後端）。

　　除此之外，網路編輯的發展也相當寬廣，網路編輯可成為總經理，獨立對外與廠商洽談各種合作事宜，做各項決策、監督與執行。

在這樣的發展下，網路編輯也可以成爲業務總監、企劃總監、行銷總監、創意總監或廣告代表，對外負責內容與合作的洽談。

網路編輯也可成爲圖書館的館長，負責資料的蒐集、整理、分類與更新（update），將各式各樣的資料，依不同的內容分類，設定關鍵字，以資料庫檢索軟體來套用，成爲可供網友查詢的資料內容。

而在網路電子報中，網路編輯可成爲新聞產製流程中的一員。凡從事實際撰寫工作的編輯，可發揮報社中主筆的角色；將資料製作成網頁的編輯，可扮演編輯的角色；從事新聞與資料蒐集撰寫工作的編輯，可從事網路記者的工作；將外電翻譯成新聞稿的編輯，可擔任編譯的工作；而從事版面設計與圖片影像處理的編輯，則是美編。從另一個角度來說，網路編輯專事有關美的設計與生產，是扮演藝術總監的工作。

由此可知，網路編輯是一種全新的工作形態與類型，具有挑戰性，且有無限發揮的空間。各種不同的工作，也適合不同屬性的人來參與，扮演著上、中、下游的角色。

但是，由這些多變的角色扮演，也顯示在公司中角色劃分的混淆，一位網路編輯的工作，須跨越多大的範圍？扮演多少種角色？一方面牽動公司的需求，一方面也攸關個人的能力。參與的角色太多，要學的專業技能太多，所學不精，耗費太多的人力與精神，可能影響產出與個人發展。且若以企劃團隊的角色來看，與各專職部門，如美術設計部門、業務部門的職權劃分爲何？這在網路遍是新興公司，各種人事、組織與營運方式都在摸索的情況下，的確很難釐清。況且，目前的網路公司經營者，入門時間都不長，更增加協助網路編輯在定位上的困難。

網路編輯的角色說來自主性很高，但相對來說，卻也處處顯得綁手綁腳，在公司裡，需要更多的折衝與協調，以尋求與其他部門合作上的融洽，讓一個企劃案能平順的推展，否則，就必須由上到下，一

手全包，這樣就可能事倍功半了。

對於個人而言，若個人的性向較爲開朗，適合挑戰與自我要求，則能在工作上尋找出路，不斷的嘗試新的工作，將所扮演的角色發揮到淋漓盡致，並挑戰不同的工作，而最終朝向經理人的角色發展。但若個人的性向較爲保守，適合從事機械性、少變動的工作，則專攻一項工作，深耕鑽營，也可以發揮一片天空，做一個專業的技術人員，換句話說，是「人人有機會，投入就有把握」。

目前的網際網路發展仍停留在技術層面，因此需要大量的網路製作技術人員，網路編輯在這個時間點可說是搶手貨。但長遠來說，在網路成爲生活的一部分，網路經營的模式確定，網路生態與秩序被定型後，網路經營與管理的人才必定是主流。因爲唯有經營與管理者從成本、獲利各方面加以考量，才能爲公司帶來更多的利潤。因此，網路編輯發展的遠景，應由技術面逐步轉化爲經營與管理面。

所以，除了具備基本的技術外，一個網路編輯應該多做市場的分析與觀察，培養對於網路市場的敏感度，適時參與網站的企劃、營運與轉型的工作，以發揮更大的功能，且藉由對於網站實際的操作，檢討出利弊得失，以作爲管理的依據。

曾有美國的趨勢學者表示，未來人類的生活將多樣化，產業生命週期的循環將比現在更快，這意味著人類在其一生中將不只從事一種工作，培養第二專長是很重要的，一個人約十年就會換一種工作，在面對網路如變形蟲的生態中，這個預言已提前來到，面對這樣的情勢，預作準備，學習各種適應技巧，是網路編輯的天職與宿命。

二、網路新聞編輯的自我要求

許多新聞網站發布的新聞仍然存在著一些問題，而這些問題的出現，與網路新聞編輯有著必然的關係。據此，結合網路媒體和網路新

聞傳播的特點，以及網友的需求和閱讀行為，以下我們將探討網路新聞編輯在編輯和發布新聞時，至少應該做到的五項自我的專業要求。

(一)應有新聞概念，不可缺乏責任感

這是一個在新聞職場工作者普世的規範，當然也同樣適用在網際網路的所有工作者身上。試舉幾例：

1. 有些網路新聞編輯，總是原封不動地拷貝報紙的新聞標題，如前面所提到的「罐製品」，從來不加以修改和再製作。但是，並非所有的報紙新聞標題，都適合直接拿來用作網路新聞的標題，因為網頁的頁面與報紙的版面是有區別的，網路新聞的標題通常是獨立出現的，網路讀者只有用滑鼠點標題，才能進入頁面，讀到新聞內容。正因為這樣，這就要求網路新聞的標題，必須包括新聞內容的基本要素，做到準確、明晰，以幫助讀者迅速決定是否點閱。所以，網路新聞編輯在轉載報紙新聞時，若其標題過短或者所包括的新聞基本元素過少，則須對其進行修改，再製作。

2. 要重視把從報刊和其他網站上轉載過來的新聞稿中的「本報」、「本刊」、「本網」等字樣改成「某某報」、「某某刊」、「某某網」或「據某某報」、「據某某刊」、「據某某網」等。
   為什麼要這樣改呢？因為從報刊和其他網站轉載過來的新聞稿，經過網路新聞編輯的加工、處理並上傳到網上後，其載體已經發生了變化，不再是原來的報刊、網站了。這也是重視原創新聞知識產權的體現。

3. 一條新聞在同一欄目中重複發布，這也是個很普遍的問題。同一條新聞在同一個欄目中，上午發布過了，下午又發一次；昨天發布的，今天又發一次；有的甚至在同一個半天內也出現重

複發布的現象。重複發布的直接原因,通常是由編輯交接班造成的,但從根本上講,還是編輯的工作責任心問題所致。

針對上述情況,網路新聞編輯應該一方面加強學習,掌握網路新聞傳播的特點,同時努力學習新聞傳播及網路傳播的知識,提高自己的業務素養和能力;另一方面,要努力增強自己的工作責任感,樹立「精品意識」,頭腦中要有「品質」概念,養成一絲不苟、踏實嚴謹、精益求精的工作態度。

(二)網站應注重時效性、不宜內容雜誌化

目前社會發展變化迅速,在地球村的概念下,不確定性因素必然增多,造成國際國內的焦點新聞層出不窮。新聞網站作為「第四媒體」,必然要對這種狀況加以快速反應。很多網站的編輯在各新聞頻道設置了「焦點」、「分析」、「特別報導」等深度報導專欄。這樣的專欄在網站中適當地設計,的確有助於讀者對一些重大事件、焦點新聞,進行解釋、分析、深度透視。但是,有些網站這類專欄或專題設置得過多,使用的長稿也太多,造成最新消息、動態性新聞的量不足,更新也不夠即時,反而使得整個新聞網站的內容呈現雜誌化的傾向。

其實,這種雜誌化傾向有些只是因為編輯的一廂情願。美國史丹福大學和波恩特新聞學院組成的一個研究小組,利用眼球追蹤技術和錄影設備,對網友的新聞閱讀行為進行研究,他們的研究結果發現,「網路新聞讀者的閱讀很膚淺」,只有在特定的議題下,才會深入閱讀;網路新聞讀者平均每次上網時間僅為三十四分鐘;79%的讀者閱讀新聞是採取浮光掠影式的。

再者,網路新聞傳播真有「時效性」,因此網路新聞編輯必須要重視最新消息、動態性新聞,並且對新聞要即時更新。如果網站或內

容太過雜誌化，不僅不符合網路讀者的閱讀行為和閱讀習慣，也浪費編輯太多的時間和精力，影響新聞的即時更新。

(三)注意區域化、但不忽視全球化功能

何謂「區域化」？這主要是針對地方新聞網站而言的。以美國為例，一些比較區域性的網站為了加強和商業網站、大型新聞網站的競爭，近年來，這些地方新聞網站相繼採取了「區域化」策略。其實作為一種運作方式，依目前地方新聞網站在資金、技術、人才等，遠遠弱於商業網站和大型新聞網站的現實條件下，「區域化」策略確有其一定的可行性和合理性。

但是，如果我們從網路新聞報導這個層面來看，在這些實施「區域化」策略的網站中，有的對「區域化」理解得比較狹隘，因而在操作上就難免失當。例如，網站首頁的「今日頭條」，一般都採用本地新聞（除非發生特別重大的全國性、國際性新聞事件），其來源往往都是當地當天早晨出版的早報，且當天很少更新；網站首頁的最搶眼位置，幾乎總是被當地新聞所占據。

持平的說，網站首頁是一家網站的門戶，是網路受眾進入該網站各專題的通道，它也如同報紙的頭版，具有導向、提示作用，自然有導讀之功能。首頁放什麼新聞，放在哪個位置，怎麼放，都可以充分體現網路新聞編輯的編輯理念和新聞價值取向。雖然以「區域化」作為一種經營策略，但我們不能削弱或排斥「全國化」、「全球化」新聞的功能；若對「區域化」做狹隘的理解，結果就必然會削弱對國內、國際新聞的編輯、發布，而這最終會影響到網路讀者的需求和興趣，從而影響網站的訪問量。所幸的是，這種狀況在台灣並未發生。

(四)不要捨本逐末、刻意追求軟性新聞

有些網路編輯在新聞報導上為了要盡可能多地吸引網友注目，就

把專注力放在軟性新聞上。網站編輯不但多發軟性新聞,甚至硬新聞在標題上,也盡可能的加以軟化,認為唯有這樣做才能有「看頭」。不錯,從很多數據顯示,確實有許多讀者上網是喜歡看軟性新聞,讓自己輕鬆一下,而且,有些硬性新聞確實也可以加以軟化處理,但這並不代表讀者只需要軟性新聞,當然更不代表他們主要的需求是軟性新聞。讀者的需求是廣泛的,就算同一個讀者的需求也會是多層次的。

(五)加強守門人意識、強化自我專業訓練

作為一個網路新聞編輯,他既是網路新聞的編輯者、發布者,也是網上新聞的守門人。然而,當前有些網路新聞編輯對於新聞內容的價值認識不清,以致對一些格調低下的、黃色的、虛假的,甚至是錯誤的新聞把關不嚴,造成論壇上的一些不當言論,或是粗俗謾罵的言論沒能得到即時刪除。要掌握好版面的內容,不僅新聞網站要有正確的新聞價值取向,需要制訂、實施一整套嚴格的選稿標準和合理的管理機制,更重要的是,網路新聞編輯要提高自身的新聞素養,這樣才能對網路新聞進行正確的編輯和把關,也才能管理好各種開放的論壇。

第二節　網路新聞編輯的工作內容

一、加強稿件整合解讀新聞

在網路新聞的處理過程中,如同傳統媒體一樣,我們先將大量相關稿件結合在一起,可以稱之為「整合」。整合的含義是,通過某一

個主題，編輯將相關的稿件集合在一起，以便讀者可以全面地、深入地了解新聞事件及其影響。

　　一般而言，網路新聞的整合手段主要有兩種，一種是專題報導的形式，另外一種則是透過搜尋，提供與某一個主題有關的新聞。

(一)專題報導、整合內容

　　在傳統媒介中，稿件或報導的組織與配合，是十分重要而且常見的編輯手法，強調的是幫助讀者對新聞能有總體性的認識。在報紙上的稿件通常是通過兩種方式分別進行集合，一種是空間上的，即在版面上將有關聯的稿件放在一起，讓新聞集中處理形成專題；另一種是時間上的延續，如採用連續報導或系列報導的方式，使對同一主題的事件報導，透過時間的延續加強效果。但是從網路的角度來看，網路編輯可以將兩種手段綜合使用，使稿件的群體優勢得到有效的發揮，對於重大的新聞題材，也可以進行多層次、多角度的報導。

(二)搜尋新聞、歸納整理

　　現在幾乎所有網站都設有搜尋功能，不論是入口網站或是新聞網站的資料檢索功能，都可以讓讀者進入搜尋資料，一般而言，這是不收取費用的，不過，也有部分網站因資料關係，可能會向讀者收取部分費用。但是通過搜尋得到的新聞，往往由於來源過於複雜，有時未必就能派上用場，換言之，如果沒有網路新聞編輯的歸納整理，讀者拿到的可能只是一堆生材料（raw material），結果不但不能帶給讀者便利，反而可能增加他們的負擔。

二、增強與受眾新聞互動性

　　經營網路的業者都會強調要增強網路新聞的互動性，可以更好地

發揮受眾的能動性,並獲得即時的訊息反饋。新聞傳播要得到好的效果,就要改變過去的單向交流方式。而網路傳播的技術條件,給雙向的交流提供了答案,「雙向」在目前網站的運作中至少有以下兩種含義:首先,受眾在接收訊息時可以有更多自主權,其次,讀者與編輯之間或讀者與讀者之間,可以有更多的交流。

而讀者與編輯的互動,又有以下幾種方式:(1)用電子郵件接收讀者反饋,此方式可以收到很多來自讀者的意見;(2)對於重要的新聞事件,用網路問卷的方式,調查讀者對這一事件的意見與想法;(3)建立常態性的讀者問卷,了解近期讀者對網站的意見、建議與需求;(4)設立讀者論壇,讓讀者就某些議題進行討論,與問卷形式相比,這種方式可以直接讓讀者進行思考與意見的交流,具有更強的針對性;(5)利用網路的互動技術,讓讀者與編輯或其他人士,可以在網上進行直接對話。

三、應展現新聞編輯的企圖心

從閱讀印刷報紙成長起來的讀者,應該早已習慣了利用版面和文字解讀新聞的方式。但是,當人們轉向閱讀網頁時,卻會感覺有一種強烈的不適應,那就是版面消失了,接著似乎版面上以往熟稔的語言也不見了。但從網路傳播本身來說,對訊息的傳遞有更大的自由度,就是網路的一大特色,當然,也帶給受眾更多選擇訊息的權利。

但是,事實上,完全交由讀者來選擇新聞是不經濟的,其次,從事新聞傳播的媒體網站,也應該還有新聞把關的功用,也就是說,網路新聞最好的編輯方式,就是應該具有引導閱讀和表達意見的雙重功能。回頭來看,為了實現這兩種功能,在傳統報紙上,是「版面語言」,在網頁中,則有一些新的形式。雖然傳統印刷報紙的版面語言,在網頁上的使用受到很多限制,但是其中有一些規律還是可以繼

續沿用的，而網路本身的特點，又提供了新的表達編輯傾向的方式。因此，我們用貫穿的編輯概念，配合網路資訊的科技，兩者如何相輔相成，我們提供了以下的一些看法：

(一)善用網路時間與空間的優勢

傳統印刷報紙的載體是紙張，它的所有文字及其他視覺元素，都在紙張的一定版面上進行，所以，版面語言主要是在這個舞台空間上進行展示的，而網路在提供新聞方面，則打破了時間與空間的界限。一個網站的新聞往往可以沒有某年某月某日第幾版的概念，因為網頁內容的特性就是不必像印刷報紙那樣整齊化一，有些內容可以幾小時更新一次，甚至隨著事件發展即時更新，而有些內容則可以在網頁上存在幾天甚至更久，而這正為網站編輯對新聞事件的重視程度，提供了有效的方法。

(二)利用網頁特點形成「氣勢」

在版面語言中，氣勢是一個很重要的概念，它指版面吸引讀者注意力的方式或能力。報紙的氣勢與空間位置、空間大小、標題或內文的字體、大小、排列方式、色彩、線條、圖像以及稿件集合多種手段有關。在網頁中，氣勢仍然是一個十分重要的概念，在網頁中，文章的標題文字對形成氣勢也有很大的影響，因為當讀者看不到正文時，它只能通過標題文字是否能引起他的興趣來做初步判斷。這時，放在印刷報紙上不起眼的新聞，可能由於標題做得好，而在網頁上顯得相當搶眼。因此，網路新聞編輯應該特別注意這一新動向，提高標題的生動性、準確性，並使標題能恰當體現內容的重要程度。

(三)配合新聞特性，有層次的鋪陳

網站是由很多網頁組成的，網頁間存在著一定的層次結構。一些

頁面會先被讀到，而另一些頁面則只能較晚出現。主頁是第一個被訪問的頁面，所以一般新聞網站都在主頁上設立「重要新聞」一樣，給予重要新聞在第一時間被讀者閱讀的特權，這種呈現的形式和報紙一樣，在報紙的頭版上總是安排最重要的新聞，而其他新聞則被安排為某個醒目的重要新聞，或是一般性新聞的版面，這樣，讀者就能從這種閱讀順序中體會到稿件的重要與否。

(四)稿件形成套裝優勢，表達編輯的意圖

在傳統報紙上，稿件的集合處理不但可以形成版面上的氣勢，還可以產生 "1+1>2" 的效果，因為新聞編輯有想法和有目的地挖掘了稿件之間的內在聯繫，同時也給了新聞伸展的空間。在網頁上，稿件集合仍然是形成套裝的一個有效方式，它的作用不僅提供讀者優質的新聞，還可以增加稿件的吸引力，使人們對此給予更多關注。這種方法在圖片的使用上也是如此，當有一張強而有力的主照時，給予一定的空間，就可以讓這張照片產生十倍的震撼力，但有些狀況是，有些照片單獨存在時並不突出，可是一旦用集合式（package）處理時，反而提供讀者不一樣的視覺力量。

(五)精選讀者來稿，形成言論特色

在網路中，輿論可以通過讀者自己的討論來形成，但在新聞網站中，編輯仍然要對輿論發展和在網站中所呈現的效果，負起一定程度的責任，而其中一個重要的方式，就是對來稿的取捨。通常一個網站只把部分讀者發來的電子郵件登上網，這些稿件大部分是恰當的，可能也與編輯部意見相吻合，但在網路中的讀者特性是編輯不一定捉摸得到的，換言之，喜歡你的人會來你的網站，不喜歡你的人也可能會來你的網站，為了吸引更多的網友來網站瀏覽，編輯也應刊登反面意見，這樣不僅可以照顧到更多的讀者，更可以引起更全面廣泛的思索

與討論。

四、有效提高新聞資訊的質與量

(一)為新聞提供更多的背景資料

在傳統媒體特別是報紙的編輯理論中，十分強調背景資料的作用，它可以為讀者釋疑解惑，開闊他們的視野，加深他們對新聞事件的理解。但是，傳統媒體的資源，如報紙、雜誌的版面，廣播、電視的播出時間，本來就十分有限，如果再加上背景資料，有時實在也力有未逮。但網路傳播卻擁有無限版面與空間的優勢，容量不再成為一種限制的因素。所以，網路編輯應盡可能多多利用這一優勢。

網路新聞附加背景資料可以有兩種方式：一種是在配合新聞，同時匯集相關新聞，以便讀者進一步了解；另一種是利用「超連結」功能，對文章中出現的一些關鍵字，建立與有關訊息的聯繫。超連結方式是網路的一種特有產物，也是網路得以普及應用的一個功臣，它使得網路上訊息之間的聯繫更為活絡。

但超連結方式它也改變了人們傳統的線性的閱讀方式，人們的閱讀過程不再簡單的從上到下，從左到右，封閉地完成閱讀行為，而是有可能在任何地方被超連結出去，到另一個網站，而在這個新的網站，又可能會有引起讀者興奮的關鍵字，這些關鍵字同樣還有超連結，如此下去，讀者的閱讀行為離他的既定目標便會愈來愈遠。

超連結的出現，本來是為了加強資訊之間的聯繫，提高資訊的利用率。但是，在運作中我們也發現其實超連結有其長處，但也有其一定的缺點，那就是它干擾了正常的閱讀過程，使讀者耗費大量時間去漫遊既定目標之外的世界，這樣的結果不僅浪費讀者時間，資訊也以一種非正常方式被消耗，因此，它往往沒有得到提高資訊利用率的目

的，反而造成資訊的過載或浪費。

　　因此，也有一些網站採用一種封閉式的做法，即在文章中不時出現用下滑標線標明的超連結關鍵字。打開超連結，出現的是一個簡單的頁面，它顯示的是網站資料庫中有關的資料。這個頁面是封閉的，讀完後，讀者必須要回到前一頁，也就是剛才中斷閱讀的地方再繼續閱讀下去。這樣就可以保證讀者的閱讀線路是比較穩定的，但這些網站的資料庫中的資料一般還比較單薄。因此，不論封閉的方式或是開放的方式，都有自己的優缺點，如何能更有效地讓讀者獲得自己需要的背景資料，應該是視實際情況靈活解決。

(二)建立具有自己特色的資料庫

　　廣播、電視這兩個媒體具有轉瞬即逝的弱點，因此，受眾想要查閱已經播出的內容，是一件非常困難的事。而報紙一天的版面只能提供當天的訊息，如果要查詢以前的報紙，常常要在舊報紙堆中爬上爬下，其效率可想而知，而且對於大多數讀者來說，要完整保存所有報紙，也是一件十分困難的事。但是網路卻可以輕而易舉地解決資訊的保存與查詢的問題。對於新聞網站來說，將新聞做成資料庫，是網站必做的功課之一。國內舉凡聯合新聞網、中時電子報等新聞網站，現階段都已提供線上資料庫的檢索功能，對於讀者的使用及新聞資訊的搜尋有很大的幫助。

五、強化圖像與其他多媒體工具

(一)善用圖像表現

　　香港《蘋果日報》來台發行之後，讓傳統報紙進入了「讀圖時代」，可是當報紙才開始大量運用視覺方式進行新聞報導時，在網路

上卻面臨使用圖片帶來的麻煩。由於圖片文件的體積往往很大，而現有的網路上最主要的困難之一就是頻寬擁擠，所以圖片傳輸成了一件很麻煩的事。這就意味著，如果想要提高網頁的訊息傳輸速度，就要犧牲圖片的數量與質量為代價。但是，如果網頁上沒有任何圖片，難免會顯得單調無趣，更何況對於新聞性網站來說，圖片本身就是極具表現力與說服力的。所以，網頁仍應適度運用高品質的照片。

(二)將多媒體呈現做有機結合

多媒體化是網路新聞的一種特殊表現形式，這是其他媒體所不能望其項背的。但是，如何才能將多媒體手段進行有機結合，以提高新聞傳播的效率與質量，則是一個嶄新的課題。所以當我們在運用多媒體方式時，應該注意：

首先，多媒體是手段而不是目的。有些網站把多媒體作為一種理所當然的要件，只是為了多媒體而多媒體，根本不問其效果，結果造成多數影像、聲音新聞只能聊備一格，根本無人問津的窘境。

其次，多媒體手段應與新聞內容相輔相成。有些網站的新聞縱使具有影像、聲音，但看看它的新聞，都是屬於一些靜態的內容，根本不需要用多媒體形式表現。相反的，一些非常需要影像和聲音配合的新聞內容，卻沒有配上這方面的手段，反而讓人啼笑皆非。

第三節　網路新聞編輯的自我挑戰

由於網際網路的全球性與普遍性，使得電子報的讀者廣被四海。雖然有研究指出，電子報的讀者比較喜歡接觸到非本地的、突發的新聞，但是由於國內網路人口的逐年快速增加，加上對新聞資訊的需求強烈，因此電子報提供的新聞內容，國內、外新聞均不能任意偏廢。

依目前情況來看，由報業設立的電子報，在這方面就比其他公司、甚至其他媒體設立的電子報占有優勢。報紙媒體在新聞數量上、報導的完整性與深度方面，原本就不是電子媒體所能相較的，自然在國內、國際新聞方面，所能涵蓋的範圍就比較大。

不過，也由於報社記者作業習慣一天發一次稿，因此如何在即時性、突發性新聞的作業流程上改進、同時發揮報紙媒體原本就較為完整的新聞控管流程特性，避免電子媒體現場直播時，記者信口開河式的新聞呈現弊病，將是提升電子報編輯和採訪人員在回應網友時所要特別注意的課題。

其次，由於頻寬的限制，電子報雖然挾有數位科技整合力量的特性，應可盡量發揮多媒體呈現新聞的優勢，但迄至目前為止，國內報社建立的電子報（即：中時電子報、聯合新聞網）多仍以文字、輔以照片作為主要的呈現方式。因此，未來如何繼續在系統與技術方面尋求突破，以求結合影、音、動畫、文字於一體的方式呈現新聞，也會是電子報新聞編輯人員的一大考驗。

當然，電視媒體所設立之電子報，在影音方面顯然具有較大的資源。國內多家電視台這些年來也多已經架設新聞網站，提供網友影、音新聞服務。不過，在新聞的品質以及呈現的方式上，則又囿於電視新聞作業流程的限制，不但在新聞數量上顯然少很多，在以文字呈現方面，也多直接使用播報時的口語文字，因此字數較少、新聞處理的程度較淺。而在即時性與突發性的新聞表現方面，國內由電視台成立的新聞網站顯然並未展現SNG般的網路直播特性。

因此，擁有報社資源的電子報新聞編輯人員，如何善用報社資源，並努力發揮網路原生媒體的特性，呈現新聞內容，將是把電子報從網路附屬媒體形態轉變出來的關鍵之一。

接下來我們應該注意網路電子報互動性的運用。電子報作業流程中，其實大多數的工作已由電腦自動化完成（例如：發稿作業、改

稿、審稿作業，以及將報社文字檔直接轉成電子報內容等）。因此，報社成立的電子報編輯人員，已不必負擔傳統報社中編輯人員審稿、改稿以及下標等的絕大多數工作。相反的，由於電子報編輯人員常常必須面對大量網友寫來的電子郵件，以及維護開放討論區的內容，因此，相較於傳統報社編輯人員「編輯台上的黑手」角色，電子報編輯卻儼然是第一線工作人員。

　　為了發揮電子報在互動性方面的特質，編輯人員應該具有對新聞內容、新聞記者群，以及報社政策的了解，以便能正確回應讀者對新聞報導的要求與詢問。再者，電子報編輯也應該具有直接處理讀者來信的意願與親和力。在規劃互動空間方面，電子報除了提供讓網友使用的電子郵件信箱之外，也應該盡量開設公共論壇空間，並設立與執行論壇規範。

　　時至今日，業內的相關認識仍有較多值得商榷之處。例如，網路傳播的互動化、全球化、即時化，內容的容量性，形式的多樣性等，使網路多媒體擁有不可比擬的傳播優勢。但是一些比較刻板的印象是，他們認為將平面新聞「搬運」到網路上面，並不需要多少新聞專業知識。也就是說，網路新聞影響力的擴大，靠的是傳播工具的優勢，編輯的新聞素質並不重要。

　　但事實證明這種觀點是錯誤的，網路媒體獲取新聞的機會與傳統媒體的機會已相對平等，但也有少數佼佼者的影響力，遠遠超過了其他網路媒體——傳播工具的優勢是一樣的，如果都在簡單地搬運，而缺乏網路新聞編輯創造性的工作，網路媒體是不會出現佼佼者的。

　　對網路新聞編輯來講，網路媒體其實是把「雙面刃」，它的傳播優勢雖然令人印象深刻，但也為新聞處理帶來瓶頸。編輯只有充分運用專業訓練，才能解決傳播工具的優勢所帶來的問題，使網路新聞得到有序、可控、有效的傳播，這些伴隨著優勢而來的困難有哪些呢？

　　針對網路新聞編輯可能面對的自我挑戰，我們可以分為以下各項

來討論：

一、如何有效把關即時和大量的新聞

　　網路新聞媒體和傳統媒體一樣，「守門人」是網路新聞編輯基本的角色定位。真實是新聞的生命，一條新聞在時效性、縱深性等方面就算做得再好，一旦失實，便毫無價值，甚至會產生相當大的副作用。因此進行真實性的把關，是網路新聞編輯最基本的職責。

　　網路媒體需要大量的新聞內容來加以支撐，所以網路新聞編輯每天必須面對和處理大量的新聞。這些新聞的來源非常複雜，相當多的量是來自傳統媒體，有的則是來自隱性的眾多網友。這麼大量的新聞需要被即時的傳播，有些甚至需要在新聞發生的同時即進行傳播，否則就可能被其他網路媒體搶占先機。我們都知道，網路媒體進行的是全球化的傳播，如果失信的新聞一旦發出，就幾乎是失控的，即便是立即刪除了，也可能早已被其他網路媒體廣泛地轉載，可見，在大量、即時的前提下，網路新聞把關的壓力之大。

　　目前，網路媒體常常被人詬病是假新聞的氾濫之地。當重大新聞發生時，許多人最早是從網路上獲取資訊，但他們往往還要到有傳統媒體背景的權威網站去核實，或者等一些時間再到傳統媒體上去核實。這充分體現了一些網路媒體在新聞失信上的嚴重性。因此，面對大量即時的報導與充分有效的把關，成為網路新聞編輯最大的考驗。

二、如何將新聞有效果的呈現

　　網路媒體的容量無限，即時的傳播效果又使大量的新聞迅速地增加。資訊容量大是網路媒體的一大優勢，但如果新聞沒有得到有效的呈現，數量再多也不會有太好的傳播效果。大量新聞本來就對有效呈

現帶來挑戰，況且網路媒體在新聞的呈現上，本來就存在著先天不足。

　　首先，網路媒體的高效能頁面不多。大多數普通網友使用的電腦螢幕是十五到十七英吋，螢幕解析度的設置標準是800×600，一次只能瀏覽頁面的四英吋長範圍內的資訊，幾乎無人能夠一次閱覽一個標準頁面的所有內容，因此，具有較高效能的頁面位置，通常只是螢幕的首頁。

　　網路媒體是採取分層方式呈現新聞內容的，高效率的頁面一般只是首頁；其次，網路媒體在主頁上，主要透過標題列表的形式來展示新聞，大量的標題集中在一個頁面上，造成網友很難立即找到自己感興趣的新聞；再次，文字仍是網路媒體表現新聞的主體形式，但在電腦螢幕上進行瀏覽比較耗費視力，特別是一些上了年紀的網友，經常是將較長的新聞列印出來，恢復成「紙質新聞」後，再進行閱讀。

　　在這麼多不足的前提下，如果這麼多的新聞但卻不能引起關注，對網友來說就是「資訊垃圾」；大量的新聞如果沒有好好處理，容易形成「資訊沙漠」，對網友要找到想看的新聞，可能要花很大的力量，而將大量的內容籠統而不負責任的塞給讀者，恐怕對網友來說也是「資訊毒藥」。大型網路媒體的確需要大量的新聞內容，即便價值不大也可以作為參考資料，但對新聞傳播實效性的追求而言，網路新聞媒體必須在新聞的質與量間做妥適的處理。

　　那麼，作為一個網路新聞編輯在那麼多的新聞中，應該選擇哪些新聞進行突出處理？在二十四小時不間斷的即時更新中，重點新聞在頁面上應該有怎樣的更新頻率？一條新聞的標題如何做才能使其在「標題的叢林」中躍然而出？每天發布多少新聞才是適量的？這都是網路新聞編輯要面對的挑戰。

三、如何和讀者互動與有效引導

　　網路媒體大都有互動的功能設置，包括論壇、留言板以及即時聊天功能等。借助這些互動設置，網友可以對新聞的傳播有高度的參與機會。在網際網路時代，話語權被重新分配，人們似乎得到了更多的民主，老百姓與政治人物擁有平等的權力，能夠在網上暢所欲言，或許這點正是網路媒體的魅力所在。

　　由前述可知，第一，網路的互動是無限的。參與互動的網友數量，在理論上也可以無限多，而且不論身分，什麼人都可以參加；所以在網路互動中每個人都是平等的，網友可以主動地拉出一條新聞發表評論，可以自己設定題目在論壇或聊天室中吸引網友進行討論，而不必完全根據編輯的安排進行互動。第二，網路互動是即時的。網友可以一邊看新聞一邊發表觀點，尤其是網路新聞的直播和網友發表看法，在時空上可以互不干擾，網友可以在直播進行中、新聞發展的同時，就將個人觀點貼到網路媒體上。

　　網路媒體強大的互動功能，為新聞編輯在新聞線索的捕捉、新聞事件的評價等方面，提供了一個重要的資訊源。但「在網路上沒有人知道你是一條狗」，誰都可以隨時把各種有害或無害的資訊，自由地在網路媒體上張貼。當然網友提供的資訊不可能直接在新聞頁面上呈現，因為網路新聞編輯必須對這些資訊進行核實、判斷，而由於網友在網路上是隱性的，所提供資訊的目的也非常複雜，因此造成網路新聞編輯很難、甚至不可能做出準確判斷。

　　依新聞處理原則來看，難以核實的內容當然可以不必放到頁面上，但仍有許多內容在把關後是可以貼上頁面的。這些內容的導向未必沒有任何偏差，於是這就帶來一個更大的問題：如何對網友進行即時有效的引導？老實說這種引導的難度，遠遠超過了對網友貼文內容

的把關。

四、滾動報導與深度報導的掙扎

　　事件發展的時間愈近，自然新聞性就愈強，作用和價值也就愈大。反之，如果傳播的速度慢了，新聞成為「舊聞」，價值自然就會遞減，也就沒有人會想去閱讀。因此，新聞學把堅持新聞的時間性，作為新聞報導的基本要求和重要價值。如果和傳統媒體相比，網路媒體能夠最大限度地滿足新聞報導的這一基本要求，它可隨著新聞發展，不斷推出最新消息，甚至可以推出大量的一句話新聞。這的確展現了新聞的時間性，但卻不利於網友宏觀掌握事件的全局，難以滿足網友對新聞深度的追求，於是，這就構成了一對矛盾：速度與深度。

　　由於從傳統媒體獲取資訊的機會相對平等，即便有一定的差異，但只要一條新聞在一家網路媒體披露，其他網路媒體在幾分鐘內就能跟進。因此，在重大新聞報導的過程中，網路媒體之間的競爭，不僅停留在即時性上，深度報導反而成為競爭的主要戰場。各大網路媒體高度重視即時新聞的盤整和專題的製作，正是出於這一考慮。

　　幸好在網路媒體有「非線性」編輯的優勢。編輯們可以隨意提取任何文本，可以把任何一段子文字文本、圖畫文本、聲音文本和影像文本等，編入任何主文檔，也可根據需要任意調整子文本的長度，或在報導新聞的過程中，同時進行編輯部與新聞現場的溝通和編輯。也就是說，網路新聞編輯在發布新聞之前、之後，對新聞的更改非常方便。

　　那麼，在什麼時間點上要對持續推出的報導進行深度整合？什麼情況下用單篇文章、小型專題或大型專題進行深度整合？深度整合的內容從哪裡獲取？這是每個網路新聞編輯隨時要考慮的問題。

五、如何兼顧個性需求與大眾傳播

　　網路媒體的傳播對象是高度個性化、自由化的，對於處於開放式
競爭格局中的網路媒體，網友的選擇有著高度的自由性，一旦不合他
的口味，他會立即轉往其他網站；從另一方面來說，網友的閱讀也是
非強迫性的，如果某條網路新聞，他不點閱，網路編輯的工作也都等
於白做。因此，網路媒體即便有非常明確的傳播意圖，也要適應網友
的個性化閱讀，進行個性化傳播，以求取得一定的傳播效益。

　　宣傳心理學的一項研究成果指出，受眾的本我是趨向「享樂」與
「刺激」的。美國著名的網路雜誌站點沙龍（Salon）的一項調查發
現，凡是標題中有「性」這個字眼的文章，閱讀量比其他新聞高出兩
倍。

　　但是網路媒體最重要的角色是大眾傳媒，必須進行大眾化的傳
播，如果完全依照這種閱讀量（網友的個性需求）來進行報導，網路
新聞媒體的社會責任將無從談起。所以網路媒體不能一味迎合網友的
個性化需求，但又不能無視網友的個性化需求。那麼，在滿足網友的
多種個性化需求、引導正確的社會輿論和吸引網友的點閱等方面，就
需要進行有效取捨，其分寸的把握是很困難的。

六、強化新聞的地域性和傳播的全球性

　　新聞價值就是事實本身所包含的引起社會共同興趣的特質，地理
上的接近性是其中的一個重要元素。一般情況下，同樣一條新聞放在
新聞的發生地，是一條很重要的新聞，如台南地區發生停電，但以全
國的範圍來看，也可能還有一些新聞價值，但如果以全球的範圍來
看，根本就不是新聞了；也就是說，一個事實的新聞價值在不同地方

的分布是不均衡的，很多新聞的新聞價值還是有地域性的。網路媒體進行的是全球化的傳播，網友的地域分布情況非常複雜，網路新聞編輯在新聞報導中，應該強化地域性的新聞價值，還是應該強化普遍性的新聞價值，這的確是一個難以解決的矛盾。

七、如何在轉載與原創中展現特色

網路媒體需要大量的新聞來加以滿足，而任何一家新聞媒體的原創新聞，都無法滿足這一需求，因此網路媒體中絕大多數的新聞，必須從大量的傳統媒體中獲得。這就帶來一個問題：既然大家都轉載傳統媒體的新聞，內容上千篇一律的現象必然形成。也就是說，網路媒體如果沒有所謂的原創獨家報導，的確很難在內容上超越本來就同質性的傳統媒體。

依當初的明日報來說，他們擁有一定規模的採訪團隊，每天有上百篇原創新聞，可把它們扔進數千條的新聞「大海」中，可能連個浪花都看不到。而在這些原創新聞中，即便偶爾有幾條獨家新聞，但只要把它們放到網上，幾分鐘後就會被其他網站轉載，這種獨家新聞實際上並沒有太大的意義。

由此可見，新聞的轉載是網路媒體的需求，新聞的原創也是網路媒體的需求，但這兩個需求的本身就存在矛盾。在內容方面，對現有的、二手的新聞資源進行重組、整合，本身就融入了網路新聞編輯的再創造，這種二次加工、深度開發也是一種原創。因此，網路新聞編輯目前主要透過加強內容的整合和頁面的配置，在來源相同的基礎上做出自己的特色來。無論怎麼做，要在相同的大背景下做出特色，的確是一個富有挑戰性的課題。

八、在形式與版面中凸顯特色的兩難

　　網路媒體實現了文字、圖片、聲音、圖像等表現形式的有機結合，使網友瀏覽新聞的同時，也可以擁有讀報紙、聽廣播、看電視的多重樂趣。即便是單一的文字表現形式，也可以有變體的文字、滾動的文字、閃動的文字等多種形式呈現。網路媒體的多種表現方式還可以組合運用，對同一條新聞、在同一個頁面上，可以同時有文字、圖片、聲音和圖像等多種表現的組合。

　　新聞表現形式的多樣化，也成為網路媒體引以為豪的優勢。與此形成對比的是，網路媒體在頁面設置上，也出現了似曾相識的情況：首先，新聞頁面布局雷同。新聞頁面大都分為三層，第一層展示各欄目要聞的標題，第二層展示其主體欄目所有的標題，第三層是單篇文章的正文頁面；新聞頁面結構一般分三種，一種是頁面左右兩邊為專題或功能性設置，中間較寬區域是一串新聞欄目；一種是頁面左右兩邊為新聞欄目，中間是一串重要新聞的標題加摘要；一種是頁面左邊為功能性設置或新聞輔助性欄目，右邊較寬的區域是兩列新聞欄目；其次，新聞欄目設置的雷同。一般都有國際新聞、國內新聞等，區別大都在於名稱略有不同，還有一些地方性網站多了個地方新聞欄目。當然，這是大型綜合性網路媒體不可避免的現象；再其次，表現手段運用的雷同。應該說不同傳統媒體背景的網路媒體，都有不同的表現手法。由於目前網站和網友技術條件的限制，視訊和聲音在網路媒體中運用的不是太多，表現手法還是以文字為主。

　　這三方面形式上的「大同小異」，再加上因平等的轉載機會而造成內容上的「大同小異」，仔細看一看，除了底色有差別外，眾多網路媒體的新聞頁面幾乎一樣。當然，網路媒體的頁面結構、專欄設置等不可能不重複。傳統媒體都有地方版面的限制，就算重複了，只要

不在同一地區出現，問題不算太大。但網路是沒有地域限制的，面對眾多雷同的網路媒體，網友去一家就可以了。

九、傳統體例與網路體例的調和

以目前的狀況來說，網路媒體的新聞絕大多數來自傳統媒體，傳統新聞的體例和網路新聞的體例並不完全一致。例如，報紙登載的新聞可以有引題、主題、副題，可以有虛有實，網路媒體登載的新聞大都只能有一行標題，而且以實題為主；報紙平面展示新聞比較直觀，正文略長問題不大，而電腦螢幕瀏覽費力，長稿的確難以閱讀到底；報紙針對的讀者群比較固定，文風可以軟也可以硬，網路媒體要吸引更多的網友，還要對新聞進行一定程度的軟化。

根據傳統媒體製作標題的基本要求，重要的新聞事實或觀點要進入標題，這也是製作網路新聞標題的基本要求。但如果主要的新聞事實或觀點，都進入網路新聞的標題，網友看標題就知道新聞內容，這條新聞完全有可能吸引不到網友的點閱。因此，標題的虛與實也是網路新聞編輯需要辯證把握的內容，他不能簡單地根據傳統媒體的要求去做（請參見本書第九章網路編輯的標題製作與版面關係）。

此外，非新聞類的文體對新聞報導的輔助作用很大，但在傳統媒體的新聞板塊中應用得不是很多。網路媒體可發揮多媒體、容量大的優勢，較多地應用非新聞類文體。如在紀念英國王妃戴安娜（Diana）的組合報導中，就有許多國內、國外網站把文字新聞、圖片新聞和視音新聞作為報導的主體，再輔助以紀念性的詩歌、散文或歌曲，這種新聞文體和非新聞文體的簡單組合，表現了單一新聞文體不易達到的效果，相關歌曲因此成為當天點閱量最高的部分。

十、超連結技術過與不及的困擾

我們都知道，網路媒體的優勢源於技術的優勢。網路新聞編輯對網路技術的充分應用，主要展現在新聞的呈現方式上，充分的網路技術應用，使網友高度自由化的閱讀成爲現實，尤其「超連結」技術的應用，可使網友根據自己的喜好，經過逐步點閱，找到更多自己關注的新聞。

但網路新聞編輯對網路技術的過度應用，也爲網友的瀏覽帶來了不少的麻煩。在一個連結眾多單篇新聞的頁面上，花樣繁多的連結不僅會分散網友對重要資訊的注意力，也影響網友對這個頁面的整體把握，而且網友在點閱連結後如同身陷「資訊迷宮」，很可能找不到回來的路，因爲這篇新聞在超連結的運用下，可能把自己當初要看的目的給抹殺掉了。爲了提高頁面的利用率，強化一些專題、廣告等，一些網路媒體還常在首頁推出較多的彈出框和浮動標籤等，反而讓網友不勝其煩。

此外，傳播技術愈進步，媒體對技術的依賴就愈大，網路媒體的傳播技術是最先進的，它對技術的依賴也最大。經常有網路媒體被駭客攻擊或感染病毒，導致網站暫時無法發布新聞或網友無法登錄，甚至有的網站還會出現致命性的癱瘓。2000年2月7日至9日，美國發生了有史以來最嚴重的駭客襲擊事件，包括雅虎在內的八家世界著名網站，遭到駭客的猛烈攻擊，造成網站癱瘓數小時。一張報紙如果因技術問題不能編輯、印刷，可以找另一個印刷場所，利用其有關設備就可以救急，而對網路媒體來說，這是不可能的。

綜上所述，網路媒體的傳播優勢只是相對的，盲目地、片面地說發揮網路媒體的傳播優勢，只會爲網路新聞的有效傳播帶來眾多的障礙。一個合格的網路新聞編輯絕不是「黏貼匠」，如何發布大量的新

聞，進行即時的報導、有效的把關、充分的互動、積極的引導，已經使對網路新聞編輯的要求，遠高於對傳統媒體編輯的要求。

思考

在讀完本章節後，你是否能回答下列的問題呢？

1.網路編輯與平面編輯有何差異？

2.網路編輯扮演了哪些角色？

3.你能指出網路新聞編輯的「五」項專業自我要求有哪些嗎？

4.網路新聞編輯的要件包含什麼？

5.網路新聞編輯面對的困難有哪些？

第九章

網路編輯的標題製作與版面關係

第一節 標題製作的原則性準則

在標題製作要領裡面，我們要注意的是：第一、簡明扼要；第二、持平客觀，這兩大原則。

一、簡明扼要

簡明扼要簡單的說，就是標題用字要簡潔有力、盡量避免累贅冗長或是詰聱難念的句子。說穿了，就是在文字的使用上要盡量節省，以網路而言，應該盡可能用一行表達清楚，如果能用一句話說明白的，就不要浪費篇幅。在報禁尚未解除的時代，老一代的編輯都很喜歡用四行的標題，這中間還有駢體、有對仗，當然，在那個時代這種表現方式是很流行的，但是隨著時代的進步，讀者的喜好也有所改變，我們用一個簡單的法則來說，在網路的時代，其實標題製作的準則就是「新、速、實、簡」這四個字。

所謂的「新」，就是標題的內容要新，如何在一則新聞當中擷取最新的資訊放在標題裡面，這是需要有新聞感的，因為一則新聞不斷的在變化，要怎麼樣掌握到最新的消息給讀者，必須要再三過濾與選材。「速」，就是編輯做標題的時候，時間一定要能夠充分的把握，如前所述，在網路新聞環境的競爭下，如果沒有在第一時間把新聞連同標題（甚至圖片）放上網路，很可能就會被其他網路媒體搶得先機。因此在整理稿件的時間往往非常緊湊，一定要能在最短時間內準時完工，因此，如何善用時間，如何節省時間，就是編輯們要時時刻刻自我勉勵的了。「實」的真義就是真實可信，做新聞人最要謹記的就是真實，因為新聞人的工作就是追求真實，所以，如果標題有偏

差、膨風的話，不僅喪失了新聞的眞實，更使媒體的信用遭受到質疑而造成信譽破產，那就得不償失。而「簡」，也就是前面提到的用字要簡單、精準。能夠把握「新、速、實、簡」原則，在作爲網路新聞編輯的工作上，已經有了好的開始。

二、持平客觀

　　談到「持平客觀」，這是身爲一個媒體的立場問題。編輯在處理新聞的時候，必須公正、平實、務實，不加上任何主觀的評論，這個原則，作爲一個網路編輯，我們必須要時時刻刻記住。在每天處理新聞、製作標題的時候，在標題內容的切入點上面，我們必須要保持「持平客觀」的論點與立場。舉例來說，對於一宗財務糾紛案，可能我們有了控訴一方的說法，當然，通常在社會的輿論氣氛也比較同情弱者，且一般的看法也多認爲強勢者通常就是加害人，但是在案情尙未明瞭的情況下，我們在處理新聞時就必須要特別的謹愼小心，否則就很容易造成了媒體審判。因此在標題中只能夠將已知的案情做一說明，至於兩造除非有公開的說法，不然都不宜遽以論斷，失卻了媒體應有的分寸。

　　當然在標題上也有些情況是例外的，特稿就是一例，在報紙上，我們常看到記者會寫特稿，在這一部分由於已經標示了作者的姓名，所以對於某些事件的論點，我們可以有較獨特的立場，對於整件事情，由記者的專業判斷加上主觀認定而加以評論、分析。另外對於涉及大衆權益方面的新聞，我們也可以有主觀的質疑。所謂涉及大衆權益，比方說公共政策、公共安全等等之類，譬如說，我們的市政府對於公共大樓安全檢查工作是否夠仔細？有沒有敷衍、推諉？我們的捷運系統常出狀況，這狀況是人爲的？還是機械的？是管理的？還是其他原因？我們都可以依照消費者或是市民大衆的立場，以持平客觀的

態度,替消費者來檢視這些問題。

第二節　標題製作的訣竅

一、切題與破題

　　網路新聞編輯在看到一篇新聞稿之後,要開始下手做標題時,切題與破題是最基礎的動作。換句話說,當編輯看完新聞之後,掌握了新聞的實質內容,是要一針見血的點出新聞,還是迂迴的闡釋新聞的重點,就是選擇切題與破題的分野。我們可以這樣來區分切題與破題,切題就是比較平實,就新聞內容而言,有什麼說什麼,整個思考主軸仍是很清楚的在新聞本身,通常這種標題比較好做,因為可以從新聞內容去找標題,而目前一般的網路新聞編輯所使用的標題,大概多是這種形式。

　　至於破題就是當我們看完一則新聞稿之後,編輯跳脫出新聞的實質敘述,換言之,就是編輯跳脫出新聞稿內記者所使用的文字,以自己在咀嚼過後的新聞精髓來進行標題的製作。雖然編輯並不是使用新聞稿內的字,但是標題並不違反新聞的原意,而且創意十足還有畫龍點睛之妙。坦白來說,這對於新生代的網路編輯並不容易,而且目前這樣的標題在網路媒體中並不多見,但如果新聞網站想要有自己的特色,根據新聞的性質,用破題的方式來製作標題,的確是可以發展的方向。

二、標題製作的要訣

　　針對新聞的切入點，選擇切題與破題，抓到要點之後，我們可以看看有哪些要訣可以幫助編輯很快的進入狀況。

(一)新聞抓重點

　　當我們面對新聞稿，如何很快的切入製作標題，最簡單的方法就是在新聞稿中抓重點。這和同學在考試前念書的狀況很相似。一則新聞稿中會有哪些重點隱藏在其中？請注意，看這則新聞稿重不重要，必須要找出在新聞中有沒有包含這四個重點，那就是：新聞點、趣味點、問題點、知識點。

　　我們仔細的看看在這則新聞中，有沒有什麼新的議題？當然就是看有什麼新的新聞元素，如果都是老話重提，自然不具新聞性。再者，這則新聞有沒有提供讀者在閱讀上的愉悅感，讓讀者閱讀時覺得很有趣，如果一則索然無味的新聞，別說編輯沒興趣，讀者看了更是會打瞌睡。第三，這則新聞有沒有衝突點？有衝突才會有故事，新聞一定要有故事才會好看，否則平平板板的，毫無內容與新意，恐怕編輯也做不出什麼精彩的好標題。至於知識點也是不可忽視的，近年來由於科技發達，人們對於新知的吸收，要求的程度愈來愈高，這一點由各報的科技新知版面與醫藥版面，可見一斑，更何況是標榜網路時代的網路新聞媒體。另外，在一則新聞稿裡面有沒有什麼比較獨特的地方，或是比較新的說法——什麼是最新的、最後的發展？什麼是新聞裡面最特殊的地方？都是我們要強調的重點。

(二)標題成段落

　　在標題的製作裡面，不論怎麼做都不能違反的原則就是文句結構

要自成段落。所謂文句結構要自成段落，就是每一句都要能夠獨立存在，不會因為沒有看前後句，而變得看不懂。換言之，每一子句都有其單獨的意思，例如，「重視鄉土教育 內湖高中聲名遠播」，在前一句：「重視鄉土教育」，是一個完整的句子，意思非常清楚，而後一句：「內湖高中聲名遠播」，也是意思完整的句子，兩者合在一起，成為一則清楚而正確的主標題，如果換成：內湖高中重視 台灣鄉土教育，這樣的標題就有問題，因為這樣的標題有了連題的錯誤。所謂連題，就是句子中間有段落，在單獨存在時是不具意義的，如「內湖高中重視」，重視什麼？這樣的句子就不具意義了。

(三)兼顧法理情

我們從事新聞編輯工作的人，往往在下筆時，有時候難免會尖酸刻薄，有時候又會含糊籠統。一個成熟的編輯，在經過了新聞的養成訓練之後，除了應該掌握新聞的準度，更應該把握新聞的深度，因此，編輯在下標題的時候，應就新聞內容的取材中，兼顧到法律、道理、人情這三個層面。編輯每天在字句上面作文章，筆尖應常存一念之仁，對於很多事情，我們願意站在社會大眾的立場給予針砭，但是下筆時，也必須顧慮到其他可能產生的影響，不可以以為自己用一支「正義之劍」或是「正義之筆」來擅自撻伐。如同我們前面說過的，編輯應該要虛心，編輯不是萬能的，並不是所有的知識、法條都知道的，所以必須要保持一點彈性。

(四)用字口語化

對網路時代的新生讀者來說，如何口語化、通俗化是絕對有必要的。在過去常要求編輯盡量對仗或是對稱，這不是不好，因為媒體本來就是記載昨天歷史的東西，如何隨著時代的移動而改變，才能稱得上是站在時代尖端的媒體。其實標題運用之妙，存乎一心，並不在乎

今方還是古法，只要操作得宜，點出新聞重點，讓讀者樂於閱讀、易於閱讀，都可以稱得上是好標題。

但是以現在知識量爆炸來說，讓讀者少一些負擔，節省一些時間，都是吸引讀者很好的策略，所以採用新、速、實、簡的方式，讓編輯抓到最新的東西，以最快速的方式，以最簡單、簡明扼要、有力的句子來陳述這個新聞、製作這個標題，是很恰當的處理方式。所以，在此同時，文字的口語化、通俗化是非常重要的，甚至編輯也可以善用時下的一些日常用語，包含一些外來字之類的，都可以用來活化你的標題，親近你的讀者。

(五)小節要注意

擔任一個文字編輯，應在有限的標題字組裡面表達最多的含義，因此編輯對於字的使用必須要精準、精確。一般而言，為了避免在報面有太多的重複字，編輯應該善用同義詞，對於有些字的簡省也應該使用得當，譬如說我們常常看到很多簡稱，像是「內政部」，我們不可以簡稱「內部」；又譬如說，美國的首府是在「華盛頓」，我們也可以叫「白宮」，或是稱「華府」，俄國的克里姆林宮，又可以簡稱「克宮」，但是有些地方的簡稱，是不可以隨便亂加的，以免鬧出笑話。同時在用字遣詞有關兼顧法、理、情的部分，還有兩點是值得注意的：第一個是態度不要輕佻、不粗俗，也不嘲諷，譬如男女關係方面，我們在處理這方面的新聞，應該就事論事，保持持平客觀的立場，不應該去挑撥、藉機嘲諷。

在處理專業新聞方面，應該不生澀、不冷僻、不拗口，讓知識水準不高的人都能看得懂，才是本事。換句話說，也就是用字的口語化，能夠把一件新聞很平易近人地解釋給我們的讀者，這是非常重要的。由於我們實施九年國民義務教育，所以對所有的讀者層，我們基本上都認定在文字的使用上面，已具有國中程度，因此太過深奧的文

學用語，都不應該被過度的使用、甚至濫用，以免你自認爲有學問，而讀者卻爲了你的跩文而查破了字典、抓破了頭。這些都是不適宜的、不恰當的，所以我們應該以文字的口語化、通俗化，來簡單明瞭地把一則新聞傳遞給我們的讀者。新聞就是發生在我們身邊的事務，本來就應該是平易近人的，一個編輯人員更應該善用這一點。

第三節　標題形式與特點

製作新聞標題由淺入深，由簡入繁，由易入難，我們如果要分階段的學習製作標題，可以這樣稱呼製作標題的四個進程：就是按部就班、循序漸進、先求題的精準、再求題的美學。

舉例來說，我們入門做一個編輯，對於新聞的抓題上面我們應該一步一步走，先學走、再學跑。我們應該先學從新聞的內容裡面，抓出我們要的重點，而且是找出正確無誤的重點，然後再將這些抓出的字裡面，組合成一個標題，把這則新聞的內容傳遞給我們的讀者。當你可以正確無誤、迅速地抓出新聞的重點，利用切題的技巧製作成一般的標題之後，再來才是破題：你如何將這則新聞精鍊出另外一層境界、如何將這則新聞幻化成另外一種讓讀者可以不言而喻的境地，這就要看編輯各人努力的程度而定，不過，我們先求正確、再求典雅周延，則是絕對正確的。

一、標題的形式

在形式上面，我們可以分爲一般的制式標題或是花式標題。

所謂的制式標題就是大都採用切題的方式處理的標題，在所謂硬新聞裡面，大都採用制式標題，也就是說，標題多以一行主標的形式

出現，由於是採用切題的方式，所以是新聞有什麼就說什麼，使用單刀直入的方法，用不著拐彎抹角。而在軟性版面裡面，我們為了增加標題的可看性，則通常會使用花式標題，花式標題除了題型較花俏之外，也多使用破題的方式來製作標題，換言之，編輯在消化了新聞之後，以另外一種方式來表達這則新聞，通常用破題的方式來製作標題，會留給讀者較多的想像空間，對於新聞的發展比較有利。

　　前文提到的硬性新聞或是軟性新聞，是從新聞的性質來分的。硬性新聞，基本上是政治、財經、國防、外交、環保及教育等類新聞；而社會、體育、影視娛樂、生活消費和親子家庭等類新聞，則多被歸納為中性新聞或是軟性新聞。

　　在標題的表現上，一般可分為：程序題、實質題、疑問題、諷刺題、暗示題、假借題，或是虛題。「程序題」就是把一件事情做程序性的描述，平鋪直敘地把新聞的重點表達清楚。這類的標題多用在一般的硬性新聞上，因為新聞的重心在於過程，所以編輯也不必浪費時間在標題的氣氛營造，只要把事情說明白就可以了。

　　「實質題」和「程序題」有某種程度上的類似，就是直接點出新聞最重要的部分作為標題，這類新聞的重點在於新聞事件的結果，換句話說，我們在製作標題時，應直指核心，把癥結點直接指出就可以了，例如一件法案通過了，只要很清楚的標明即可。

　　在「疑問題」的使用上，我們常會使用標點符號──問號，使用疑問句，是把這則新聞用反面的訴求來製作標題，這種新聞的處理要特別小心法律的問題，很多對新聞的爭議，並不是編輯用問號就可以解決得了的。驚歎號的使用也有近似的問題。

　　「諷刺題」的使用也與「疑問題」有相似的地方，編輯也常用標點符號的使用，來輔助整個語句的氣氛，只是在語氣尺度的掌握和拿捏上，應該要有一定的分寸，否則一旦太過頭，就會惹來不必要的麻煩了。「假借題」的情況也很類似，如果引用得宜，固然有畫龍點睛

之妙，但如果引錯經、用錯典的話，就只怕畫虎不成反類犬了，所以，不是行家不出手，一出就知有沒有，編輯如果沒有萬全的把握，還是保守一點較好。

最後還有「虛題」，虛與實主要的區別是在有主題與副題的情況之下，如果主標題是採破題的方式，而且題較空靈的話，那麼副標題就要非常落實才行，如果前面的引題很實在，那麼後面的主題就可以玩點小花樣，這就是所謂的前虛後實，前實後虛，如此的穿雜互用，在版面的活潑上會有很大的貢獻。

二、配字應勻稱

對於標題的字體與字族的選擇與搭配，各網站均有自己的特殊考量，這與各報的風格有關，但面對不同的字族、不同的字級，我們應該把握一個原則就是大小對比、深淺互見、粗細相稱，這樣對版面來說是一個最妥適的表現方式。當然，們可以借重美術設計的專業協助，讓標題呈現更加突出，與版面協調更加勻稱與美觀。

第四節　電子報版面的處理

無論是傳統的報紙或是電子報，其版面的處理和設計都是相當重要的。如何設計出一塊賞心悅目又能夠便於閱讀的版面，的確是需要一些經驗、技術與巧思的，不過，如果能在版面上注意一些重點，那麼，一個好的版面規劃起來，應該就不會那麼困難。我們還是把焦點放在版面的四大要素──「題、文、圖、表」來分析，有人表示，版面上面的留白也是很重要的，的確，適當的留白有助於版面的呼吸及閱讀的舒適，我們也會一併來討論。

一、撰寫順口易讀的標題

在上一節我們已經討論過標題的製作，其實，標題的好壞純屬自由心證，但正確卻是絕對的標準。因此，如果是生手編輯，千萬別找自己麻煩，當然，更不必眼高手低，將新聞內容的精髓找出，製作成順口易讀而且正確無誤的標題即可，前面章節曾提過如何製作標題，當然作爲一個編輯應精益求精，好還要更好，但具有導讀與美化作用的標題，會是編輯搶分的一大重要因素。

二、文字與版面的關係

近年來，文章的短、小、輕、薄已成趨勢，但有些專題或分析、評論的文字還是會有一些長稿，網路編輯將長文章以標題的方式來處理，不但可以使文字的精華重點不斷露出，也可以使版面不致單調。同時，如果將長文章以區塊的方式處理的話，讀者在閱讀上也較有重心，因此，將文字形成區塊，也是電子報版面上討好的另一種方式。

三、圖像的地位不亞於文字

編輯在處理新聞時，如何能將標題做得活潑傳神？腦中有畫面則是不二法門。過去在處理一些警方緝捕要犯陳新發的新聞上，藉由文字的描述，如果編輯能在腦中呈現電影情節一般的畫面，如警方如何喬裝盯梢、如何布置制高點、如何集結警力、如何埋伏到清晨四點、霹靂小組如何攻堅、雙方如何槍戰，這一連串的畫面如果能呈現在編輯腦中，一定能夠規劃出有特色的頁面，標題必然生動精彩。

以圖像思考爲重心的編輯手法，是目前電子報版面的趨勢，有計

畫的引領讀者沿著頁面上令人注目的照片、標題、圖表、顏色等要
素，賞心悅目的進入螢幕中的新聞世界，使讀者有條理、有次序、有
層次的透過美術設計，將新聞依重要性、依節奏，一目了然的閱讀完
畢。

思
考

在讀完本章節後，你是否能回答下列的問題呢？

1.你知道標題製作的原則性準則有哪些？

2.標題製作的訣竅包含哪些重點？

3.什麼是標題製作的四個進程？

4.在電子報的版面處理上，應要注意哪些原則？

第十章
電子報圖片處理與美術設計

第一節　文字編輯如何兼具美術設計的角色與功能

　　美術編輯（或稱美術設計），有版面的化妝師之稱，在網路應用軟體愈來愈盛行的今天，要想在第一時間抓住網友的眼光，頁面的美觀變成網路新聞編輯的重責大任，因此新聞美術編輯的角色也益形吃重。

　　基本上，在成熟的電子報組織中，都有美術設計部門的規劃，因為不可否認的是，美術編輯與圖片編輯均為傳統媒體版面視覺上的二大支柱，如何選擇、處理好圖片及如何設計版面，使其美觀大方、便於閱讀，是作為一個新聞編輯人員所必須了解的。

　　大致而言，美術設計在軟性頁面可發揮的地方較多，雖然電子報的編輯不像一般傳統報紙那樣繁雜，但如果文字編輯也兼有美術的概念與基礎的話，在電子報頁面所呈現的效果是會與眾不同的。例如，以美學觀點來規劃電子報頁面的設計，其工作內容如版面規劃、標題製作、插圖設計、logo設計等，這些都需要有美學概念來加以支持。如果是專任的美術編輯，固然以頁面的美觀為其主要負責的部分，但是也應該具有新聞感，在形成版面的同時，與文字編輯互相商量討論一個好的頁面，應是新聞實質與版面美觀兩者相輔相成的。當然，如果只有好的美術頁面設計，充滿了酷炫的新玩意，但造成新聞配置輕重失衡、大小不分，完全抹殺了新聞性，這種只有形而無質的頁面，一樣不是一個成功的頁面；反之，如果枯燥、單純的文字排列，搭配上一整頁的文字，沒有美術編輯的設計與畫龍點睛，亦是一個呆板枯燥的頁面。

　　一個優秀的文字編輯，不應當只是在標題上有好的表現，而是應

在頁面的美觀與結構上有其獨到的看法。因此，談到美術處理，我們也不應該單純的將其視之爲只是美術設計該做的事，事實上，太多的實務經驗告訴我們，一個成熟的文字編輯，也必須是個全才的編輯才行，如果，文字編輯只以爲把新聞稿整理好，把標題做好，至於其他的事情只要交給電腦專業人員或是美術設計就好了，那我們可以說，他這個編輯只做了一半，爲什麼？把文稿處理妥當只能算將編輯的工作做完初步的處理，舉例來說，就好像一個廚師只把菜洗好、切好一樣，如果沒有下鍋去炒，這盤菜能算完成，能端上桌子嗎？而與美術設計一起參與、一起設計，也是文字編輯工作相當重要的一部分，文字編輯可以借助美術設計的專業考量與技能，來完成自己所勾勒的藍圖，爲什麼這麼說呢？因爲文字編輯處理所有的新聞稿，只有他才最清楚當天所有新聞的重要性，而且文字編輯也是依據這個原則來設計標題、規劃版面，所以如果只是交給美術設計來處理的話，美術設計因爲無法掌握新聞的尺度與輕重，很有可能造成本末倒置，不僅新聞處理失衡，也會鬧出笑話。

在此要再三提醒，一個優秀的文字編輯必須是全能的，不僅認識新聞、了解新聞，更能替讀者解讀新聞，同時，還要兼具美學的素養，能有規劃頁面的能力和運用視覺效果的才智，在本章所討論的美術編輯與圖片編輯，與其說是這兩者專業所須具備的條件，不如說是文字編輯所應自我惕厲與學習的目標。

下面我們將介紹網路美術設計人員的工作內容和流程，並說明網路美術設計人員和傳統美術編輯的差異。

一、網路美術設計的工作內容

(一)電子報的頁面設計與內容呈現

　　通常，網路美術設計必須負責電子報的網頁設計工作，包括使用介面的設計、色系調配、網站的瀏覽動線……等，並且要讓新聞及圖片的內容能夠呈現於電子報的頁面上，且有良好的視覺效果。例如，中時電子報進行網站改版時，網路美術設計便要著手進行新的網頁設計，並思考如何讓新聞、圖片及廣告的呈現方式與舊版頁面有所區隔，以及考慮如何讓使用者能夠駕輕就熟的上手使用新頁面。

(二)定義及製作版型

　　在與網路編輯的工作搭配上，網路美術設計須負責定義和製作版型，以供網路編輯能夠將新聞和圖片內容放置到頁面上。一般而言，電子報的頁面版型是固定的，網路編輯只要按照規定的格式、命名和路徑，便能很快地將新聞和圖片上傳到電子報的頁面中。

(三)包裝與協助製作新聞或廣告專輯

　　由於電子報的頁面的版型通常是固定的，因此網路美術設計不必針對每天、每一則新聞進行修改與設計。只有特殊的新聞專輯或廣告，才會需要用到網路美術設計，網路美術設計必須和網路編輯及廣告部業務員共同商量，討論頁面應如何包裝及規劃，同時也了解其他相關新聞的配置、廣告主的要求，協助網路編輯和廣告部業務員完成。譬如說，新聞的重點是什麼，該則新聞有無相關的搭配新聞或是照片，新聞的稿量有多少，這些都該是網路編輯與網路美術設計在頁面規劃前所應先溝通清楚的。現在的網路新聞編輯要兼顧很多工作，

必須實現「一人多工」的成果，但是如果借助專業美術設計人員的指導，還是對網路新聞編輯有很大的功用。

(四)檢討頁面缺失

網路美術設計有時須進行圖片的整理與美化，諸如去背、合成或進行插畫與icon的設計，或是與電腦工程師合作製作動畫。隨著網路編輯的發稿，網路美術設計與網路編輯之間在工作的互動上，很重要的一點就是檢討頁面，對於頁面的問題與不妥之處，提出檢討與修正。在處理報紙新聞的時候，我們常說一句話：「做編輯是一日英雄，一日狗熊。」什麼道理呢？報紙只有二十四小時的壽命，所以編得再好，也只能保存一天。但是，在網路的世界就不同了，網路新聞是天天二十四小時都在火線上作戰，因此對一個負責任的編輯來說，對於每次頁面的檢討，是網路編輯必須要做的事，而有關於版面美觀的部分，如色彩的配置、文字字型的掌握、視覺導向的順暢、圖片處理的良窳等，都應與網路美術設計進行討論，以便改正缺點，使頁面更臻完美。

二、網路美術設計VS.傳統美術編輯

網路具備無限的可能與想像空間，也對傳統新聞產製流程，如採訪、編輯產生了很大的影響。以下我們將比較網路美術設計與傳統美術編輯之差異：

(一)網路美術設計人員須考慮跨平台呈現問題

這是網路美術設計與傳統美術編輯人員最不同的地方，以往美術編輯只須考慮報紙版面的色彩搭配方式，而較不必顧慮到報紙印出後是否會有色差的問題。但是，在電子報中，由於使用者的螢幕和彩度

都不同，因此，身為網路美術設計人員，必須在製作及設計頁面時，考慮在各種跨平台、電腦中，電子報呈現的差異和感覺，如色差、亮度、對比、透明感……等，並在這中間找出平衡點。

(二)網路美術設計要具備更多的電腦軟體技能

由於電子報最後是要表現於電腦螢幕上，因此，勢必會遇到電腦程式不相容、無法顯示圖片……等技術層面的問題，這些頁面呈現的問題，目前通常是由網路美術設計人員一手包辦，進行修復，所以網路美術設計人員必須還要學會電腦程式語言，才能知道哪個環節出錯了。

另外，網路美術設計所使用的電腦軟體，和傳統美術編輯所使用的軟體，基本上差不多，唯一的差別就在於網路美術設計要更加會使用網頁設計及多媒體軟體。目前，網路美術設計人員常用的軟體，在影像處理方面的是Photoshop；在網頁設計方面則是Dreamweaver和Flash；至於在繪圖軟體方面，則有Illustrator和CorelDraw。

(三)網路美術設計人員須顧慮大多數使用者的需求

傳統報紙印製後幾乎如出一轍，每位讀者所拿到的報紙看起來都一樣，不會有字型遺漏、圖片無法顯示的問題。但是在電子報中，上述提到使用者的電腦系統各有差異，因此，身為網路美術設計人員，必須考慮大多數使用者的需求，例如電腦的解析度，目前以1024×768為主流；系統的標準字型，目前電子報較常使用的字型為新細明體與標楷體，若要使用其他字體，則建議將其轉為圖檔；字體大小受限於螢幕顯示的問題，太小的字體在電腦螢幕中將會變得模糊，影響讀者閱讀；檔案格式問題，網路美術設計也必須顧慮電子報中的圖片、影音格式，是否為大多數使用者所接受。

三、成功的網路美術設計人員之條件與特質

至於要成為一個成功的網路美術設計人員，需要什麼樣的條件及特質，以下數端提供參考：

(一)具備求新求變、與時俱進的積極態度

網路的變化速度極快，身為網路美術設計人員必須要有隨時作戰的心理準備，並具備求新求變、與時俱進的積極態度，不但應時時汲取新的設計觀念，如Web2.0，勇於面對挑戰，也應充分了解讀者的喜好，在兼具美觀與方便閱讀的前提下設計頁面，才能符合市場的需要。

(二)本身應為網路重度使用者（heavy user）

為掌握網路的趨勢，網路美術設計人員平時也應是網路的重度使用者，各種網站、部落格、即時通訊軟體、遊戲與新興網路工具，都應有所接觸，才能了解網路的變化，設計出的頁面才會令人耳目一新，不致落伍。

(三)重視與使用者互動

網路與傳統媒體最大的差別，就在於網路的互動性提高，網路媒體可以藉由留言板、電子郵件或投票等機制與使用者互動，了解使用者的意見與需要。尤其，在Web2.0的時代來臨，網路美術設計人員更應該重視與使用者互動，察納雅言，將使用者的建議，作為頁面設計和呈現之參考。

(四)對於網路視覺設計有濃厚興趣、學習能力強

由於網路美術設計為一新興行業,學校的專門教育幾乎付之闕如,目前的網路美術設計人員,也幾乎清一色都是非相關科系的人員擔任。因此,網路美術設計是一門強調「從做中學」的工作,想成為一個成功的網路美術設計人員,本身一定要對網路視覺設計有興趣,並且能夠積極學習,累積經驗。

最後,更重要的一點是,作為一個網路美術設計人員,在創意方面可以天馬行空,但是回歸到原點,如何能夠具體落實才是至高無上的考量,如果所有的好點子、好想法都不能實現,那所有的創意也只能束之高閣,而如何落實這些創意?成本概念是不可或缺的,這裡所提的成本包含了實質成本與時間成本,所謂實質成本指的是費用,不論是報紙或雜誌,嚴格的控制成本是使媒體得以獲利的不二法門,所以網路美術設計人員在進行創意或設計時,都應時時以此為念,而時間成本更是媒體生存的命脈,無法把握截稿時間,再好的創意也是枉然,善於控制成本的編輯,必然能得到公司的重視。

第二節　圖片編輯的角色與功能

版面上的視覺元素,最重要的、最直接的就是照片了。一張普通的照片有無吸引力?答案是有的,而且絕對有吸引力,因為照片的影像完全貼近人的視覺經驗,不需要像閱讀文字一樣先得「解讀」,才能進入思維系統,所以網友在螢幕上的瀏覽眼光,通常會先落在影像之上,再往文字移動。亦即,如果這張照片拍得很精彩的話(養眼的?人情趣味的?),絕對可以吸引80%以上的網友的注意力。這是

閱聽人視覺心理的自然反應。

一、影像在頁面已是不可或缺的要素

現代的讀者已經愈來愈沒有興趣或時間閱讀長篇大論的文章，一篇八百字、一千字的政論文字如果詰屈聱牙，差不多可以磨掉讀者的大半興趣。相對的，讀者對於影像的接受度則愈來愈大，對於照片品質的要求也愈來愈高，連帶的提升了生產好照片、處理好照片、處理好頁面的要求，尤其是電腦的編輯軟體日新月異，觀念愈變愈快，手法愈來愈新，一些設計元素（當然包括照片）在電腦螢幕上處理的高度方便性，已經在結構上完全帶動了閱聽人的心情。

從編輯處理新聞的本質而言，每一個觀看的動作，本來就是一種視覺判斷，每一次頁面更新的決定，編輯都應該以「牽一髮而動全身」的整體觀點，來關照頁面版型結構的變化，因為螢幕的頁面本來就是一個磁場或力場，頁面上任何編輯元素（標題、字句、照片、顏色、線條、動畫等等）的增減或更動，都足以牽動視覺結構，鬆動平衡，甚至影響美感的自我完足，尤其在電腦軟體的協助下，現代網路編輯其實可以更大膽處理，一直到相對完美的頁面出現為止。

二、視覺強化新聞效果

任何編輯當然都希望他的版面吸引人，但是問題是，網友們從來是以瀏覽的心情去看網站，他們往往好惡分明、挑剔心理十足，卻又立場不一，喜歡好看刺激的故事或照片，但又充滿意識形態的質疑；不喜歡亂七八糟的版型，卻不見得想表達自己的意見。在這些背景底下，專業編輯想爭取網友的長期認同，顯然必須守住「好看易讀、閱讀又方便」的原則，才可能照顧到網路媒體和讀者的長久性共生關係。

網路 新聞學
Web Journalism

假如可以把圖片編輯的執行本質簡化概念的話，就是在視覺考量的前提下，忠於報導的精神，以題材的性質或深度做策劃：單張照片注重新聞性、象徵性、趣味性或影像強度，多張照片注重組合效果，專題攝影則注重攝影者投入的深度和廣度，多接觸、多了解、多運用美感直覺和原則。

至於整體性的頁面編輯，可以說它是個既重個人美學的發揮，也重其他專業的協調性工作，是個處理各種視覺條件的專業技藝，也是新聞專業與電腦科技專業的組合藝術。頁面的規劃和組合，由於軟硬體的牽涉廣泛，分工愈來愈細，在歐美國家或較具規模的新聞網站，都擁有專業圖片編輯，許多精彩的、第一時間取得的圖片，都是由圖片編輯和美術設計處理，當然，也有許多網路媒體把這個左右腦並用的雙棲工程，交給文字編輯去操作解決，等於是文字編輯身兼視覺呈現，但因頁面的視覺美學愈來愈受影像元素的刺激而變化多端，老實說，要在眾多的網路媒體中求得網友的青睞，已經愈來愈需要圖片編輯和美術編輯的參與協助。

第三節　影像構成的整體要求

一、整體造型理念的檢查重點

蕭嘉慶（1999）就報面影像構成的檢查，提出下列主張，我們或可引用在網路媒體上參考：

1.注意整體設計的格調，強調設計內容與媒體本身的主要性格之搭配密度。

2.以黃金分割為基礎的軸心、軸線之運用與堅持：對比清晰，輕重有致，採用塊狀結構，使版面維持清爽高雅。

3.視覺上的均衡與協調，重於幾何上的均衡與協調，編輯觀點一致，風格一致，不會改來改去；立場一致，不會倒來倒去。

4.相對於版型的創造性，版型變化應講究變化之中有類同，以建立一定的風格。

5.整體美感的拿捏恰當，版型的動線拿捏良好，講究主照片或主焦點的處理技巧與成熟度。

6.與廣告影像區隔明顯，不至於混淆。

7.服務性高，排除張牙舞爪的意識形態，提供多面向觀點、內容和選擇。

8.永遠趕在讀者之前一步，提供需要或提醒缺失。

9.不斷地印證編輯理念、不斷地累積設計品味。

10.每有疑問，應以讀者的需要或閱讀習慣作為考量基礎。

二、照片處理的要則

好照片本身可能兼具有獨立、完整、象徵和有機意涵——能夠引起共鳴，而且愈看愈有趣，能夠讓這張照片獲得適當（尺寸、位置、方向、獨立性）的編排，是一樁需要執著、需要不斷爭取的事。蕭嘉慶（1999）提出裁切照片、放大照片和處理照片的一些參考原則：

1.照片一定要大到某一程度，才能產生「視覺效果」或震撼力。但是相反的，當大場景或中景的照片被縮小到只剩下豆腐大、郵票大時，照片不只沒有細節（照片的細膩之處，就在於許多細節的互相對話），刊登的意義大打折扣，就連填空的作用也顯得尷尬。豆腐大或郵票大的影像空間只適合特寫（人頭），至於

中景或大場景的照片絕對不應該做成豆腐大，這是為讀者閱讀的權益，為攝影的功能著想，也為報紙的格調著想。

2.當幾張照片湊在一起，在同一個版面上連同此起彼落的標題形成「多視點、多焦點」的情形時，應該是考慮剔除一兩張照片，放大一張當主照片的時候。有一個觀念就說：「三張小不如一張大」——在有限的版面裡，幾張照片互搶空間，互相抵銷，不如成就最好的一張。

3.放大照片，需要智慧，需要勇氣，但是為了要讓照片承擔重任，也為了強調編者或媒體的觀點，照片放大就變成必要的工夫。

4.放大照片，是為了可讀性，為了網友閱讀照片細節的需要，也為了肯定攝影記者的努力。

5.放大照片，是為了開展頁面的格局，也為了媒體形象。

6.好照片不必多，遇好照片盡量放大，賦予主照片的地位。

7.主標題不要跟主照片爭搶明視度，盡量壓抑次要標題的分量。

8.有性格的臉譜非常值得放大，不要放大攝影技術不良的照片。

三、大場景、中景和特寫鏡頭的互動關係

1.在單一版面必須使用一組三張照片，而且必須編輯在一起的情況下，這三張照片最好是以「大場景」、「中景」、「特寫」的搭配關係，而且三者的比率為：大場景最大，中景次之（大約是大場景的一半），而特寫最小（大約只及中景的一半），亦即三者呈現1：1/2：1/4的關係，如此，三張照片中的人物大小可以出現較為相近的一致性，差別不至於太過懸殊，以免影響讀者的視覺適應。

2.上述的場合，如果決定以中景或特寫的照片作為主照片，則該

中景或特寫大照片之旁極不適合再放置任何照片，因爲放大的中景照片或特寫照片強度很大（尤其是特寫的照片放大效果特強），任何別的照片都競爭不過。

3.經驗顯示，中景照片是媒體最實用也最具傳播效果的照片，因爲：

(1)這種照片需要的空間不必太大（大場景的照片就需要大空間才會出現細節）。

(2)能夠包含的信息不少。

(3)可以發揮「選擇性觀點」，尤其是視覺觀點的大作用。

(4)把它當主照片放大後又具有特寫的強度。

(5)中景照片很適合配合主標題做成主照片。

四、獨立照片和搭配性照片的處理方式有別

所謂獨立照片，是指該照片的內容與新聞無關，身旁沒有相關的新聞或特稿，是個個體的意思，這在處理時，最好是畫上雙框，就是先畫上照片的細外框，再加上一細外框把圖說框進去，形成雙框暗示隔絕其他不相干新聞的意思———這是一種細膩的、爲讀者考量的做法，不希望他們被誤導的意思。而搭配性的照片，顧名思義就是配合新聞的照片。顯然，搭配性的照片最好是放在該則新聞的附近，甚至緊貼著標題而構築成主要的視覺結構，搭配性的照片在連結（緊靠）文章或標題時，只需要框住照片，不必框住圖說，以表示它不是獨立的照片。

1.兩三張照片組合在一起的塊狀影像組織，最好：

(1)彼此有大小的差距，這是爲了取得對比的美感。

(2)不要把照片做成差不多大小、又編排成一高一中一低的下樓

梯（或上樓梯）的形狀。

(3)組合成倒金字塔的形狀要比正金字塔的形狀來得穩，也來得好看。

2.系列照片（sequence）的處理方式——在同一段時間拍下來的一組照片，彼此的框景相近，內容具有前後的順序關係，就叫作系列照片。通常，系列照片會有一張最有意思或最具有影像強度的高潮影像，那麼這張高潮影像應該予以放大，其大小應該比做成一樣大小的其他照片大兩倍以上，才可能產生戲劇性的效果。例如：一個蹲在屋簷上準備自殺的精神病患，在援救警員的勸阻下，差一點沒有跳下樓去，警員把跳樓者抱住的剎那照片，當然是高潮，值得做大，這張大照片在其他系列影像的襯托下，將具有勝過電影場景的戲劇性味道。

3.彩色照片固然好看，但由於彩色照片本身的彩度大，就造成比黑白照片多了「影像的雜亂性」，使得處理彩照比較麻煩，因為彩照的多重視覺焦點，在大標題、小標題的配襯下，將更為擴散，當然可能抵銷照片的效果。因此攝影記者和編輯選擇彩色照片的第一原則，就是挑選視覺較為單純的影像，如果選到的照片影像較為雜亂，則處理的方式是盡量讓它離標題遠一點，以處理獨立性的照片的原則來伺候它。

五、照片的動線處理

所謂動線，就是說照片裡的影像假如具有一定的方向性（vector），就必須在編排的時候順應它的方向，以便凝聚版面的力量，要不，頁面可能因為照片搞錯方向而顯得尷尬。例如：照片中的主角往左看，版面的處理原則有二：一是在裁切該照片時，盡量保留住較多（或足夠多）的左邊空間，以便讓這個往左看的眼光之動線，擁有向

左移動的較多空間，如此將可幫助該影像取得較穩定的結構；其二，爲了不讓照片的動線一下子就溢出版面，一張動線往左發展的照片，在頁面上應該是盡可能的放在右邊，以讓它的動線留在版面上久一點。這是視覺心理加上圖片編輯的經驗說，被有的報紙奉爲編版規定。

1.第三效果（the third effect）的表現──所謂「第三效果」，是說兩張也許原本不相干或者碰不在一起、不產生「碰撞火花」的照片，當被編輯以同樣空間大小的配置關係湊在一起時（通常是左右並置），竟然產生了兩相對照的第三種情境（有趣的對比、相對諷刺、不可言喻的影射，或甚至挖苦式的對照效果等等），這種處理方式有點像是無中生有的味道，但在先進國家的報刊，被認爲是編者或作者的敘述觀點之表現。

2.有一個叫作「群化原則」的頁面要領，就是說屬性相同的視覺元素（包括照片、標題），在合併處理時（比如說幾張不同色彩、不同場景的照片需要放在同一頁面時），爲了維持彼此的一致性，也爲了減低視覺雜亂，而把相同色彩或相同場景的照片擺在一起（或者同樣去背），形成「群體」的態勢或面貌，如此，讀者的潛意識將被引導而認同這些照片的相近屬性。換句話說，「群化原則」也是爲了讓讀者在閱讀上減少誤導、增加順暢感的意思。

六、裁切照片的必要性

1.爲了讓構圖清楚或裁切掉其他瑕疵。
2.爲了使照片的信息變得精簡、達意或更具美感。
3.爲了取得不裁切就發揮不了的視覺效果。

網路新聞學
Web Journalism

4.為了凸顯照片中主要人物的分量，為了引導讀者的閱讀順序。

5.為了讓照片出現筆直而狹長的「戲劇性線條」——假如這種照片作為主照片而放大時，它的效果將非常可觀。

6.照片去背、加框、加網點、加色塊、疊照片等等想法、做法如何？在有格調的媒體，尤其是攝影記者的專業受到真正肯定的國家，專業圖片編輯和美術設計肯定不可能把照片加以「人工處理」，因為在專業者的眼光裡，照片如同文章、如同創作，不可以隨便裁切「加料」，以免損及著作權的完整。但是在台灣，我們經驗中的常常在影視版就氾濫著大量的「加工影像」，好像影視照片加了料就可以更花俏、更有看頭，但是從嚴肅的角度來看，任何版面只要是這種照片愈多，愈可以發現該版面的整體視覺或編版能力愈差、愈顯幼稚。所謂「照片加工」的原則，當然是(1)作者允許；(2)加工後的視覺效果無損原內容的完整，甚至更佳。因此，良好的美感直覺，是為拿捏關鍵。

第四節 照片與標題、與圖說結合之關係

一、標題大就是醒目？大就是好？

當然不是的，這是平面媒體的版面迷思之一，但網路新聞媒體是不是也有這樣的問題？四四方方的中文字體，拼湊在一起的「視覺重量」，確實要比相同面積的英文字重，而且重出許多，尤其是粗體大標題更是重得可以，重得沒有任何視覺媒體可以跟它競爭注意力。標題處理的最主要原則是，假如主編有心編成一個主焦點清楚的頁面、

願意成全主照片的視覺效果，則主標題的明顯度、「重量」和大小都必須順應主照片的地位，在不影響主照片的強度或跟主照片競爭視覺強度之下，決定它的大小和位置。假如照片大而標題也不能小時，可以把標題換成灰底（30%至40%），可以適度減輕其重量和干擾性。

二、在電腦螢幕上究竟標題和彩色照片該如何搭配？

我們的建議是，配有彩色照片的電腦螢幕頁面最好配上素色標題，而且盡量讓標題的字體、大小保持單純一致（如果考慮讓標題出現不同的字體，則上述的「群化原則」可以參考），以免上述彩色照片天生的「視覺雜亂性」經由彩色標題的渲染而更形「驚人」，這是編輯必須盡可能克制的一點。

三、圖片說明應放在哪裡？

在西式版面的常態處理中，理應只有一個位置，就是放在照片下方，然而，有時圖說也會被發現在頁面上下左右皆可的局面。假如，有個較為人性化的參考原則的話，那就是既考慮照片動線，也考慮讀者閱讀方便，讓圖說緊貼著照片而放，橫的照片就擺在下面，直的照片就擺兩邊，將是理想的搭配方式。參考西方一些先進的（西式）報紙來看，如《國際先鋒論壇報》，已經講究到圖說的寬度就是照片的寬度，就是靠圖說撰寫人或編輯的文字能力，把圖說的長度／兩個邊緣（一行兩行都一樣）寫到跟照片的邊緣對齊，顯然已經把圖說看待成圖片的一部分來堅持編版要則。

在讀完本章節後，你是否能回答下列的問題呢？

1. 網路美術設計人員與傳統美術編輯有何差異？要成爲一個成功的網路美術設計人員須具備什麼條件與特質？

2. 試比較國內知名電子報之頁面設計差異。又，如果你是一個網路美術設計人員，你會如何規劃你的頁面？

3. 圖片編輯的角色和功能爲何？

4. 照片處理的原則有哪些？照片與標題、與圖說結合之關係爲何？

第十一章

網路新聞的採訪寫作

　　無論網路新聞的來源如何，在新聞的採訪過程中，網路的重要性已經愈發被重視。不同於以往的是，傳統的探討方式已經被網路時代的採訪形式所取代，在網路時代，媒體的技術決定了媒體的內容，而如何善用傳播新科技來協助網路記者的採訪工作，我們將會在本章詳細討論。

第一節　網路開創了新形態的採訪

一、網路是新聞採訪的一種輔助性工具

　　儘管新聞記者仍然信守「新聞是跑出來的」格言，但是記者在深入現場進行採訪的同時，也應該利用網路擴大採訪的範圍。就像過去電話採訪一樣，現在已可透過電子郵件與新聞對象進行採訪，可以提高採訪的效率。但與面對面的採訪或電話採訪不同的是，電子郵件採訪便於記者或受訪者有清楚的思路，使問題的表述更加條理化。在一定程度上，利用網路可以減低受訪者的侷促心理，得以更加充分的表達。但畢竟電子郵件只是一種輔助工具，所以以電子郵件方式的採訪，新聞的真實性還是值得懷疑的，因爲接受採訪者在不與記者見面的情況下，可能會更加「縱容」地撒謊。因此，是否採用電子郵件採訪，應該視具體對象而定。

二、網路成新聞記者的資料庫

　　網路作爲訊息資料庫的優勢，以被愈來愈多的新聞記者所採用。利用網路尋找新聞有關的背景資料，成爲新聞記者的基本功之一。對

於新聞報導來說，網路的資料庫功能可以通過以下幾方面表現：

1.利用網路上的各種搜尋引擎或目錄服務，查找與新聞有關的人物、組織的資訊或背景材料。例如：一個人的聯繫方式、一個單位的地址等。
2.透過搜尋引擎或訪問其他網站，還可以獲得與新聞相關的報導。這些報導可以作爲採訪或寫作的參照，也可以直接成爲報導的連接對象。
3.透過網上的各種專業權威數據庫，可以獲得與新聞有關的各種數據材料，以增強報導的可靠性。

三、網路是新聞線索的一種來源

網路已經成爲現實世界的一面鏡子，現實世界發生的很多問題，也會在網路中折射出來。因此，通過觀察網路中人們的活動，了解網路和網友的需求，可以從一定程度上發現新聞線索，同時透過與網友的交流，也可以主動地提供新聞線索，這不但能夠滿足受眾的需求，也使傳播者與受眾的關係更加密切。

四、網路是新聞研究的有效途徑

對於新聞從業者來說，研究其他媒體的優缺點，是提高自己水準的一個重要參考。而網路給人們提供一個前所未有的便利的、開放性的研究空間。現在國際上各大媒體、國內的主要媒體都已上網，因此，無論是進行橫向的比較研究，還是針對某一媒體進行內容分析，網路都有得天獨厚的優勢。

第二節　網路新聞寫作的新形式

　　由於網路本身所具有的科技特點,所以網路新聞的表現方式,也與報紙或廣播電視,有著顯著的不同。

一、超文本結構的寫作

　　在網路新聞中所用的寫作格式,建立在超文本全球資訊網的核心概念上。超連結打破了傳統新聞文本的線性結構,它帶來了以下兩方面的影響:首先,用超連結可以對一些重要的人物、事件、背景進行橫向的延伸,你可以用注釋的方式出現,也可以直接連接到相關網頁。這有助於讀者更直接地接觸新聞深層背景,獲得豐富的相關訊息,雖然這樣做也會帶來一些副作用,但是它在增加讀者參與的方面,擴展報導面向、加強報導深度等方面,還是有其重要意義的。

　　其次,利用超連結可以改變傳統的寫作模式。在進行寫作時,我們可以採用將材料分層的做法,把最關鍵的訊息作為第一層次寫作,而相關詳細訊息作為第二層或第三層次提供。也就是說,用一個骨架的方式描述主題內容,而相關的細節,則分別用超連結的方式呈現,讀者可以根據自己的需要,決定是否要進入該網頁閱讀。

二、動態式寫作

　　相對於傳統新聞的寫作方式是靜態的、一次完成的,網路新聞的寫作,則由於時效性的需要,往往把寫作過程變成一個開放的、動態的過程,它不斷在記錄每一個重要時間點所發生的訊息,並且以最快

的速度，將訊息傳達給網友。這種動態式寫作方式發展到極致時，便有可能出現「文字直播」的方式。

三、多媒體化的表現

　　網路新聞表現形式中的另一個特點是多媒體化。由於目前網路技術發展的限制，在網路頻寬上，深深地困擾聲訊、影訊的傳達。在傳統媒體中，文字、聲音與影像的報導是分開的，各種媒體都只用自己熟悉的方式報導，而網路編輯和記者，對於如何將多媒體真正融為一體，還需要經過一些摸索的階段。隨著網路的發展與網友對網路使用的熟稔，網路記者將會對多媒體寫作的方式，有更新與更深的認識。對於未來，多媒體的新聞表現形式可能是在同一報導中，將文字、聲音與影像等多種媒體手段，有機地結合在一起。以文字訊息提供報導的線索和主要新聞要素，提供事件、人物與歷史、地理等背景，除了用聲音和影像來表現外，甚至可以使用「虛擬現場」等技術方式，讓人身歷其境。

第三節　網路記者應有的省思

　　要作為一個網路記者，首先當然必須要能夠了解這個媒體的特性，這樣才可以說得上是網路記者的第一步。因此，網路記者除了要熟稔基本的報導結構外，對於一個新聞網站如何運作，也是應該加以了解的。在網路的世界裡，新聞賴以生存的支柱是突發性新聞，網路記者首先必須要牢記這一點，所以沒有哪個網站會隨便地放棄突發新聞的報導。我們可以這麼說，突發性新聞已是今天的網路記者、編輯以及製作人員，每天決勝的主戰場，它為網路新聞提供了巨大的機

會，但相對帶來的問題也最多。

一、網路新聞的真實性問題

網路新聞要想生存與發展，就必須和傳統媒體一樣，以誠實的態度尊重事實。當然，在這個問題上，這個特殊的媒體再一次面臨了特殊的情況。

如果一份報紙在報導上出了錯，按照新聞規範，第二天該媒體應該對這個錯誤加以更正，更正的啟事應在同一版面出現，坦白地說，因為沒有一個人能夠蒐集到前一天所有的報紙，並把這些錯誤銷毀掉，所以這個錯誤會永遠停留在紙上。但對於網路新聞來說情況就不同了，錯誤的報導可以在伺服器上修改，所有後來在網路上看到這篇報導的人，他們所看到的內容，都是編輯希望讀者看到的樣子。以這一方面來說，網路新聞的確有它的優勢。

我們很嚴正的指出，如果有網路媒體採用這種做法，很有可能對新聞業的未來，產生極其不利的後果。因為除非伺服器把出錯的附件保留下來，否則將沒有任何原始錯誤的紀錄可供查核，但如此一來，是不是讓所有讀者都對網路媒體新聞的真實性，打上了一個大大的問號？

二、網路媒體新聞從業者的雙重角色

在網路的世界裡，人們會互相學習怎麼做是有效的、怎麼做適得其反。正如環球商業網路（Global Business Network）的凱薩琳·富爾頓（Katherine Fulton）等人指出的，媒體業者都知道，他們的獲利來源並不是新聞的內容，為什麼？因為在印刷媒體和廣播電視領域裡，新聞業最主要的獲利是廣告，透過發行或報導賺得的，只占媒體

收入的很小一部分。

　　由於網站內容現在還不能算是商業化的，因為所謂的商業化，是要等到讀者開始為內容付費的那一天才算。不過除非有一家網站可以壟斷讀者所需要的資訊，就像地方報紙壟斷當地的內容一樣，否則，網站要想對網上內容實行收費，以現階段來看，並不是那麼容易。

　　目前，絕大部分新聞網站都依靠廣告收入維持生計。但對於網路來說，依賴廣告生存壓力對內容的影響，遠比其他媒體嚴重。研究發現，廣告商常常在找機會發展「贊助內容」，今天的網站不只是在頁面簡單貼上一些旗幟廣告，就可以讓廣告客戶滿意，取而代之的是，新聞記者必須和廣告商合作，共同創建由廣告商所提供的內容，把商業訊息置入到網站內容中，在媒體常常稱這種情況為「業務配合」（簡稱「業配」），在台灣各種媒體上，也是常常可以見到的。

　　而在網路化經濟裡面，成功的網站所要具備的基本特性是什麼呢？在互動的、擁有無窮選擇的時代裡，讀者去哪裡獲取訊息呢？而哪些又是讀者能夠信賴的網站呢？

　　如果電子商務在網路中占據主導地位，那麼在那麼多的商業網站中，該如何判別哪一個產品訊息才可靠呢？當商業關係決定內容的發布時，誰又會將這一點暴露出來呢？

　　由於新聞記者長期以來，是透過忠實的報導和媒體的公信力，來維繫他們與受眾的關係，因此，他們是決定內容的最佳人選，不僅對媒體組織來說是這樣，對於所有進入網路報導領域的新來者也是如此。

　　網路新聞能否成功，很關鍵的一點是，在建立這些內容創作的過程中，新聞從業者能夠有多少能力控制這個局面，是值得觀察的。

三、注意電腦的客觀條件

要使網路新聞報導中的各種特色都能充分發揮，新聞記者必須要清楚，在報導的過程中，有許多環節都是應該注意的，例如，記者往往認為自己的主要任務是採訪寫作，其實，網路環境裡的寫作有它的特點。因為在網路世界寫作的方式，和印刷媒體寫作的方式完全不同，但是許多網路記者們卻不太重視這一點。我們必須知道，網路讀者所面對的，是一個發光的螢幕，但憑良心說，這並不是新聞報導的最佳閱讀環境，因為印刷體文字在螢幕上辨識率比較低，全神貫注的看著螢幕，一會兒就會讓人感到光線的刺眼，所以網路記者在寫作時，文稿的長短、段落也應該多加考究。

第四節　網路新聞寫作

在初期的網路新聞來源主要有兩方面，一個來源是其原本的母媒體的新聞，也就是把傳統媒體的新聞翻版貼上網路，這種情況常常出現在各個傳統媒體的網站。而另一種則是將網路上各種消息來源的訊息，進行彙總、歸類，並廣泛蒐集傳統媒體網站的內容，再進行編輯加工，這種情況主要以商業網站的新聞為主。

一、不可忽視網路媒體技術的特殊性

不論如何，在前述的注意電腦客觀條件的因素，從事網路寫作的過程中，仍有許多重要因素需要考慮：

1.網友們只是瀏覽，不會詳讀：在網上閱讀很多人都是採用一種

掃描的心態。由於在螢幕上閱讀太久，會產生不適感，人們常常就透過掃描的方式，來搜尋他們想要的東西。但如果搜尋需要花費太長的時間，他們就會離開。

2.時間是以「秒」計，而不是以「分」計：商業網站的經理們認為，讓一個人在任何一個網站上停留的時間，如果能達到幾分鐘以上，就可以算是一種成功。根據統計，讀者花在一篇報導上，甚至是報導的首頁上，超過六十秒的可能性極小。這並不是新聞報導的錯，而是在於媒介本身的問題。

3.電腦滑鼠就如同電視的遙控器：當我們在看電視的時候，除非節目非常精彩，否則你是不是很快地就會轉往他台？電視和廣播製作人都非常清楚，他們的產品如果不能在第一時間吸引到閱聽人，受眾很快就會運用手中的遙控器來做出購買決策（決定看哪個節目），在網路的模式也是如此。

4.讀者上網是為了尋找資訊：什麼訊息最容易吸引讀者，每個記者應該充分把握這一點。記者應努力訓練自己，讓獲取訊息變得快捷、清楚，而且要提供有用的訊息。在過去的新聞教育中，訓練記者運用可靠的事實來進行新聞報導的課程，完全適用於網路世界。

5.清晰的列表和圖示，是成功寫作的基本要素：這樣讀者可以迅速地獲得他們需要的訊息。同樣，冗長的寫作不太適合網路。

6.簡短、明快最具力量：網上寫作意味著使用精鍊、恰當、精雕細刻的文字。如果冗長、無趣，是會立刻抹殺讀者閱讀的興趣。

7.善用圖片與新聞搭配：如果新聞搭配有照片或圖表之類的東西，就需要在新聞中提及，並使讀者把兩者聯繫起來。如果不想在圖片下面加一段圖片說明或圖片說明區，那就應該在正文中提及圖片。許多的研究數據顯示，比起語言文字（口語也

好，畫面也好）的刺激，視覺圖像（例如照片）的刺激更容易使人興奮。如果圖像與文字不吻合，大腦會自動地選擇圖像而拒絕文字。

8.充分發揮編輯的技巧：在網上，只有清晰、簡單的文字才行得通。漂亮而冗長的論述只會增加讀者的負擔，所以網路編輯在新聞的每一段落、每一頁、每一篇報導之後，如果都能用一句話總結大意，這是一個很好的習慣。

9.新聞稿的結束要像電影劇終一樣精彩：好的文章應該可以吸引讀者不斷地閱讀下去，如果做得好還可以讓受眾有點選連結的欲望，許多記者正努力調整自己，以適應網路文體的需要。

　　每一種新媒體的出現，都會形成自己的一套規範和準則，從編輯方針到銷售方式及廣告的安排，每個媒體都有自己特殊的格律，好讓每一個同仁有所遵循。電視一出現，就傳遞了一條非常清楚的訊息，它的編輯方針是自有的，而不是源自當時的報紙。同樣的道理，當網路新聞媒體出現以後，它也會形成自己特有的模式和格律。

　　在網路新聞內容提要寫作上，與新聞正文內容有關的形式有以下兩種：

(一)內容提要與正文是一對一的關係

　　在網路新聞中，內容提要出現的機率是很高的，無論在國內、國外的網站上都會採用這種方式，之所以要在新聞前加上內容提要，主要是爲了提醒讀者新訊息的資訊；對於訊息量需求小的讀者，可只看內容提要就能滿足，而需求量大的讀者，則可以透過提要接下去看全文。

　　內容提要與正文處於同一頁的好處在於，讀者在瀏覽時只須調閱一次頁面，但這也會造成一個頁面新聞體積過大的情形。在這種形式

中，內容提要的主要內容是將新聞精準的傳達出來，因此，提要的寫作應該包括新聞5W1H的基本要件，即「何人」、「何時」、「何事」、「何處」、「爲何」和「如何」。

(二)內容提要與正文是一對多的關係

如果新聞事件較爲複雜，同時也涉及多條相關新聞時，提要便有了新聞骨架的作用，它可以將多個新聞串聯起來，透過對提要中各個新聞的連結，進入不同的新聞主體部分。

二、撰寫網路新聞稿的注意事項

其次談到網路新聞正文的寫作，此寫作與傳統媒體的新聞寫作基本上是一致的。但是網路新聞的正文應該特別注重文風的問題。具體來說包括以下幾點：

(一)文章宜短

一則新聞長度應以不超過兩個螢幕的大小爲宜。如果不能避免長文章，可用小標題的方式，將長新聞分成小塊。

(二)加入連結處理

通過連結提供一個或一組相關的報導。例如一條關於世界杯足球賽「巴西」對「德國」兩個名詞下有連結，這時連結所提供的並不是關於巴西與德國兩國的介紹，而是兩個網頁。這兩個網頁分別是巴西和德國在世界杯的專題。專題不僅介紹了球隊的基本情況，還收納了本屆世界杯球隊的所有新聞。這也可以是寫作的一部分，也可以是編輯的工作，但是至少在寫作階段，記者或是編輯都應該考慮，是要直接在文中加入相應說明，還是使用連結來說明。如果需要說明的內容

很簡單，不妨直接在文中引用，這可提高閱讀新聞時的效率。要注意的是，連結並不是一種裝飾，而是一種承諾，它意味著記者或編輯要給讀者更多的有用訊息，因此，連結的內容應該是加以精心選擇的。

(三)相關新聞的處理

相關新聞通常是在正文之外，加入的與主新聞有關的新聞連結。這項工作一般可由網路新聞發布系統自動完成，編輯記者再根據需要，從系統搜尋的結果中進行一定的篩選。關鍵詞的選擇是相當重要的，它能決定相關新聞能否與主新聞產生關聯。

第五節　網路記者的採訪工作

一、網路記者的自我要求

(一)記者應忠於自己的道德與專業

如果網站的網友對網站內容不信任的話，他是不會接受網站提供的任何內容，自然也不可能對網站產生忠誠度，因此如果要讓讀者喜歡自己的新聞網站，網路新聞記者應如傳統媒體的新聞記者一樣，建立起自己的專業度。

(二)報導新聞把握公平的原則

在傳統媒體裡，許多記者都是憑直覺來堅持一些標準和做法的。在網路傳播中，新聞記者一樣要去遵守這樣的遊戲規則。一個好的網路新聞記者必須公開地執行，而且要採取一定的標準，同時使你的同

仁認識到這些原則的重要性。在執行採訪任務時，不論是使用CAR還是資料庫，都要明確指出那些新聞的來源和正確性。

(三)了解網路媒體的定位與方向

傳統媒體的編輯不關心經營上的事務，更有時候在編務和業務兩者是相抗衡的。可是在網路媒體，你可能無法完全推給業務單位去煩惱這些事，在許多時候，新聞部的人員也必須和業務單位的人互相配合，當然，新聞人員所應拿捏的分際還是應該堅守，只是網路媒體的規模並沒有那麼大，如果新聞部人員可以抓住每一次機會學習經營模式、研究財務報表、了解媒體組織的經營問題，讓自己在進行新聞採訪或編輯時，有更好的參考，對自己未嘗不是一件好事。

(四)熟稔電腦媒體和網路的特性

我們都聽過「工欲善其事，必先利其器」這句話，過去新聞記者的工具是紙筆，而編輯的戰場則在紙張的版面上，現在不一樣了，電腦鍵盤取代了過去的紙和筆，電腦螢幕則取代了過去的紙張。因此，如何利用網路媒體的特性，好好的訓練自己的工作技能，更是一個好的網路新聞記者成功的不二法門。運用新科技的時代來臨了，有一句話說，媒體的特性決定了媒體的內容，網路媒體有哪些特性？我們在前面都說得很清楚，如何善加利用，則是網路新聞記者所要念茲在茲的。

(五)了解產品的使用情形

網路媒體的產品是什麼？當然就是新聞，這是無庸置疑的，而作為一名網路新聞記者，除了認真的進行例行的新聞採訪工作外，你有沒有好好的去了解一下，你的網路產製品在讀者的評價是什麼？而讀者的使用偏好又是什麼？在網路出現之前，沒有什麼媒體可以擁有如

此強有力的對受眾進行測評的機制，但現在有了，網路新聞工作者是不能躲避用戶數據的，所以既然擁有這些數據，就應該積極地去研究，並反饋到讀者身上。

二、新聞記者的採訪心態

新聞記者在採訪之前，應對採訪對象做好一定的準備工作，翻閱一下受訪者的相關背景資料，調閱從前的歷史報導，並且考慮該如何進行採訪，例如，是直接的提出問題交鋒，還是迂迴的琢磨提問，應該擬定充分的採訪提綱，以調適記者的臨戰心態。

採訪心態是任何一個記者都必須面對的。無論面對的是趾高氣揚威風八面的達官權貴，還是一般的升斗小民，不卑不亢的專業態度，應該是新聞記者應有的健康心態。許多初入社會的記者，由於有媒體的招牌做靠山，往往得到受訪人禮貌有加的對待，年輕的記者常常會迷失了自己，而無法寫出一篇純淨的好新聞來，所以，回歸專業應該是所有新聞工作者最高的工作標準，這樣才能不卑不亢就事論事的做好新聞記者的工作。

三、網路記者是多重身分的集合

在以往的傳統媒體，記者可區分為文字記者和攝影記者，彼此的工作有聯繫但互不干涉，但網路記者卻是集文字記者、攝影記者於一身，十八般武藝幾乎全能的新聞記者。如果從新技術的觀點上來說，網路記者又是超文本記者，超文本是對傳統寫作形式的一種突破與變革，最根本的一點在於，網路媒體以數位化的方式，顛覆了以往傳統媒體的傳播形態。正因為網路的數位化技術的本質，網路新聞往往是立體化的表現，它可以集文字、照片、聲音、圖像、數據等等於一

體。當然，以深度與廣度見長的分析性、調查性文字報導，依然可以在網路媒體中獨占鰲頭，並充分展現其特色。所以我們綜合來說，網路的媒體特性使得網路新聞不僅表現報紙的線性文本，更具備多媒體特性的「非線性文本」的特色。

　　超文本記者和傳統媒體記者的區別，就在於新聞寫作的超文本化。網路掀開了多媒體時代的一頁，多媒體手段對新聞報導更加多樣化，數位時代的記者除了駕馭文字追蹤動態消息，撰寫分析性調查性的深度綜合報導，拍攝新聞節目，解說能力出色，最好還能夠精通網頁設計，如此才能稱得上符合時代的要求。

四、網路新聞工作的十個技巧

(一)了解你的受眾

　　網路記者和編輯在寫作與處理版面時，要把網路讀者的需求與習慣放在心上。網路使用者行為分析指出，網路讀者往往只是瀏覽網站而不是專心閱讀，他們的心態和思想，也往往比印刷品的讀者或電視觀眾活躍，他們會主動搜尋資訊，而不是被動地接收你提供的東西。

　　所以，網路新聞工作者必須正視你的目標受眾。因為你的讀者正在網上獲取他們的新聞，極有可能的是他們比一般的閱聽人，更關心與網路有關的故事，因此重視他們的想法是有意義的。另一方面，網站具有無國界的優勢，所以在寫作和編輯時，必須要考慮到你的東西可以讓全世界的受眾都看得懂。

(二)審慎思考、事先規劃

　　在你開始報導和寫一個故事的時候，考慮一下講述故事最好的方法是什麼，是否透過使用聲音、錄影、可點閱的插圖、文本、連結等

方式加以組合。那麼是不是要和相關的廠商進行合作。你可以訂一個計畫,利用網路科技的特點,讓你採集與生產新聞的全部過程,都可以讓讀者的閱讀更為有趣而生動。

(三)做好新聞蒐集工作

報紙記者與電視記者的採訪方式不同,網路新聞記者則必須自己做好採訪與資訊的蒐集工作。

報紙記者傾向於尋找文字資訊,電視記者要尋找與文字搭配的畫面和聲音。網路新聞記者則必須在不同的要素間取得合作:尋找與文字相配的影像與聲音,同時要有與畫面相配的文字互動。不論是文字、照片、圖表、聲音、畫面,只要有助於新聞的產製,都應該隨時隨地的蒐集並加以整理,使其成為有用的資訊,以便日後運用。

(四)用字生動有新鮮感

努力用生動的文字,依賴有饒富意義的動詞(meaningful verb)和有動感的名詞(action noun),有助於你和網路讀者的互動,在新聞寫作中我們常用到這種方法。同時在你的文章中注入聲音或圖像,以便和網上的其他內容進行區分。試著以活潑輕快的風格或態度來寫作,利用網上的對話風格也是可以參考的方法,因為這是網路受眾易於接受的寫作風格。

當然,不要忘記傳統的寫作規則也適用於網路寫作,但不幸的是,大多數網路新聞網站的寫作水準參差不齊,這些往往是快節奏的新聞採集與無經驗的記者造成的。但這是網路媒體自己的問題,讀者會注意到粗心的文章,但他們並不會諒解,所造成的後果就是轉換別的網站,也開始不相信你所報導的新聞。

(五)解讀新聞的重要

　　我們所處的環境本來就是個資訊爆炸的時代，有了網際網路之後，資訊帶來的困擾更勝過往。網路讀者並不想一天二十四小時被機械化的新聞收發機構綁住頭腦，所以，他們只想很快的得到資訊，特別是重要的，要知道，讀者很少注意到或在意誰是第一個報導這則新聞的人。人們想知道的不只是發生什麼事，而是事情為什麼重要，所以解讀新聞最好的網站，將取得最終的勝利，這是媒體網站差異化的一個重要關鍵。

(六)導言──網路新聞寫作的ABC

　　每一個新聞傳播學院的學生，在新聞寫作的課程中，都會被教導新聞寫作時導言的重要。如果一篇新聞稿導言沒有處理妥當，就幾乎決定了這則新聞不被重視的命運。所以當進行網路寫作的時候，重要的是，快速地告知讀者什麼是新聞以及他們為什麼應該繼續閱讀。

　　一個解決方法是運用「Ｔ字模型」的新聞稿結構。在這個模型中，一個新聞的導言──「Ｔ」字的橫線──概括了這個新聞的重點，並告知故事為什麼重要。請注意，導言不需要洩漏結局，它只是提供讀者一個繼續讀下去的理由。然後，故事的其餘部分──「Ｔ」字的垂直線──可以採取任何一種結構形式：作者可以以敘述的方式講述新聞主體；以積木堆的形式從一種跳到另一種；或者只是繼續進入一個倒金字塔的標準新聞寫作。最後要注意的是，很少有讀者會一天到一個網站達到一次以上。當新聞更新時，請記住把最重要的新聞放在導言裡。

(七)有層次的鋪陳

　　大多數的網路新聞內容，對於一個網路受眾來說都太長了，可以

想見幾乎沒有幾個讀者會看完它。如果按照網友的閱讀時間和閱讀節奏來看，一篇精彩的網路新聞，最好在五百至七百字以內結束，再長的話，恐怕網路讀者會沒耐心，但太短的話，又會讓新聞看起來分量不夠，所以如果能在七百字以內解決，是一個很好的網路寫作準則。當然，這個規則並不是一成不變的。如果新聞事件精彩，讀者會堅持看完，當然，前提必須是新聞內容要夠精彩才行。

　　網路新聞的讀者利用滑鼠移動捲軸上下移動顯示文本。當然，如果有人點閱到這個頁面，一般的情況是因為他們想閱讀這則新聞，因而他們讀的可能性也高。

(八) 文稿的解構與重整

　　如果是較大的文本，會讓讀者在螢幕上變得難以閱讀，而令你更有可能失去讀者。所以，使用更多的小標題來突出段落點，可以幫助讀者較順利的閱讀。而如前所述，應利用段落的切割與簡短的句子，讓文章讀來活潑、不費力。

　　你可以自我測試一下，試著大聲朗讀你文稿中的句子，看一下是否過長了，如果不能一口氣讀完一個句子，那就表示，你的句子太長了。

　　從新聞資訊中帶出好看的插圖、照片、用重點突出的表格和互動性的圖形也會有助益。即使一段配合摘要的花邊文字，也能幫助打碎文本，並把資訊轉化為一種易讀的格式。

(九) 不要懼怕連結

　　許多網站的經營者都有一種莫名的恐懼，他們以為如果他們把其他網站連結進來，讀者就會因此流失而不會回來。但事實並非如此！人們願意去上那些經過編輯推薦有連結價值的網站——這個做法證明了雅虎的成功。如果人們了解到他們能夠信任你的網站，他們會回來

看更多的內容。

　　同時，新聞記者也有責任把新聞判斷和編輯的標準，同樣的套用於他們選取的連結。當然，在你的網站上可以連結過去與當前的相關新聞資料，這正是網路的優勢之一。透過連結其他新聞來提供資訊和背景，可以讓網路編輯有更多的時間處理今天的新聞。

(十) 在網路世界中，別怕嘗試

　　網路新聞是一種新的、演進中的產業，我們隨著這個媒體的發展，也在同時進行商業模式和新聞規範的規劃。勇於向你自己與同事提出創新的念頭，在網路的世界中沒有規則，只有想法，所以請勇於嘗試。

　　雖然網路給了我們更大的創意空間，但不要忘記新聞學的根本。事實還是必須要核實兩三遍；寫作還是需要敏銳、生動而且實在，新聞更應該要有故事在裡面。

　　由於網路給每個人如此多唾手可及、可選的新聞資源，現在更重要的是我們要堅持網路的根本，堅持新聞學的根本，以生產讓人信賴的新聞，因為那是讀者的需求所在，畢竟，Content is King。

第六節　如何成為出色的網路新聞記者

　　傳統的記者在進入網路新聞時，會先面臨一個簡單的抉擇：印行或播送（print vs. broadcast）。隨著多媒體工作環境的發展，兩者間的界線已經慢慢模糊，這表示，面對新科技的新聞工作，必須要有新形態、跨媒體的記者來因應新的環境。

　　網路新聞記者常常要一人分飾多角，身上常常帶著各式各樣的採訪工具，除了筆、電腦、錄音機外，還要配備數位相機或攝影機，記

者必須具備跨媒體整合的能力。這些新形態的記者不僅只附屬於一個
單一媒體，他們可以穿梭於多種媒體工作和思考，如印刷媒體、電視
甚至新的傳播科技。有些記者會全心全意投入資訊工作，但一離開新
聞室，卻又感覺無比孤單。因此許多記者脫離不了新聞老本行，只是
支出部分心力在新媒體科技上。

　　因此，新形態的記者應具有以下幾個特點：

1. 具有多媒體的觀念，了解新世代新聞工作是必須整合文字、圖
　像、聲音和影像的。
2. 媒體想找的記者並非駭客或電腦工程師，而是可以將寫作、編
　輯、設計、播放完美結合成多媒體訊息的人。
3. 新世代記者應兼具傳統新聞觀和跨媒體背景。
4. 從前的編輯是editor，而網路新聞編輯則是producer。網路編輯
　不只是要做編輯文字這樣簡單的工作，而是要利用多媒體來報
　導新聞。

　　在網路時代，新聞傳播者從事傳播工作的主要工具是電腦。他們
用電腦寫稿、編稿、檢索資料、發稿，一句話，用電腦處理各種訊
息。這種生產方式將促使新聞傳播者的工作方式發生顯著變化。

一、網路記者自我的充實與認知

(一)新聞的採集方式改變了

　　網路媒體與傳統的新聞採集方式相比，網路時代的新聞採集方式
具有許多優勢，如擁有更豐富的新聞資源；可以更為迅速地獲取新聞
資源；比使用圖書館資料更方便；可對原始數據進行更深入地發掘；
可在短時期內採訪到更多的人；能即時得到用戶對新聞的反饋，並與

之交流等等。

(二)新聞寫作方式與報導的變革

網上新聞的寫作風格將發生明顯變化，更加注重突出視聽效果，提倡視聽風格。具體來說，網上新聞應被製作成多媒體新聞，即數據、文本、聲音、圖像、圖表一應俱全，而不是單一的文字新聞。

(三)新聞的判斷與選擇能力

一名記者對新聞的判斷與選擇能力，是從事新聞工作的基本條件。對於新聞記者來說，這就是新聞敏感，即善於捕捉、反映生活中的變化和潛在變化的能力。對於編輯來說，這就是策劃和選擇能力。新聞的判斷與選擇是以新聞價值為基準的。

由於網路時代的訊息傳播，帶來了訊息公開化、多樣化等優點，但也不可避免地出現了網上訊息的真實度、可信度等問題。誰也不知道從網上獲得的一條線索，究竟是誰發布的，一般大眾往往沒有時間和能力去驗證這些訊息。因此，網路新聞工作者要多方驗證，詳細把關和過濾網上層出不窮的新聞與訊息，為公眾提供有信譽的、可靠的訊息。

(四)能夠熟練運用電腦、網路、多媒體處理新聞

網路新聞傳播過程中，從新聞產品到傳輸，包括記者、編輯的採訪、寫作和編輯，都已全程電腦化。記者無論是在新聞事件現場、辦公室或是家中進行採訪，都離不開電腦、網路、多媒體。編輯則是通過媒介機構的內部網路，調閱記者發回的稿件，查閱資料、編輯、送版或簽發稿件，通過網路進行全國性或全球性的資料查詢，甚至臨時的補充採訪。因為這樣，必須要求網路新聞記者不僅具有關於電腦、網路和多媒體的硬、軟體一般知識，而且具有熟練進行文字處理、表

格處理、圖形處理直至聲音文本、影像文本處理的能力。

(五)有深入研究社會問題的能力

在網路、多媒體的時代，跟蹤報導、連線報導、深度報導的任務，都落到網路新聞傳播工作者的肩上。這些沈重的工作促使了網路新聞工作者，要有政治家的全局頭腦和學者的分析研究能力，去堅持不懈地探討、報導社會熱中的事件。

新聞的要素之一在於它是不斷的變化，新聞敏感就是捕捉變化的能力。對社會保持長期不懈的觀察，才能洞悉其中的差異，體會出社會的變化，並理解每一個變化的含義，從而可以判斷出什麼樣的變化具有重大影響。

此外，相關訊息的累積也是很重要的。借用已有的訊息，也是了解社會的一個重要途徑，在資訊社會尤其如此。因此，作為網路新聞工作者，應該盡可能掌握與自己報導領域相關的訊息。

(六)以平等態度與網友交流

在網路上，新聞工作者要具備與網友平等交流的觀念和能力，要真正以平等的態度，乃至公平無私的觀點為受眾提供真實、全面、客觀的新聞。平時要善於運用網路，在新聞傳播前進行必要的網路抽樣調查，即時了解網友所欲知、關心之事和其他意見、要求。在傳播過程中，要善於利用數位化技術，盡可能和網友進行直接的對話溝通；並在傳播告一段落後，要善於用網路即時進行反饋，為今後進行更好的傳播服務提供參考。

換言之，新聞事實的傳遞與交流，是由媒體與受眾在同一平台上平等的對話。為公眾提供真實、全面、客觀的訊息服務，是新聞媒體的第一天職。

(七)培養外語能力

　　網路的無國界是它的一大特點，英文是目前網路所必備的。媒介工作者要想充分利用網上資源和網路技術，就必須能熟練地用英文查詢和閱讀網上資源，用英文在網上進行搜尋資料，甚至採訪，用英文寫作、報導、發電子郵件。即使今後中文訊息在網上大幅增加，甚至通用網路語言也研發出來了，掌握和運用一門外語特別是英文，仍是網路新聞傳播工作者與普通上網者的重要區別之一。

(八)多元思考的知識結構

　　世界上的知識可分為兩大類：自然科學與社會科學。網路新聞傳播工作者的知識結構，一般也圍繞這兩大類知識展開，包含基礎知識（如哲學、政治經濟學、邏輯學、法學等）、一般知識（如網路新聞傳播應用、應用心理學、網路傳播技術等）、略有所知的知識（如音樂、美術、戲劇、醫學、天文等），以及有關的新學科新知識，或容學有專精。但作為一個網路新聞工作者，加強自我多元結構的知識仍是相當重要的。

　　最後，要成為一位出色的網路記者，也應該要了解其面臨的問題及挑戰：

1. 進入電腦時代所面對的最大困難是了解電腦的技術層面。
2. 管理一個媒體，最重要的是了解閱聽人如何使用該媒體，他們想什麼、要什麼。但是在網路媒體中，匿名性及電腦技術的特質，打破了這個規則。
3. 文章的長短仍是網路媒體中爭議的問題。但無庸置疑的是，受歡迎的網路寫作形態，通常是富有個人風格和生動的寫作方

式。有些作者喜歡在網路上發表具分析性和評論性的長篇文章，以對話式的手法讓網友一頁一頁的往下看。幽默的寫作和天馬行空的想法，都可以盡情地在網路中發表，有可讀性的文章，不怕沒有人看。

4. 面對互動性強的網路媒體，閱聽人可以立即對記者們的文章提出批評指教，所以記者們必須事先設想好如何回應，並要多蒐集資料以滿足閱聽人。

5. 網路新聞就是一個社群（community journalism），記者必須了解網路如何運作，才能體會網路社群的重要性。

思考

在讀完本章節後，你是否能回答下列的問題呢？

1. 網路新聞的表現形式和其他媒體有什麼不同？
2. 記者在網路新聞的寫作上應注意哪些重點？
3. 你認為要成為網路記者，應該有哪些特質？
4. 網路新聞工作有所謂的十個技巧，你能舉出幾個？
5. 你認為要成為出色的網路記者，應做到哪些事情？

第十二章

電子報新聞編務流程

網路新聞學
Web journalism

　　如何讓電子報順暢運作，新聞工作人員當然不是唯一的要素，另外還應有系統維護人員、程式工程師、美術人員、廣告業務部門人員以及行政管理人員等。這樣一個團隊，該如何運作、如何指揮、如何稽核功效，都是一個值得探討的問題。本章就深入分析電子報的工作人員角色扮演和編務運作流程。

第一節　電子報的工作職掌

　　首先，在職位頭銜方面，馬丁（S. E. Martin, 1998）發現，報社設立的電子報新聞工作人員除了被稱為「編輯」之外，也有被稱為「製作人」（producer）的情況。在國內，明日報裡負責審核新聞內容、加照片，加相關報導連結，以及刊出前最後審查工作的人，除了有被稱為「編輯」或是「助理編輯」的人外，另外也有「製作人」與「副製作人」的職務頭銜。

　　以中時電子報為例，在中時電子報的新聞中心，則沒有所謂製作人的稱謂，而是稱為助理編輯、編輯、主編、執行主編、副總編、總編輯等。從職位頭銜除了可以看出一些電子報從報社衍生過程的痕跡之外，另一方面，可能也可以據此窺探該電子報在經營策略的方向：是經營「網路原生新聞媒體」，抑或經營「資訊中心」。

　　例如，在強調網路原生媒體的電子報中，雖然仍然有新聞產製流程的控管人員，但顯然並不被認為產製流程後端的「編輯人員」，而是新聞內容的「製作與規劃人員」──重點在於新聞產品表現與陳述的規劃與製作。若朝向「資訊中心」的角度出發，則新聞品質的控管顯然比如何表現、包裝來得重要，因此比較可能使用傳統新聞室內的管理結構以及職位頭銜。

　　就報社設立的電子報而言，根據辛格等人（J. B. Singer; M. P.

Tharp; A. Haruta）的研究結果，電子報新聞工作人員的工作內容其實與電子報是否是獨立於報社之外有關。而電子報是否獨立經營，又與該報社報紙的發行量有關。發行量愈高的報社，其設立的電子報獨立經營的情況就比較多，如中時電子報即是一例。在那些非獨立經營的電子報內，新聞工作人員通常是報社人員兼任的，其中尤其是報社的copy editors最常被指派兼任電子報的出版作業。

另外，報社內負責視覺設計與製作的人（例如：攝影、美編等），也多會直接被指派擔任電子報出版工作。在這些非獨立經營的電子報中，編輯人員除了要負責基本的分稿工作外，也常要負責「寫作」、「新聞編輯」、「電腦操作」，甚至「電話接聽」。相反的，隨著報社發行量增加、電子報獨立經營的規模擴增，電子報新聞工作人員的數量也就增多，工作分項就比較清楚。

回到前文所述關於電子報編輯人員的職位頭銜上，工作分項較細的電子報，編輯工作就可以從不同的頭銜了解一二：「新聞編輯」（news editor）、「美術編輯」（design editor）、「版面編輯」（section editor）、「首頁編輯」（frontpage editor）、「運動新聞編輯」（sports news editor）、「系統支援編輯」（liaison, assistant managing editor for technology）、「版面編輯」（on-site managing editor）等等。

同樣的研究指出，電子報新聞編輯人員普遍來看，地位與經驗都比不上其母報內的編輯。這點一方面從其薪資差異得到驗證，另一方面可從組織架構上得知。該研究發現美國報社設立的電子報，其編輯人員有逐漸從傳統新聞室的新聞產製控管的系統中脫離的現象，轉而向較低層級的主管負責，例如：廣告製作部門、研發部門、企劃宣傳部門等等。當然在美國也仍然有電子報的編輯保持直接對發行人或是社長負責的部屬關係，但是前者現象的出現，不禁令人感到訝異，更對報社設立之電子報其新聞媒體屬性的絕對性開始存疑。

另外，部門之間歸屬問題也常困擾電子報編輯，辛格等人（J.

B. Singer; M. P. Tharp; A. Haruta）的研究就發現，電子報編輯較報紙編輯來得更希望「覺得他們是『母船』（mother ship）的一分子」。顯然報社編輯是不用顧慮這一層。

相較於報紙編輯，電子報新聞編輯的工作內容，可能還因為電子報規模的不夠大，而要兼負業務的考量。電子報編輯會有關心他們的產品會不會賺錢、並視網路為賺錢機器的現象，相反的，傳統報紙編輯人員就沒有利用報紙賺取利潤的渴望，倒是希望有更多的錢來花用。電子報編輯人員在辛格等人（J. B. Singer; M. P. Tharp; A. Haruta）的研究中，同時也呈現出身分與角色的混淆與困擾：在美國，許多時候電子報的新聞產品與報導，必須仰賴行銷部門的幫助才能生存，因此編輯工作在許多時候，與廣告業務工作之間的界限逐漸模糊。

雖然目前大多數報社設立的電子報有自動轉檔的程式，將報紙上的新聞轉成電子報所需的網頁格式，但是轉檔完畢並不表示電子報就完成。進一步了解電子報編輯人員工作的內容時，則發現編輯人員也仍然會修改新聞內容。修改的部分，包括加入超連結（占84.5%）、改標題、修改照片與美術設計，以及新聞報導結構與修辭。馬丁在觀察美國兩家報社（Newark Star-Ledger與Raleigh News and Observer）設立的電子報作業流程後發現，該兩家電子報新聞編輯人員的工作其實很繁重，從新聞資料的蒐集，到抓報社文字與圖片檔轉成電子報HTML檔，修改新聞內容（篇幅長短、標題圖片尺寸、檔案格式），視覺美觀的設計與製作，網頁維護，新聞專輯的企劃、製作與維護……等，都屬於編輯的工作內容。

因此，電子報編輯工作其實並不比報社編輯工作來得輕鬆，相反的，反而因為同時處理新聞工作與電腦網路作業，電子報的編輯工作除了保留了傳統報社編輯工作之外（Martin, 1998），另外其實還要加上許多與電腦、系統、出版、動畫等相關的作業項目。不過，如果電子報的規模夠大，專業人員夠多，在各司其職、專業分工之下，電子

報編輯人員的工作量是可以減少的，但是專業性與必要性仍不容忽略。

第二節　電子報的內容區塊

　　一般而言，電子報共有：新聞中心、出版中心、數位設計中心、圖片資料中心，以及寬頻開發中心等五大部門。由於人員數量與編制齊全、分工明確，因此新聞中心編輯人員大多數時候可從其他部門獲得所需要的系統、美編、照片供應等支援。以下特別針對新聞中心的組織架構與編輯人員背景進行說明。

　　電子報的新聞呈現大體來說，可分成：即時新聞、最新焦點、各報當日新聞、新聞專輯、新聞評論與當日新聞照片集錦。現以中時電子報為例，分述如下：

一、即時新聞

　　在電子報首頁區域版面位置、尺寸均以程式固定，設定一次最多僅能容納多少條即時新聞，因此當有最新的即時新聞進來後，將自動出現在第一條，先前的即時新聞依序向下推擠。被擠掉的即時新聞會自動分類（類別已於記者發稿時定義完成）到即時新聞專區（另起頁面），如果網友有需要知道所有當天曾發過的即時新聞，可以點選進入「即時新聞區」，該區依照新聞內容，大致分為政治、社會、大陸、國際、財經、藝文等類。即時新聞內容的版面為了與各報內容做區隔，因此另有新的版面呈現。而每一則即時新聞發布時，標題下方均有發布時間，提供讀者以及編輯作為參考。

(一)內容來源

以台灣新聞網站來說，即時新聞最先設立時，內容完全來自中央新聞通訊社。新聞經由中央社連到電子報的專線，自動轉檔發布在電子報上，或由各電子報之母報成立網路新聞供稿單位，直接提供新聞。

(二)編輯作業

報系供稿中心的即時新聞發出後，將直接進入電子報系統主機，並自動轉成HTML檔，標題（含時間）自動刊出於電子報首頁，而全文則自動進入即時新聞區，並依照類別歸類。過程完全由電腦自動化處理，電子報新聞中心編輯人員不須手控。不過，電子報編輯人員仍須隨時監控。

二、最新焦點區

(一)版面位置

呈現最新焦點區的位置多在首頁上方，放的是最新焦點的標題，最新焦點新聞內文則是另起頁面。呈現方式多以照片輔助，新聞內文的右側有當日相關新聞的連結，以及相關網站與專輯的連結（稱為「加值」）。版面設計與即時新聞、三報新聞的版面不同，以作為區隔，以及為改版動作所做的市場測試。最新焦點版面位置與大小並未限制，因此可由人員（多由出版中心人員協助）控制位置，以及停留在首頁上的時間。

(二)內容來源

仍以即時新聞內容為主，有時輔以監聽、監看其他媒體新聞，並

經查證後彙整刊出。

(三)編輯作業

由主編輪班負責即時新聞，以及監看、監聽其他媒體新聞報導，處理成最新焦點新聞。編輯工作內容方面，雖然作業介面已有視窗作業環境，編輯人員僅須在新聞價值與處理上做判斷即可，至於網頁製作部分的工作完全由電腦自動轉檔完成，但是新聞編輯工作中的選擇新聞、挑選照片、製作照片（由圖片資料中心支援此部分）、改寫標題（或增加標題）、挑選標題字型、大小與顏色、新聞加值、新聞排序等，在前述視窗作業程式（轉檔程式）未完成前，電腦操作與網頁製作工作均由相關技術人員協助完成。

三、當日報紙新聞

呈現方式：引用相關報系新聞（含社論、論壇文章）彙整後，依照焦點、政治、社會綜合、國際、大陸、財經產業、股市理財、資訊科技、醫藥保健、影視娛樂、運動天地、藝文出版，以及社論論壇等分類，以方便讀者閱讀時參考。新聞呈現時，所有新聞均沒有照片輔助，僅於下方做提供相關新聞與相關網站等加值服務，目的在於提供閱讀者對該則新聞有較深入的認識，以及有對該新聞事件歷史脈絡回顧的機會。

四、新聞專輯

呈現方式：在各電子報中，「新聞專輯」均有獨立的專區。該專區可由首頁連結選擇到(1)「新聞專輯區」首頁；或是(2)各專輯首頁。如果某新聞專輯與新聞時事相關程度高（如總統大選前的「2000

總統大選專輯」，或是大選後的「邁向新世紀、領航新台灣：『阿扁新政府特輯』」等），則會於電子報首頁最上方（刊頭附近）顯眼處增加連結圖示。新聞專輯內容的呈現，則沒有固定的版面格式限制，多由負責規劃製作的電子報編輯人員自行設計。

作業流程：新聞專區企劃書經總編輯同意後，必須開始協調以下工作：

1. 版面製作——由數位技術中心協助製作版面（有時是提案編輯自行製作，有時是由執行主編支援）。
2. 轉檔程式撰寫——由技術中心程式設計師撰寫轉檔程式。
3. 上傳（up-load）作業——與系統部門人員協調上傳作業中新聞專輯區的新增檔案，以及防火牆外主機的空間。

上述工作平均需要一周左右（視專輯內容而定）完成。完成後，負責的提案編輯必須開始將新聞資料依照企劃內容歸類、轉檔、製作頁面、建立連結，最後將所有頁面組合，完成完整的新聞專輯網站。完成後，經測試無誤、可以刊出後，由總編輯決定是否在中時電子報首頁上方刊頭處加上連結圖示。新聞專輯推出後，則由編輯群共同負責維護資料的更新。更新時，編輯作業內容包括：新聞的挑選、抓文字檔、轉檔、新聞重新分版、排序、下標／改標等。

五、新聞評論

呈現方式：「新聞評論」與「最新焦點」一樣，內容來源也是由報系供稿中心規劃撰寫人員輪值表，撰寫人員由資深記者或主筆擔任。評論內容是專門提供電子報使用。

組織架構方面：以中時電子報為例，由總編輯負責，目前設立多位全職記者，負責政治社會類新聞及負責經濟財金產業新聞。電子報

新聞中心的編輯台的編制，在總編輯之下，設副總編輯一人、新聞中心總監一人、副總監一人，主編數人。

第三節　電子報新聞的採編流程

　　電子報的作業形態不同於傳統的平面媒體，如報紙、雜誌，也與電視、廣播的電子媒體不同，基本上，電子報是一種形態的媒體作業，由於網際網路無國界、無時差的特性，所以它的作業模式有其一定的獨特性。我們試以中時電子報爲例，以它的作業時間和流程做一說明，並提供參考。

　　上午8點30分開採訪會議（由總編輯主持，新聞中心副總監、理財中心總監、記者參加。根據記者前一天晚間發出之次日採訪稿單，以及當日中央社新聞事件預告單，共同討論當日採訪計畫）。記者於採訪會議後出發採訪（目前以台北地區爲主）。

　　記者每天上午、下午各至少發兩條新聞回電子報新聞中心。以配置之筆記電腦、PHS手機發稿回電子報新聞中心編輯台。第一次審稿者爲副總編輯，或新聞中心總監或副總監。之後交給總編輯第二次審稿。審稿核可後：(1)發中時電子報即時新聞；(2)入中時電子報自製新聞資料庫；(3)由值班文編處理上電子報首頁版面（搭配其他新聞、調度或是新聞排序，同時再做最後一次審稿）。

　　副總編輯、新聞中心總監、副總監可視狀況，(1)機動調度採訪記者，指示採訪重點，並且(2)通知值班之電子報主編，共同合作計畫製作與呈現重大新聞事件（如新聞報導、特稿、分析稿、照片、多媒體影音等，成立立體火網）。

　　記者晚間下班時，若沒有特別需要，不需要回辦公室。但是需要用電子郵件方式報告次日採訪稿單，給總編輯、副總編輯、新聞中心總監、副總監。

　　每周五下午記者應當回辦公室，與所有新聞中心同仁開編輯部會議。

表12-1　網路編輯與傳統新聞編輯工作之比較

		網路新聞編輯	傳統新聞編輯
新聞內容	速度	即時，速度快，每秒截稿 生命週期短，獨家可能五分鐘	新聞生命較長，以天為單位 新聞規劃、發動時間較充裕
	縱深	新聞橫向、縱向深度並重 必須自行搜尋、生產新聞縱深	較重橫向連結 素材由採訪單位提供
	層次	由1.時序稿序2.標題字體顏色交互構成，標題外露、新聞隱藏	由1.版序稿序2.標題字體字型交互構成，標題內文合一
	編務	最重速度、創意、附加價值 立體網頁整合	高專業、高作業密度 平面圖文整合
	閱聽	三維新聞架構，球狀閱讀 須考慮每則新聞的獨立性	平面新聞架構，線性閱讀 新聞配套性強、標題可較靈活
專業技術	標題	1.更口語、更明晰：因新聞隱藏 2.層次變化較少：引題、副題少，但可應用實題、空題 3.字體變化受限：只用細明體，但可應用粗體及顏色變化	1.較重文字優美、創意巧思 2.層次變化多：引題、主副題、插題、橫直錯落、包文盤文 3.字體變化多：除圓體、仿宋，廣用行書、魏碑、陰體等
	技能	1.須具備資料搜尋能力 2.基礎網頁語言能力	1.組版技術能力及術語 2.新聞專業能力
	壓力	1.處理新聞機動性高 2.判斷及作業時間短	1.作業時間集中 2.須面對降版壓力
	知識	1.新聞廣泛知識 2.熟悉網站及搜尋連結	1.新聞專業知識 2.版面專業知識
	團隊	1.分工較不明確 2.作業獨立性高：主要為圖編，供稿單位、出版人員僅為輔助	1.分工分版明確 2.作業團隊性高：分核稿、組版員、美編

養成	1.理論典範建構中	1.實務理論、術語已建構
	2.較無範本可供遵循	2.多重視線上培訓
限制	1.不受版面框架、字數限制	1.版面、字數限制大
	2.標題字數較自由、形式較嚴格	2.標題字數嚴格、形式開放

「思考」

在讀完本章節後，你是否能回答下列的問題呢？

1.你知道電子報新聞人員的工作執掌包含哪些部分嗎？

2.你能指出電子報新聞人員的作業方式和傳統平面媒體有什麼不同嗎？

3.在了解電子報新聞人員的工作內容和流程後，將來你會想要進入網路新聞媒體工作嗎？為什麼？

第十三章

避免錯誤與更正

　　新聞最重要的就是「真實」與「正確」。因為新聞的正確與否，將影響媒體的公信力及形象，一個新聞媒體的錯誤報導愈多，代表其記者查證不實，守門制度不夠周延，久而久之，讀者也會愈來愈不相信其報導內容，媒體因而流失更多讀者。

　　在現今媒體高度競爭下，媒體為了搶快、搶獨家新聞，而忽略了新聞的正確性，記者和編輯常常在沒有足夠時間的情況下，在報導刊出前很難仔細檢查新聞內容是否有錯誤的地方。而錯誤的報導刊出後，不但造成報導對象的困擾，相對的也凸顯了新聞媒體專業性的不足之處。

　　因此，新聞媒體與記者要如何避免錯誤新聞的發生，以及在發現錯誤新聞後，所要做的新聞更正補救措施，是現今媒體必須學習的一道重要課題。

　　不論是一般的傳統媒體，如報紙、雜誌、電視和廣播，在刊出或播出時，若發生錯誤，只要是有信譽的媒體，都應該給予更正，除為事實負責外，也應對被害者提出道歉。成為第四媒體的網路，自然也不應例外。因此，美國最受信賴的前哥倫比亞廣播電視主播柯朗凱（Walter Cronkite）曾強調：「凡是固定刊登更正新聞欄的報紙，便是最負責任之報紙。」雖然，目前在網路發生的新聞錯誤並不多，但我們仍應防患未然，所以，在本章我們仍以國內、外的傳統媒體為例，向大家說明防範新聞錯誤發生的重要性。

第一節　新聞錯誤的發生

一、新聞常見錯誤

　　學者和新聞界把新聞報導的錯誤大致分爲兩種類型，一種是客觀錯誤，另一種是主觀錯誤。這兩種錯誤類型包含的概念如下（Charnley, 1936; Berry, 1967; Lawrence & Grey, 1969; Blankenberg, 1970）：

1.客觀錯誤：指的是報導中的人名、職稱、年齡、數字、地址、地點、時間、日期、引述、文法及拼字等有違反事實的錯誤。
2.主觀錯誤：主要指的是意義上的錯誤，並加上誤解新聞主題、增加或刪減新聞主題、不正確的標題、對新聞事件或新聞議題的部分內容太過強調、強調不足，及遺漏相關訊息等錯誤項目。

　　此外，在新聞報導中常見的錯誤還有以下幾種（方怡文、周慶祥，2000：395）：

1.姓名寫錯：記者在採訪時，常常會面對一大堆不認識的人，無法在短時間內記清楚每一個人的姓名，因而容易將報導對象記錯，將他們的姓名寫錯。
2.報導內容與事實有所出入：這種錯誤通常是無意的，有時候一些新聞受到了時間限制而來不及查證，因此會產生報導內容與事實有所出入，但有時候這樣的錯誤，卻是出於記者故意捏造

新聞，這種錯誤對於新聞從業人員而言是不可原諒的。

3. 時間與日期寫錯：追溯過去新聞背景或預告新聞時，記者最容易將日期與時間寫錯。

4. 用語上的錯誤：此種錯誤是指記者在報導新聞時，由於用語不當，使得新聞事實產生扭曲的現象，造成新聞內容的描述和原來事實不同。

5. 引用上的錯誤：引用上的錯誤指的是記者在報導中引用他人的話，但是引用的部分不完全，記者斷章取義，使新聞的原意受到扭曲變質。記者有時為了凸顯新聞的重點，或吸引讀者注意，只截取受訪者較情緒化、激烈化的言詞。

6. 數字上的錯誤：記者在進行精確新聞報導，或採寫經濟新聞的統計數字，及體育新聞的比數時，由於一時的疏忽，沒有將資料看清楚，而將數據寫錯。

為了解新聞性質與新聞正確性的關聯，我國學者鄭瑞城（1983）的研究發現，「遺漏重要事實」是所有錯誤中最嚴重也最常犯的錯誤。鄭瑞城認為，這與記者及消息來源對新聞事件重要事實的認知不同有關。此外，鄭瑞城也發現，非官方新聞的正確性低於官方新聞，而新聞當事人的社經地位愈低，有關該新聞當事人的新聞正確性愈低（《新聞學研究》，56期）。

在他的研究中，社會新聞犯錯率最高，可能是因為社會新聞事件多屬突發性質，在時間匆促的壓力下易於犯錯。此外，社會新聞事件中消息來源的社經地位多屬低下階層，記者在處理新聞時易因疏忽而犯錯。至於記者個人因素，則與新聞報導的正確性沒有顯著關聯（《新聞學研究》，56期）。

二、新聞錯誤發生的原因

　　Lawrence和Grey（1969）在1968年調查加州紅木市地方報紙的正確性時，曾分別訪問消息來源與記者，探討新聞報導發生錯誤的原因。消息來源認為，記者對新聞事件的背景知識不足、報紙的編輯政策壓力、記者的邋遢作風，以及記者親自採訪消息來源的頻率不夠是主要因素。但記者不完全同意消息來源的看法，記者認為採訪寫作時間不足所造成的壓力，才是新聞發生錯誤的主因（《新聞學研究》，56期）。

　　一般而言，新聞錯誤發生的原因，常見的有以下幾種（方怡文、周慶祥，2000：396）：

(一)記者不夠謹慎

　　記者在採訪前沒有做好準備，採訪時不夠周詳，寫作時又不謹慎細心地檢查新聞內容，自然就很容易發生錯誤。

(二)趕時間造成錯誤

　　正所謂「欲速則不達」。新聞為了求快、趕時間，就會產生忙中有錯的情形。記者沒有足夠時間了解新聞事件或新聞人物的背景，以及沒有時間蒐集相關的資料，以至於新聞發生錯誤。

(三)搶發新聞所造成

　　新聞正在發展中，或事態尚未成熟時，記者為了搶先發新聞、搶獨家，就可能產生報導錯誤。

(四)記者專業知識不足

　　新聞類別有些是屬於相當專業的科目，例如法律、醫藥、財經等

路線的新聞，記者如果缺乏專業素養和知識，寫出來的新聞自然會造成錯誤而不自知。

(五)記者判斷力失誤

對於新聞的評論或深入報導，由於記者對事情缺乏認識，很容易產生判斷錯誤。

(六)記者蓄意犯錯

新聞報導有時候會因為記者本身的主觀意識，或道德的偏差，故意要修理某人，而蓄意捏造新聞，這是最不可原諒的行為。

我國學者徐佳士（1974）是國內首位調查報紙新聞正確性的學者，根據徐佳士的研究，意義錯誤、過分強調、強調不足和遺漏等主觀錯誤，在新聞報導中最為常見。消息來源認為造成主觀錯誤的原因是處理新聞時間短促、記者與消息來源的親身接觸不夠、報社主持人作風與政策的影響、記者背景知識不足、記者懶惰和黃色新聞報導的作風（徐佳士，1974：32）。

第二節　新聞錯誤的彌補——建立更正與答辯制度

一、更正與答辯制度之起源

更正與答辯制度是國外媒體針對新聞錯誤通用的糾正制度。「更正」指的是新聞媒體和記者對於所報導的新聞，不準確乃至完全錯誤

的內容，在原載媒體上進行改正的方式。「答辯」則是指新聞當事人認為新聞內容侵害自己的名譽或其他權益，在原載媒體上，發表針對該新聞報導的公開說明和異議，以澄清事實或為自己辯解（尚永海，2005）。

　　不論「更正」或「來函」（即答辯），本質上都是媒體於報導之後，對於不實或有爭議部分的回應。「更正」通常顯示新聞報導有誤；「來函」則反映媒體並未認為報導出錯，但因查證不周延、未讓當事人講話，或者只是媒體不願認錯，把當事人或有異議者的來函照登（盧世祥，2005b）。

　　更正與答辯制度在國外是非常普遍的，尤其以美國媒體中地位最高的《紐約時報》最為突出。作為一家以錯誤率低而獲得權威聲譽的優質報紙，《紐約時報》每天都會在第二版的顯要位置上開闢專欄，將該報前一天所有的新聞錯誤和更正，集中刊出（尚永海，2005）。

　　《紐約時報》早期也將新聞更正散落於各版面的不起眼角落，使讀者不容易發現。1970年，《紐約時報》總編輯阿貝·羅森塔爾（Abe Rosenthal）認為，這種刊登更正的做法太吝嗇，一來讀者很難發現，二來很多更正不及時（尚永海，2005）。

　　因此，他建議確定一種方式使讀者容易找到所有更正。到1972年6月2日，《紐約時報》終於在第二版開闢「更正專欄」，並延續至今。當然，這種做法一開始也使得記者和編輯們感到難堪，一位資深記者理查在其回憶文章中認為，這種方法雖然可以吸引讀者興趣，但是卻是對記者錯誤的張揚。但後來理查和其他記者一樣擁護這項制度，「這種勇於認錯的原則應當成為我們的一般性原則」（尚永海，2005）。

　　之後，《紐約時報》對更正文字不斷規範，使之更加清晰準確。直到1993年7月《紐約時報》的一位副總編還修訂以前更正稿件的寫作模式，他指出，為了幫助讀者了解更正項目的錯失，應在此項目中

扼要地先寫出錯誤部分，接著說明正確事實。只有這樣，才能達到其更正意義。因為《紐約時報》的良好示範，一些嚴肅的大報開始仿效該報，每天在固定位置刊登更正紀錄，方便讀者尋找（尚永海，2005）。

《紐約時報》不但每天固定刊登更正欄，訂正事實錯誤，必要時還有「編者的話」（editor's note），為事實錯誤以外的錯失更正，包括偏執遺漏的重要部分，或新聞標題未充分反映內容的實質；2004年該報共刊出二千二百則更正，這種主動為新聞錯誤疏失尋求補救之道，是出自新聞人的良知，且無辜負於讀者的信賴及信心，也向公眾宣示了其新聞最為可信。不但如此，如果出錯嚴重，新聞部的負責人還會下台鞠躬，以示負責。2004年，全美最大報《今日美國》記者假造新聞，其前一年《紐約時報》亦傳出杜撰新聞事件，總編輯均遭撤換（盧世祥，2005b）。

更正與答辯制度對於新聞媒體，有很重要的意義。首先，新聞媒體每日要篩選的訊息量十分龐大，相對的，新聞審查工作很難面面俱到，難免百密一疏，因此新聞出現錯誤是必然的。針對新聞錯誤產生的不良社會影響，新聞媒體的主要補救方式就是更正與答辯。只要新聞媒介在發現錯誤後能在短時間內進行更正與答辯，就可以將損害影響減小，甚至消除。

再者，更正與答辯是新聞媒體和記者減輕責任、防止法律訴訟的重要手段。在新聞內容失實或造成當事人損害時，新聞媒體和記者最明智的做法，就是主動予以更正或刊登當事人的答辯聲明。在實務上，只要新聞媒體採取了這樣的措施，大多數當事人都會諒解，避免發生法律訴訟問題。而在新聞媒體履行更正和答辯義務後，即使報導對象仍然提告，通常法院也會考慮減免其法律責任（尚永海，2005）。

最後，新聞媒體是否履行更正和答辯義務，有時候會成為衡量新

聞媒體是否構成侵害報導對象權利的標準。例如：針對虛構情節的文學作品，新聞媒體一般來說，不會承擔審查核實的責任，但當媒體得知作品中有侵權內容時，應盡快採取更正、答辯措施，以防止影響擴大。如未能採取上述措施，則構成侵權，媒體應承擔法律上的責任（尚永海，2005）。

　　新聞單位定期處理大量資訊，且須於一定時限內完成，人皆有錯，媒體出錯在所難免。從而，新聞媒體報導前應盡力防錯，其後有錯則迅速更正，以使事實浮現（盧世祥，2005b）。

二、國外媒體更正與答辯之情形

　　世界上有許多國家透過立法，在有關法律中直接規定更正和答辯的義務，其主要內容要求媒體不得拒絕公民、法人及組織正當的更正或答辯的要求，並應及時刊載。對於更正和答辯刊登的具體形式和要求，不同的國家和地區具有不同程度的相應規定。

(一)法　國

　　法國在1881年的《新聞自由法》第13條（於1919年修訂）明確規定，出版物負責人有義務在一定時間內，刊登出版品上提到的任何人之答覆信。就日報而言，必須在接到答覆信後的三天內刊登，而答覆信的刊登位置和長度，須與原報導的文章相同，可超過五十行，但不能超過兩百行，且媒體不得收取任何費用。

　　若媒體拒絕刊載答覆信，當事人可提出法律訴訟，法院須在十日內裁決。法院可下令該出版物刊登此一答覆信，若媒體仍拒絕刊登，則構成刑事罪，出版物負責人將被監禁六日至三個月，或易科五千至六千法郎。

(二)德　國

德國在《聯邦德國一維斯特法利亞州新聞法》規定了「答辯權」（the right to reply）義務，「定期出版物在登載對某一事實之肯定陳述後，則該刊物或報紙的責任記者或編輯以及發行人須承擔受到該事實發表影響的個人或受影響一方所提出的反駁或答辯的責任」，「答辯須與有關的原文相同的印刷字體、版面，不增不減地在接到該答辯的下一期免費發表」（尙永海，2005）。

(三)美　國

美國佛州州法規定，任何報紙在公職競選期間，攻擊候選人之人格，或報導指責該候選人在擔任公職時，有不適任或怠忽職守之情事，或批評其政績者，或提供報紙版面給一般大衆對該候選人從事上述之攻擊或批評時，媒體在接到被攻擊候選人之請求後，應立即免費在報紙顯著之版面，以相同的印刷，在不超過原先文章版面的空間範圍內，刊登該候選人的答辯內容。

在廣播電視方面，美國聯邦傳播委員會（FCC）依「公平原則」，規定施以人身攻擊或反對某一公職候選人的電台，應在二十四小時內，通知被攻擊者或被反對者，並提供時間，供他們更正或辯駁。不過，只有評論和紀錄片性質的節目才涉及更正的問題，純新聞報導、新聞訪問則不在規定之中。

1948年，聯合國新聞自由會議草擬了兩個文件草案，一爲《新聞自由公約》，二爲《國際更正權》。後來這兩個文件合併，稱爲《國際更正權公約》（詳見附錄二的附件三），於1952年由聯合國大會通過，於1962年生效。更正與答辯權的概念，被提升到與新聞自由的概念幾乎同等重要的地位，進一步得到國際社會的確認。

綜合國外相關立法與公約，其對於更正與答辯權規定，基本上包括如下數端：

1. 刊登更正和答辯的請求，須由新聞報導對象本人或其近親提出。
2. 更正與答辯都必須針對有錯誤的原文。答辯還須有違反法律和侵犯他人合法權益的內容。
3. 新聞當事人提出更正與答辯請求須有一定期限，逾期可不予以接受。新聞單位對答辯必須在一定期限內刊登。
4. 更正與答辯應當刊登在有錯誤的原文相同的版面位置上，並使用同類字體。更正必須有誠意並對受害者表示歉意，答辯則一般應原文刊登。
5. 刊登答辯應該是免費的，一般應有字數的限制，超過的部分按最低廣告費標準計收。
6. 新聞單位如不同意更正或刊登答辯，必須在一定期限內通知請求人。

更正與答辯權的提出，並非某個人的發明，而是在長期的新聞實務中逐漸形成，它們可視為是人權的延伸。就媒體與閱聽人的關係而言，媒體負有向閱聽人提供真實新聞的責任，既然新聞報導常會出現難以避免的錯誤，新聞當事人向媒體提出更正與答辯的要求，便成為一種自然的權利。媒體主動更正和讓報導對象答辯，亦成為傳媒的職業道德規範之一（陳力丹，2003）。

三、國內媒體更正與答辯之情形

更正或答辯通常會以讀者投書的方式為之。我國《廣播電視法》不僅規定了投書更正權（the right of rectification），而且規定了利害

關係人之權益如果受到損害時，電台及負責人還必須負民事或刑事責任。這項規定十分嚴格，與國外若干國家規定請求更正時須附帶聲明放棄司法追溯權有所不同。

我國《廣播電視法》第23條規定：「對於電台之報導，利害關係人認為錯誤，於播送之日起，十五日內要求更正時，電台應於接到要求後七日內，在原節目或原節目同一時間之節目中，加以更正；或將其認為報導並無錯誤之理由，以書面答覆請求人」、「前項錯誤報導，致利害關係人之權益受有實際損害時，電台及其負責人與有關人員應依法負民事或刑事責任。」

同法第24條規定：「廣播、電視評論涉及他人或機關、團體，致損害其權益時，被評論者，如要求給予相等之答辯機會，不得拒絕。」

但我國媒體對於錯誤報導，至今仍然很少主動更正，自大及好面子是主要原因。台灣自1999年廢止《出版法》之後，平面媒體除非有挨告之虞，對於來自當事人的更正請求通常不加理睬。其等而下之者，猶常為拒不更正提出各種理由為辯。例如：2002年的舔耳烏龍案，許多媒體未經查證就傳布謠言，傷害當事人涂醒哲的名譽，事後卻有平面媒體宣稱「已就案情逐日報導」、「最後亦交代完整事實」，也有電子媒體以「新聞每小時播出，隨時可以平衡」為由，搪塞其拒不更正的惡形惡狀（盧世祥，2005b）。

台灣現在只有來自香港的《蘋果日報》每日刊出「錯誤與批評」的新聞更正欄，絕大部分媒體仍以類似「動態平衡更正」理由，拒絕處理錯誤報導應有的更正或道歉。其結果是，記者查證不實而涉嫌損人利益猶被視為對抗「大鯨魚」的「小蝦米」，一版頭條經常擺烏龍的總編輯猶安坐其位，還有平面媒體毀人名節，雖經三審定讞卻無絲毫歉意仍要求重審；至於祭出新聞自由嚇唬公眾，以掩飾自己專業水準之缺失者，更比比皆是（盧世祥，2005b）。

主動更正，有如報導之前的查證，是媒體把眞相告訴公眾的方式，雖有事後與事前之分，其追求眞相的目標則一。台灣媒體絕少主動更正，被動更正者鳳毛麟角，心不甘情不願的來函照登亦不多見，這些主要都是面子主義形成的心理及實務障礙。新聞界誰能主動破除這種心態，必可在當前媒體亂象中贏得公眾最大的信賴（盧世祥，2005b）。

第三節　如何避免錯誤發生

新聞的眞實性不能靠新聞更正來維護，新聞更正愈多，並非表示媒體處理錯誤新聞愈有成績，相反地，新聞更正愈多代表著新聞媒體的問題愈多。雖然知錯能改是個好現象，但是新聞更正的情況愈多，媒體的公信力和形象必定會受到影響，而錯誤新聞所造成的社會影響更是難以想像（李鐵牛，2006）。

具體言之，揭發或指控的新聞，記者和媒體不能只是「寧信其有」，偏信揭發者，必須讓被控方有答辯或否認的機會，而且應該在首次報導時，即得以表示意見或回答指控，否則即使事後補救，亦難謂公平。更重要的是，揭發或指控的新聞及爭議話題，兩造並陳，形式上平衡亦非善盡媒體之責；負責任的新聞工作者還須做專業判斷，爲公眾提供平實而完整的資訊（盧世祥，2005a）。

因此，避免新聞錯誤的發生，是相當重要的。要避免新聞錯誤的發生，有以下幾個做法，可供新聞媒體和記者們參考（方怡文、周慶祥，2000：397；李鐵牛，2006）：

一、積極查證

查證，是記者採訪中最重要的工作，對於有疑問的新聞內容，記者和編輯應該要積極的再三查證，避免被消息來源利用。記者查證時，可以請教專家學者、尋找相關資料或訪問相關人士，以了解消息的正確性。

二、平衡報導

遇到有可能發生糾紛或法律責任及爭議性的新聞時，記者除了要積極查證外，更應該採訪多位立場不同的消息來源，依據平衡報導的原則，在新聞中公平呈現不同消息來源的觀點。

三、新聞刊出前仔細檢查

記者在寫完新聞稿時，應養成再仔細看一遍的習慣，使人為的疏失減到最低程度。而編輯也要在新聞刊出前，再三檢查新聞內容是否有錯誤的地方，並及時改正。

四、加強記者專業訓練

為了避免記者的專業素養不足，產生新聞報導上的錯誤，記者應加強專業素養的訓練，才能避免錯誤的發生。媒體應對記者定期進行職業訓練，補充記者的知識和常識，並避免與社會脫節。

五、恪守新聞道德

媒體和記者應恪守新聞道德，對於刻意捏造新聞的行為，或因為記者個人主觀上的偏差，而產生的新聞報導錯誤，應從加強記者的道德素養上著手。

六、加強對新聞來源的掌握

在新聞報導中，常會看到「據可靠消息指出」、「知情人士透露」、「據了解」……等。新聞來源的不確定性，是造成新聞誤發或者假新聞的隱憂。因此，加強對新聞來源的核實，首先應當降低這些不確定詞語的使用頻率，記者不要把傳聞當作新聞。

以美國為例，《新聞周刊》因為錯誤報導美國方面褻瀆回教聖典可蘭經，事後不但道歉，撤回報導，亦引起美國新聞界就匿名消息來源的新聞處理進行檢討。《新聞周刊》因而規定，今後報導若未明示消息來源，須經總編輯同意。《今日美國》在2004年發生記者杜撰新聞而總編輯換人之後，現在對於未明示消息來源的報導也嚴加把關，使此類新聞大量減少。全國電視網（NBC）同樣的加強類似內視，強調不願受不具名來源利用而攻訐他人。

七、建立新聞專業團隊

新聞錯誤的產生，不僅來自於記者本身的疏忽，有時也來自於相關守門過程是否嚴謹。因此，建立一支既有專業知識、新聞責任感和工作熱情的新聞工作團隊，共同負起新聞產製的責任，降低新聞發生錯誤的次數。

美國密蘇里大學的甘迺迪（Kennedy, 1994）認為，記者報導新聞時要「公平、不偏、正確、完整、事實、專業、進取和富於同情」，才能提升新聞的正確性。正確的消息才是有價值的訊息，有價值的訊息對閱聽人才有幫助。在百花齊放的媒體時代中，可信度或公信力高的媒體工作者，才能享受到誰與爭鋒的榮耀（方怡文、周慶祥，2000：395）。

真實是閱聽人對新聞的最基本要求。對於媒體出現新聞錯誤，新聞媒體不應該只是停留在要求更正和澄清的階段，更應該追究責任，並建立相關的規章制度。否則，下一個錯誤新聞和新聞更正將持續的發生。

在讀完本章節後，你是否能回答下列的問題呢？

1.新聞中常見的錯誤有哪些？ 新聞錯誤發生的原因為何？

2.回憶一下，舉出你看過最誇張的錯誤新聞是什麼？

3.承上述問題，你認為應如何避免新聞錯誤的發生？

4.你認為新聞錯誤發生後，應如何進行補救的工作？

第十四章

CAR——電腦輔助新聞報導

　　新聞媒介消息來源的偏向性，使得媒介長期被少數特定的社會階層所操縱，造成社會資源與權力分配不均，難以發揮新聞媒介監督政府與守望環境的功能（羅文輝，1995：17）。因此，新聞媒介有必要拓展更多元的消息來源管道，而網際網路正好提供記者作爲尋找消息來源的另一管道（王毓莉，1999）。

　　根據加里森（B. Garrison）的研究發現，1995年的美國報社已比一年前更願意花錢在較貴的付費搜尋網站上，但同時要求記者接受上網的訓練，以降低成本（Garrison, 1997: 91；轉引自王毓莉，1999：17）。他也推測，廣電、雜誌等媒體，也將趨向把電腦科技納入採訪新聞的管道之一。

第一節　什麼是電腦輔助新聞報導

一、何謂電腦輔助新聞報導

　　「電腦輔助新聞報導」（Computer-Assisted Reporting, CAR），是指採訪記者可運用電腦連結網際網路，使用其他網路使用者的線上資料庫（online database），尋找更多或者更深入的新聞消息來源。

　　學者加里森（Garrison, 1995a）認爲，「電腦輔助新聞報導」是使用電腦向外連結到其他電腦或資料庫，找到消息並且加以利用，或分析原始的資料庫資料。換言之，新聞記者之所以使用電腦輔助新聞報導的內涵主要有二：一爲與其他電腦連線（online）；其次爲創造資料庫或使用已存在的資料庫，來分析其資料（databases）。因此，也有人將其稱之爲「資料庫新聞學」（Database Journalism）（王毓莉，2001）。

　　1991年，學者沃德（J. Ward）與漢森（K. A. Hansen）提出「電腦輔助新聞報導」。1993年，迪弗勒（DeFleur）與達文波特（Davenport）進一步為電腦輔助新聞報導提出以下三個定義（DeFleur & Davenport, 1993: 26-36; Ward & Hansen, 1991: 491-498）：

1.在電子布告欄或報社電子資料庫中，提供給公眾查詢的「線上資料庫」（online databases）。
2.分析公立機構的「電子紀錄」（electronic records）。
3.建立其慣用的主題式資料庫──「資料庫新聞學」（Databases Journalism）。

二、何謂電腦輔助調查報導

　　電腦輔助調查報導（Computer - Assisted Investigative Reporting, CAIR），是電腦輔助報導方式之一，它係以不同方式操縱及重組資料，發掘不為人知的現象。迪弗勒將電腦輔助調查報導描述為新聞處理過程中，應用電腦作為輔助的現象，並與傳統的消息來源管道做區分（DeFleur, 1989; Friend, 1994）（王毓莉，2001）。

　　電腦輔助調查報導一般而言，可分為下列三個層次：

1.從政府和私營的網上資料庫、電子布告欄，找到採訪人物、主題的資料來源、背景資料。
2.建立報館內部資料庫。
3.利用電腦軟件分析資料檔案，找出具新聞價值的數據。

三、使用電腦輔助新聞報導之好處

在前段釐清何謂電腦輔助報導及電腦輔助調查報導後，我們不禁想問，究竟它有何功能，又可為記者和報社帶來什麼好處呢？一般認為，對於記者而言，可以有下列的好處：(1)讓消息來源更多元化；(2)增加記者生產力；(3)增加對資訊的接近性；(4)增加新聞精確度與深度；(5)減少依賴消息來源解釋訊息，加強記者對訊息意義的分析；(6)可輕易存取先前記者所儲存的資料檔案；(7)消息來源更快、更有效率。而對於報社而言，其優點在於：(1)節省記者採訪的費用；(2)增加競爭力；(3)增加本地新聞報導的品質（Garrison, 1995a: 16-18）（王毓莉，2001）。

綜合上述我們可知，「電腦輔助新聞報導」的完整意涵，在於記者使用電腦作為輔助新聞報導的工具；其次，記者可以運用電腦連結而成的網際網路，使用既有的線上資料庫，尋找新聞線索；甚至更進一步將找到的訊息，再以電腦軟體，如SPSS1 EXCEL等，加以處理成深度的報導資料；最後，再將所有採訪報導的資料，以電腦加以整理、儲存、管理（王毓莉，2001）。

第二節　以網際網路為消息來源

報業使用線上資料庫作為消息來源的相關研究，最早出現在1980年代末期的美國，該時期的報社處於嘗試階段，準備進入採用線上檢索時期。1990年初期，研究著重在記者與新聞圖書館員（news librarian）報導新聞時，對線上資料庫的接近與使用狀況，此時期研究顯示，報社有必要訓練記者或新聞圖書館員，使他們學會線上檢索的技

術（Ward & Hansen, 1991: 491-498; Riemer, 1992: 960-970）。

　　研究顯示，有些記者會故意忽略以電腦來搜尋資料，他們認為太麻煩、也不願意花時間去學習，而且在線上搜尋會減少本地新聞的觀點，同時也意味著不鼓勵原創性報導；再者，他們也認為上網檢索還會增加犯錯機會。因此，有些記者表示，若非使用不可，他們希望有人可代替他們在線上找資料（Garrison, 1995b: 76; Williams, 1990: 4, 10）。

　　過去的新聞報導主要依賴例行性的訊息管道與官方消息來源，這也暗示著，如此對例行性訊息管道與官方消息來源的依賴，對新聞品質會產生若干影響，使得媒體在多元社會中，並未盡到提供多元消息來源及觀點的責任（Ward & Hansen, 1991: 474）。

　　然而，來源的多元化，有賴於多種不同消息來源類型的投入，以增加資訊的多樣化。漢森指出，為達到意見市場的多元化，新聞內容的消息來源應多使用非傳統的（non-conventional）和非官方的（non-official）消息來源。不過由實務工作可看出，日報要排除對傳統新聞來源的依賴是困難的（Ward & Hansen, 1991: 475）。不過，隨著記者增加與各種消息來源的接觸，新聞記者將會逐漸減少對特定消息來源的依賴，使其更獨立和客觀，以至於較不會被少數政治力量和權力操控議題。

　　國外學者認為，透過在網際網路上尋找消息，記者可以很快報導具權威性的新聞，從網際網路上的各種資料庫、數字和圖表，可加強新聞報導的正確性和深度。換言之，可提供讀者更有深度、更有可讀性的新聞（Reddick & King, 1997: 5）。

　　由線上檢索到資料，具有如下特性：其資訊的數量、種類與品質均大量增加，此種資料的檢索可以使記者擺脫傳統來自訪問、專家、分析、評論的消息來源，使新聞單位直接接觸到第一手文件與報告，而非經由第三者詮釋後的資料（Garrison, 1997: 80-81）。

　　一般而言，記者運用線上檢索，主要用來：(1)查證事實；(2)尋找報導的線索；(3)查詢報導的背景；(4)找更具深度的報導資訊；(5)爲了長期報導找線索；(6)搜尋突發新聞（Garrison, 1995b: 83-84）。

　　綜合上述，愈來愈多的報社，除了使用傳統消息來源之外，更採用多元消息來源，其中包括：商業線上資料庫、電子布告欄、網際網路、電腦光碟、電子資料室、報社電子資料庫和電子公共紀錄。主要功能用來作爲：尋找消息來源、原始資料、統計、背景資料、文本消息、特定人的消息及事實查證等。

　　羅傑斯（Rogers, 1962）和施韋策（Schweitzer, 1991）同時提出，社會各地的精英（elites）是網路消息的提供者。但在瓊斯（S. Jones, 1997）的研究中，網路上發送訊息的人（poster）除了網路社區的領導人（community leader）外，尚有「路客社區的成員」（lukers community members），指的是在網路上只讀新聞不自行寄送新聞的人所組成。但「路客族」由於加入資訊流通（information flow）沒有障礙，因此，「路客族」隨時有可能搖身一變爲發送者（poster）（Jones, 1997）。這使得網路上的消息來源更爲多元與複雜。

　　線上查詢對於記者的另一大優點，在於電子資料庫從不打烊，記者不必再受限於一般消息來源的上班時間，才能採訪（Garrison, 1995b: 76）。

　　以美國的新聞記者爲例，時效性和消息的精確性是衡量記者的標準。近年來，能否接近消息來源成爲記者重要的工作，而自從1930年代，小羅斯福總統（Franklin Delano Rooseveif）開始以固定召開記者會的方式發布消息，使得菲律賓、芝加哥和洛杉磯等地的記者，因地處遙遠，而不能獲得白宮的即時消息。這樣的情形隨著網際網路的發展而改變，從商業資料庫、電子布告欄和網際網路發展之後，新聞記者不管在世界各地，都可有相同的機會接近消息來源（Reddick & King, 1997: 3-4）。

　　相同的，跑財經線的記者可以獲得證券交易中心的電子檔；科技線的記者可以了解國家健康機構的資料庫、國家科學基金會和國家醫藥圖書館的資料；主跑司法的記者可獲得法案的相關檔案和判例。透過這些網路與資料庫，新聞記者可提高接近所需消息的機會。這些線上資訊，讓世界各地的記者把新聞工作做得更好（Reddick & King, 1997: 4）。

　　毫無疑問地，線上檢索資料會比傳統採訪採集資料的速度更快。但從許多過去的研究顯示，線上檢索資料要比使用傳統印刷品作為消息來源，要花更多時間，特別是對於缺乏線上查詢經驗的人而言（Neuzil, 1994: 44-54; Garrison, 1997: 81）。這也造成許多新聞組織內的記者或編輯，在未經訓練之下，報社不允許其使用太昂貴的上網查詢設備；甚至有許多新聞組織會找專人設立新聞圖書館員，負責線上查詢，以服務編輯部門工作人員之需求（Garrison, 1997: 81）。

　　在採訪新聞與製作新聞過程中，使用電腦輔助科技（computer-assisted technology），及新聞產製過程中，報社電子圖書館（electronic library）扮演的角色等問題，均被討論過。但是，電腦資料庫的正確性，卻很少在大眾傳播領域研究的文獻中被提及（Neuzil, 1994: 45）。

　　紐齊爾（M. Neuzil）針對傳統印刷品作為消息來源及電子搜尋作為消息來源加以比較，提出在電腦中做資料搜尋時，不宜抱持盲目信仰尋找資料。他認為，記者在從事傳統新聞報導，以人為消息來源時，所抱持的懷疑態度（skeptical），正是從事電腦搜尋資料時，應抱持的重要態度（Neuzil, 1994: 50）。

　　儘管傳統的傳播過程中，傳播者與收訊者都是人，容易有直接的接觸、溝通，但雷迪克（Reddick）和金恩（King）指出，新聞記者將網際網路的資訊作為消息來源，仍有四個管道可以接近消息來源（Reddick & King, 1997: 32-33）：

1.透過電子郵件：部分不願接受電話訪問的消息來源，願意以電子傳送的方式提供資訊，電子郵件或許是一個比較方便和有效的傳送訊息方式。

2.新聞討論區（news groups and discussion lists）：在特殊議題或訊息上，新聞討論區是獲取消息的方便方式。

3.網路討論區（chat）：許多的電子布告欄、資料庫內都有討論區，可提供即時的一對一或多人的討論，也可提供消息。

4.個人網頁（home pages）：在全球資訊網上，個人網頁常有私人所搜尋的固定資料可供檢索。

國內學者彭芸曾於1999年針對台灣八家電視台記者，進行使用網路調查，其結果發現，電視台記者的網路資訊主要來源是國內電子資料庫、國外電子資料庫、國外新聞媒體網路、國內其他新聞媒體網路；而最常使用的網路功能為國內電子資料庫、國內其他新聞媒體、電子郵件；至於電視台記者主要上網目的則為休閒娛樂、尋找新聞相關的資料，以及新聞線索（彭芸，2000）。

第三節　如何運用電腦輔助新聞報導

新傳播科技的出現，往往對媒體產業、傳播環境造成衝擊。例如在過去，記者必須要回到報社上班、寫稿、找資料。但在電腦化後，記者所需要的新聞背景資料已經可以利用手提電腦透過網路的連線，直接進入報社的資料中心，或國內外線上圖書館找資料，數位化與衛星傳送系統，可以讓聲音、文字、影像穩定的傳送，不論在山區或高速移動時，都能清晰的傳送高品質的訊號，面對未來的新聞競爭，新聞工作者面臨的不再是傳播的新聞戰，而是高科技的新聞戰（方怡

文、周慶祥，2000：113）。

一、運用實例

在電腦輔助下，記者可以提出比較有深度的問題，並做出深度的報導，在美國就有許多運用電腦輔助新聞報導的例子（汪萬里《資訊科技與大眾傳播》；轉引自方怡文、周慶祥，2000：113）：

【案例一：利用電腦報導最容易出車禍的地點】

明尼阿波里斯一家電視台的記者考斯克看到一則報導說，亞特蘭大的美國疾病防治中心認為青少年喝酒很容易失去控制，因此反對發給十六、七歲青少年駕照。

此則新聞給考斯克靈感，他立刻利用電腦查詢人口調查局的光碟片資料，找出九年來明尼蘇達州十多歲青少年交通事故的資料，根據這些資料，他計算出交通事故的比例，並將各郡的資料編成圖表，只有幾小時的時間，他已經找到了可以深入報導的新聞資料，例如在明尼蘇達州青少年最容易酒醉駕車的失事地點是一個偏遠的農村，而最嚴重的時間是高中舉行畢業典禮的期間，他將這些資料整理成當天的頭條新聞。

【案例二：利用電腦將專有名詞轉換成簡單文字】

南卡羅萊納州的《史巴坦堡前鋒新聞報》發展了一套度量衡轉化軟體，可以把古代的「腕尺」，甚至是太空學家的「光年」，轉化成通俗的用語，這些可以幫助記者清楚的向讀者報導一些專有名詞，《前鋒新聞報》還設計數字和百分比換算的軟體，這對記者處理各種統計數字來說非常方便。

【案例三:利用電腦分析最受考生歡迎的學校】

美國一位記者為了報導高中學生上大學的情形,向四十四所高中傳真,詢問各種應屆畢業生被大學接納入學的情形,以及學生選擇哪所學校入學。

四十四所學校最後傳真回覆後,這名記者將這些資料用電腦加以分析,製成圖表,再配上對大學入學顧問的訪問,就成了一篇非常精彩的報導,其內容包括「哪幾所學校最受高中生歡迎?」「各學校高中生的升學情形?」等寶貴資訊。

美國的新聞媒體工作者在新科技的衝擊與訓練下,每個人都知道,只要在電腦鍵盤動動腦筋,就可以將一篇普通的文章寫成一篇深度報導,這對台灣的媒體新聞工作者也是如此的,成為一位傑出的記者,必須要有決心,付出心血來學習電腦的一些新技巧,並藉著電腦的長處與靈活的思考方式,才能達成「不可能」的任務(方怡文、周慶祥,2000:115)。

二、不當使用電腦輔助新聞報導的後果

我們在前面說明電腦輔助新聞報導,對於記者和媒體在產製新聞、報導上的種種優點,但實際上,記者若在使用電腦輔助新聞報導時,沒有經過謹慎、仔細、小心的查證,對於網路消息一味的依賴、有聞必錄,將有可能會造成嚴重的後果,輕者將貽笑大方,重者甚至會損及該媒體的公信力,閱聽人也將對該媒體失去信心。

以下我們舉出幾個曾在台灣發生、引用網路新聞卻未加查證的錯誤案例:

【案例一：周星馳要以中華職棒為藍本拍「少林棒球」？】

2001年12月，一位署名「小彬彬」的男性網友，在世棒賽官方網站討論區中，以「小雅」的名字發表了一篇標題為〈香港《蘋果日報》：周星馳要拍少林棒球〉的文章，表示隨著電影「少林足球」的熱賣，搭上台灣與亞洲近來瘋狂的棒球熱，周星馳決定與中國體育部門以合資的方式，集合成龍、李連杰、劉德華、金城武等近二十位香港天王級與一線演員共同拍攝電影「少林棒球」（東森新聞報：http://www.ettoday.com/2001/12/04/752-1231697.htm）。

文章刊出後，許多網友紛紛對於夢幻般的演員陣容，以及大陸願意投資中華棒球隊的故事感到懷疑，卻也同時表示對影片的期待，甚至表示「票價漲到五百元都願意去看」。這篇文章同時吸引了國內某晚報記者的注意，在隔日上午即刊登類似報導，並隨即引發了國內主要的無線及有線電視媒體一陣跟風，紛紛在新聞媒體上大作文章（東森新聞報：http://www.ettoday.com/20012/04/752-1231697.htm）。

眼見玩笑文章成為各大電視媒體報導對象，「小雅」立刻在世棒賽官方網站上刊載道歉啓事，表示他隨手捏了一個「周星馳拍少林棒球」的消息，網友都不相信，卻沒想到時報和電視新聞竟信以為真，他也相當質疑記者的求證工作，表示：「一看就知道是好玩的東西，記者為何不求證呢？」（東森新聞報：http://www.ettoday.com/2001/12/04/752-1231697.htm）

原來，這是一則網路上的虛構消息。我們可以從第一位報導這則消息的記者事後的自白中，觀察出現今台灣媒體記者的盲點。

他說：「網路有點像媒體人的『鴉片』，這種感覺很難說得上。若是一般網友看到少林棒球，信或不信都無傷大雅，但試想

晚報記者在截稿前讀到這則訊息，實在很難不動容。查證無結果，又擔心是真的，萬一對手報大做，後悔之後同樣得承擔後果。當時是經過一番掙扎的。當然這屬於非常『不合邏輯』的一面，您或許難以置信。但就像網站上的告白，錯誤過程就是這樣『既複雜又簡單』。至於電子媒體狂進，我也嚇一跳：『當天下午怎不查證呢？』有位同業說，他查了，發現港報沒這則新聞，但還是做，為什麼？因為別台有。擔心競爭對手報導，承擔不起漏新聞的責任；或者搶快、搶獨家，正是許多記者犯錯的根本原因。」（蕭慧芬：http://www.gio.gov.tw/info/2002html/11new.h）

【案例二：挖到同盟會金條？】

2002年4月，國內某家報紙頭版獨家報導「華工捐助革命，三箱市值七千萬金條，流落南非一百年」。報導內容表示，南非戴比爾斯礦業公司兩名礦場工人在金伯利礦脈豎坑，發現一個世紀前華工留下資助同盟會革命活動的三箱金條，重達兩百公斤，市值約兩百萬美元；據悉，中國大使館和我方代表處都出面希望爭取這批金條的歸屬權。文中甚至刊出一幅國民黨黨中央現存的照片：前革命先烈楊衢雲在南非約翰尼斯堡成立興中會南非分會，與各同志合影，「由此可證明」當時在外的華僑資助經費幫助國父革命（蕭慧芬：http://www.gio.gov.tw/info/2002html/11new/3.htm）。

這則消息經查證後，原來是南非當地報紙《華僑新聞報》在愚人節博讀者一粲的假新聞：該報社在當天頭版已刊出報社啟事，說明當天會有數則新聞為假新聞，只為在愚人節「以饗讀者」；至於答案會在下次出刊時揭曉，以考驗讀者能否辨別真假新聞的能力。沒想到，通不過辨別真假新聞能力的，竟然是新聞

記者本身（蕭慧芬：http://www.gio.gov.tw/info/2002html/11new/3.htm）。

　　刊出報導的國內該報社在4月3日刊登「啓事說明」加以解釋：該報是在香港媒體發現這則新聞，認為極有可讀性，因此在新聞源頭《華僑新聞報》網站下載改寫。惜因時差關係（南非為深夜），未能進一步查證……（蕭慧芬：http://www.gio.gov.tw/info/2002html/11new/3.htm）

　　由上述兩個案例我們可知道，雖然電腦輔助新聞報導對於記者在新聞工作上助益不少，但如果是記者過度依賴網路上的消息，而不知加以仔細、小心的查證，那麼將會刊出令人跌破眼鏡的新聞，甚至讓閱聽人對於該媒體的公信力感到質疑，媒體也終將流失閱聽眾，甚至是不可預期之後果，因此記者在享受電腦輔助新聞報導所帶來的便利之餘，也必須要付出謹慎、查證的專業能力，而媒體主管更應擔負守門人之責，嚴格把關！

第四節　如何維護網路新聞之眞實性

　　「水能載舟亦能覆舟」，網路新聞一方面具備著與衆不同的優勢，同時也有許多亟待解決的問題，這些問題如果處理不好，原本的優勢，不但無法發揮應有的功能，反而會成爲使其缺陷和弊端更加彰顯的擴散器。作爲新聞傳播中的核心問題——如何維護新聞眞實性，也就在網路傳播中顯得格外重要了。

　　傳統的報社有守門人及議題設定（agenda setting）的功能，而新聞報導及專欄也都有固定的時間和空間，所以傳統的編輯會自行決定每天該讓讀者看些什麼。但是在網路的世界中，沒有時空限制，更沒

有守門人,每個人都可以將資料快速的上傳,傳播到全世界。

《紐約時報》或《洛杉磯時報》在編輯群和律師的把關下,報導內容貼近真實,但在網路上則無法保證,讀者一定要夠聰明,自己過濾訊息,才不會被誤導。然而,大部分的人都沒有這些時間和技巧。

前述提到幾個不當使用網路消息來源作為新聞報導的案例,因此,我們在下列提供一查證案例,供新聞工作者參考:

【案例:員工死在座位上五天　沒人發現(原信摘錄自《紐約時報》)】

　　一家出版社的老闆正設法了解,為什麼一個員工死在座位上五天了,卻沒有人發現。土庫勒鮑姆(George Turklebaum),五十一歲,在一家位於紐約的公司工作了三十年的文稿校對,在與其他二十三人一起工作的開放辦公室內心臟病發作。

　　沒人注意到,他在星期一靜靜地死亡,直到星期六早上,清潔人員問他,為什麼周末還要來上班?

　　他的老闆瓦恰斯基(Elliot Wachiaski)說:「喬治每天總是最早到,也是最晚下班,所以沒人覺得他在座位上不動,又沒講話,有什麼奇怪。他總是專注於工作上。」

　　驗屍的結果顯示,喬治死於動脈阻塞已經五天了。當他死時,正在校對醫學教科書的手稿。

　　這則消息是真的嗎?員工死了五天,應該都有屍水了吧?怎麼可能沒人知道?

　　在信的開頭指出,此消息摘錄自《紐約時報》報導,但未清楚指出是哪一天的報導。信中有「死者」土庫勒鮑姆(George Turklebaum)及「老闆」的名字瓦恰斯基(Elliot Wachiaski),因此將土庫勒鮑姆(Turklebaum)當關鍵字,到《紐約時報》的資料庫查

詢，就會發現，這個故事早在2001年9月前，就已經在網路上流傳，根據《紐約時報》的online diary上的紀錄，故事的流傳也許還要更早（連結：http://tech2.nytimes.com/mem/technology/techreview.html?_r=2&res=9905E0D61539F935A3575AC0A9679C8B63&oref=slogin&oref=login）。

至少有三個以上的闢謠網站記錄此故事爲假（其中一個是巴西的網站）：

http://www.snopes.com/horrors/gruesome/fivedays.htm

http://urbanlegends.about.com/library/bl_george_turklebaum.htm

http://www.quatrocantos.com/LENDAS/49_george_turklebaum.htm

綜合國外闢謠站的查證說明，這實在是一個精彩的謠言與澄清的故事。

首先，根據snopes上的報告，這個訊息之所以廣爲流傳，和英國的小報《周日水星報》（Sunday Mercury）於2000年12月17日，發布於瘋狂世界版（CRAZY WORLD）的報導有關（http://icbirmingham.icnetwork.co.uk/）。

有趣的是在這前後，英國廣播公司（BBC）或《衛報》這些媒體的奇聞軼事版上也有登載，根據abut.com上Urban legnds的說法，還有《倫敦時報》（*Times of London*）及《每日郵報》（*Daily Mail*）都有刊登。

相關連結則有：

http://news.bbc.co.uk/1/hi/uk/1113955.stm

http://www.guardian.co.uk/Archive/Article/0,4273,4105840,00.html

但報紙有登就是眞的嗎？這樣的懷疑到處都有。

於是《周日水星報》出來說明了，不過他們堅稱他們的報導是眞的。他們在2001年1月發出聲明說，這是眞的！這個消息是他們的記者在某美國紐約廣播節目中「聽」到的，然後他們曾問「某紐約警

方」，對方說，這很常見！

　　這就是全部的「查證」？一般人看了都會不以爲然了，何況專門在闢謠的網站裡，果然，有趣的來了，snopes找到了整個故事的源頭：World Weekly News在2000年12月5日的報導。在比對後發現，《周日水星報》的報導，連澄清都跟WWN的文章一模一樣！

　　World Weekly News是什麼玩意兒？不熟的朋友可以看這篇「木乃伊生小孩」的報告（http://www.ettoday.com/2002/11/06/521-1371996.htm），回味一下他們的「傑作」。

　　總而言之，除非WWN的訊息可以被認爲是可靠的，這則訊息並沒有確實可靠的證據（網路追追追http://www.ettoday.com/2006/03/15/521-1909480.htm, 2006/03/15）。

　　「眞實性」是新聞的生命，這是由新聞所報導的對象──事實所決定的。事實的第一性、客觀性決定著新聞存在的基礎，它是新聞的本源，新聞報導必須眞實地反映客觀事物的本來面貌，這些都是新聞工作者或新聞傳播者們耳熟能詳的原則，並沒有多少艱澀的成分在其中，作爲網路新聞的散布者們也應該明白這個道理，堅持並維護新聞的眞實性，對於網路新聞，對於網路媒體本身的發展，都有著積極的意義。

　　網路假新聞的存在，宛如新聞事業的毒瘤和腐肉，嚴重影響了新聞媒體在公眾中的形象，削弱了新聞的公信力，我們應該採取積極有效的措施，防止它對社會造成更大的危害。

　　第一，我們需要加強對網站的管理，建立一套健全的網路資訊守門制度，汲取傳統媒體的新聞專業精神，以確保新聞運作的流暢，至於違反制度的新聞從業人員，則視情況予以懲處。

　　第二，我們要嚴厲譴責利用網路製造和傳播不實謠言的行爲。在技術層面上，要能夠準確知道資訊發布地址和人員的問題，使傳播有害資訊者無所遁形。在法律層面上，也應建立有效的法規，追究散布

虛假資訊的網站和個人之法律責任，保護國家、社會和公民的資訊安全。

　　第三，網站應增強社會道德感及責任感，網路從業人員須提高素質，以及對資訊的辨別力，絕不能信奉「拿來主義」；同時，也要培養閱聽人的媒介素養，使他們不輕信、傳遞未經證實的資訊。

　　最後，政府機構應提高資訊之透明度，對於機密消息不應過度保護及浮濫定義，而主流媒體也要有精準的新聞發布機制，在重大突發性新聞中，向公眾及其他媒體即時通報新聞資訊，盡可能做到公開、透明的報導，使「流言止於公開，謠言止於透明」！

　　網路資料可以很快的被更改，很多人在寫文章的時候，就不會認真地去思考精確性。同樣的，在網路新聞中，記者的報導如果發生錯誤可以很快的更正，但一般報紙則必須等到隔天才有更正的機會，這使得很多網路記者不勤於去追查資料的正確性，部分網站成為散布謠言和耳語的溫床。

　　因此，在網路中建立網站品牌的信度，取得讀者的信賴，這點在網路媒體中比傳統媒體更為重要。

「思考

在讀完本章節後，你是否能回答下列的問題呢？
1.你知道什麼是「電腦輔助新聞報導」（CAR, Computer-Assisted Reporting）嗎？
2.「電腦輔助新聞報導」為記者帶來了哪些好處與壞處？
3.你認為網路記者面對網路上龐大的資訊及消息，應如何維護新聞的真實性？
4.舉出一個你所知道或聽過的「網路謠言」，並且假設你是一名網路記者，你能分析其有哪些疑點嗎？你將如何進行查證工作？

第十五章

網路新聞的法規與倫理

第一節　網路犯罪概述

　　有人稱網路是另一種虛擬世界，這個概念將會深刻影響網路時代許多生活面向，引領人們對「真實」產生不同的理解，進而衝擊既有的倫常與社會秩序，使人們疲於建構新的典範（夏鑄九譯，1998）。

　　隨著網路訊息流動的快速性，一切都在彈指之間就可以發生，各種網路訊息到處亂竄，因為只要有一個人看到，就可以藉由電子郵件、電子布告欄或其他網路工具轉載。因此，網路的謠言也特別多，殺傷力特別大，可以預見，將來這樣的情況只會多，不會少（夏鑄九譯，1998）。

　　科技的發展與網路使用的普及，固然對於我們的日常生活有很大的便利，卻也出現一些利用網路來從事犯罪的行為，這些所謂「網路犯罪」較之傳統的犯罪行為，對社會經濟造成更大的損害，尤其目前網際網路上之「網路犯罪」對人類生命及財產造成更嚴重的傷害。

　　警察大學資管所副教授林宜隆（2002）將「網路犯罪」（cyber crime）名詞定義為：「網路犯罪，是指利用網路之特性，以意圖為自己或第三人不法之所有，直接或間接以操作電腦或進入網路之方式，阻害或非法使用電腦或其內部資料的犯罪模式」。

　　另外，美國研究電腦犯罪的著名學者卡瑟（Eoghan Casey）在其《數位證據與電腦犯罪》（*Digital Evidence and Computer Crime*）一書中，對於「網路犯罪」亦提出其獨到的定義見解，他指出：「電腦犯罪是網路犯罪的一種特殊類型；網路犯罪涵括與電腦及網路有關的任何犯罪」。故所謂「網路犯罪」，並非指某一特定之犯罪行為之類型，而是對於網路活動涉及犯罪行為之一種犯罪方式或現象的描述。

　　而網路犯罪的特性，歸納各學者及專家之意見，有以下幾點說

明：

1. 跨國性：網站及網址設立，可能是在不同國家。如以「賭場」為例，美國部分州政府視「賭場」為非法，而腦筋動得快的商人就將網站設在開放且具合法的國家（如古巴），讓美國州民能透過網路進入「虛擬賭場」下注。

2. 屬於智慧型犯罪：典型的網路犯罪形態如程式操縱或網路間諜等，行為人必須具備相關的網路專業知識，一般人很難實施，因此，網路犯罪應屬智慧型犯罪。

3. 犯罪不受時空限制：傳統犯罪必須克服時空問題與障礙，網路犯罪具全面而多樣的特質，且網路行為無國界，任何人只要持有帳號及密碼，便可透過個人電腦隨時上網，漫遊世界各地的網站。行為人可以在其所在地上網進行犯罪行為，台灣的色情或販賣軍火網站，將伺服器設於大陸或美國地區，即為一顯著例子。

4. 隱秘性：網路初略估計約有上百萬個電子布告欄、數以萬計的網頁及每天超過百萬次的通訊，如要以人力逐一查尋，不知要花費多少人力及時間，更何況文章和網頁的數量，更是以「秒」為單位持續增加中，這也使得網路犯罪的隱秘性大為增加，抓不勝抓。

5. 匿名性：由於網路服務業者對於網路客戶的真實身分並未詳加核對、確認，如使用偽造或匿報身分證明登記，便難以追查真正的網路犯罪者。

在網路犯罪的類型方面，大致可分為三大類型（劉尚志，2002）：

1. 以網路為犯罪工具：以網路作為連接他方資訊的工具，進行不

同類型的犯罪行為,包含:

(1)竊取或竄改其他網路使用者於網路消費過程中,所留下之金融資訊與其他敏感資料,以供犯罪行為使用。

(2)網路詐欺,透過電子郵件寄送方式,以提供各式賺錢機會為餌。

(3)截取網路傳輸的數位化資訊與商品。

(4)入侵他人電腦系統或資料庫,竊取或破壞營業秘密、電子簽章、個人認證程序或其他具有商業價值、學術價值或國防安全之資訊。

(5)透過網路傳播非法重製物,侵犯著作權。

2.以網路為犯罪場所:利用網路作為媒介,將實體世界的不法行為移植至網路世界,這種類型的犯罪行為與形態,與實體世界幾無差異,如:

(1)網路色情,利用網路從事色情交易或散布色情資訊。

(2)網路賭博,架設一虛擬賭場,接受網路使用者就特定事項、遊戲下注。

(3)利用網路廣告或散布資訊,以販賣非法物品或教導、教唆網路使用者具有非難性之行為。

3.以網路為犯罪客體:利用網路散布電腦病毒或木馬程式,造成他人電腦紀錄毀損,或網路系統癱瘓。

第二節　網路新聞VS.著作權

傳播科技日益千里,電腦網路的發展與普及,使每個人都可以透過網路與他人相互溝通。在這場優劣消長迅速的「傳播革命」(communication revolution)中,電子報藉由網際網路傳送之新興技術,開

始密切影響人類的日常生活，也改變了大眾對於資訊的理解與認知方式，最重要的是，此種傳播模式大大衝擊了傳統傳播媒體的原本生態環境，亦衍生出新的法律問題。

由於在電腦網路上發布訊息，使用者往往可以匿名身分出現，因此減低網路中的社會規範，有人利用此一身分隱秘特性，在網路上張貼新聞以誹謗、侮辱特定對象；此外，也有不肖之人利用網路技術，侵犯著作權，使著作權在網路時代的保障更形困難。

就目前電子報的一般形態，可能涉及到的法律問題，大致可區分為下列三種（http://ashaw.typepad.com/editor/2004/03/93a.html）：

一、複製新聞標題，並連結其他網站所提供之新聞內容

關於這個問題，首先應檢討複製新聞標題或新聞內容，是否有侵犯著作權？依據《著作權法》第9條第1項第4款規定，單純為傳達事實之新聞報導所做成之語文著作，並不得為著作權之標的，換言之，此種純粹的新聞報導，並無著作權。因此，即使完全複製新聞標題，也不會構成侵害他人之著作權。

但是，如果複製他人新聞或連結其他網站新聞的電子報媒體，係基於利用他人完成之新聞資料，達到增加自身網站之閱讀人數之目的，以提升該網站之廣告收益，則此種複製或連結行為，就可能牴觸《公平交易法》第24條之規定，而構成該條「足以影響交易秩序之欺罔或顯失公平之行為」之要件。如此一來，被複製或連結之網站即得要求複製者或鏈結者終止該行為，並賠償損失；若是經由法院判決確定責任歸屬者，勝訴之一方甚至得要求將判決書內容依《公平交易法》第34條規定，刊載於新聞紙；而權益被侵害之一方，亦得以刑事訴訟方式，追訴行為人之刑事責任。

職是之故，有營利性質之網站經營者，對於複製或連結其他網站新聞之行為，應審慎注意。

二、以寫出網站名稱並加上底線之方式連結到其他網站

一般連結其他網站之方式，最簡便的就是以寫出網站名稱加上底線，並變更文字顏色之方式為之，使用者只要將游標移至該處，游標即自動變成可點選進入之符號，提醒使用者可以使用連結功能。電子報媒體以此種方式引用他人文字，依據《著作權法》第3條第1項第1款之規定，由於網站名稱或URL 均非屬於文學、科學、藝術或其他學術範圍之創作，並不屬於《著作權法》保護之對象，故此種行為並無侵犯著作權的問題。

其次，按目前商標法規定，網站名稱亦得申請商標，所以被連結之網站名稱可能已經被註冊為商標，然而若僅單純以寫出他人網站名稱並加上底線之方式連結使用該已登記之網站名稱，尚不足構成對該商標之侵害，蓋此種使用方式並不涉及到《商標法》第6條及第72條規定：所謂「為行銷或表彰自己營業上所提供之服務」之目的所為之使用，因此，亦不構成侵害他人之商標權。

第三、以此種方式連結其他網站之新聞，客觀看來並無造成大眾對於被鏈結之網站之混淆或誤認之可能，則此並不構成《公平交易法》第20條第1項第2款之不公平競爭。

三、連結其他網站之照片或圖片

許多電子報媒體為吸引讀者，避免文字內容過於枯燥乏味，往往會使用照片或圖片，但最簡便的方法，還是連結其他網站既有之資

料。此種行為，大致又可區分為兩種：一種是將他人網站之圖片或照片抓取下來，直接插入自己的網頁，此時在使用者螢幕上呈現出來的，就同時包括連結者原有之網頁內容，和被連結者被抓取下來之圖片資料。

這種使用他人網頁圖片或照片之方式，似乎已經涉及到《著作權法》第3條第1項第5款所謂的重製；然而由技術上來看，被連結的圖片或照片，係由使用者的電腦自動將其由被連結之網站重製於使用者之電腦硬碟中，而只會出現在使用者的電腦螢幕，但此一重製動作並非由連結者所為，故難謂連結者有侵犯他人著作權之行為。

可是就使用者之電腦螢幕上所呈現之畫面而言，其與原來被連結使用之網頁比較，雖然圖片或照片仍維持原有狀態，但因為照片或圖片已經被連結而與其他文字資料結合，就原著作整體作品觀察，已經涉及到《著作權法》上所稱「改作」的問題，而符合《著作權法》第17條「以歪曲、割裂、竄改或其他方法改變其著作之內容、形式」之要件，故被連結者即得以此主張權益。

第二種連結方式，是將他人網站內容之全部，加入自己網頁之某一框限範圍中，此時雖然連結者並未竄改他人網頁之內容或形式，但是因為在使用者電腦螢幕上所呈現之畫面，也已經附加上連結者其他的資料或圖樣，故此種呈現方式仍然可能構成前開所述《著作權法》上所謂之「改作」，蓋整體畫面仍然已經與被連結者原來創作之網頁設計形式不同，破壞了原設計之同一性，故被連結者還是得以著作權被侵害為由，請求連結者除去侵害、損害賠償，或對之提起刑事訴訟。

綜上所陳，電子報引用他人網頁之文字或圖片資料，依其使用方式不同，可能會涉及到侵害他人著作權，或構成違反《公平交易法》的問題。諸此侵害他人權益之疑慮，是傳統媒體不曾發生的，雖然國內實務上也尚未出現有電子報媒體出面就此類問題主張權益，但由法

律的角度出發，在使用他人網站資料時，尤其是具有商業營利性質之
電子報媒體，更應該以身作則，在連結前先通知被連結之網站負責
人，取得其同意，並且在所連結之網頁資料上註明出處，以示尊重原
著作人之創作，如此才能防範爭端發生於未然，並且確保雙方之權利
（http://ashaw.typepad.com/editor/2004/03/93a.html）。

【案例一：法新社控告Google侵犯著作權】

2005年3月，國際新聞通訊社「法新社」控告全球最大網路
搜尋引擎Google蒐集法新社新聞供網友點閱，侵犯了著作權（見
圖15-1）。法新社向美國法院提出告訴，指Google未經許可，任意
把法新社的新聞報導內容和照片放在Google新聞網站上，涉嫌侵
犯法新社智慧財產權，並向Google求償約一千七百五十萬美元賠
償。

法新社認為，Google的新聞網站，與訂購法新社服務的其他
新聞網站看起來大同小異，只不過各條新聞在版面上的位置是由
電腦軟體自動編輯，而非真人編輯來決定。美聯社也發表聲明支
持法新社的做法，對於確保如美聯社等新聞通訊社有足夠財力去
蒐集新聞，《智慧財產權法》的保障十分重要。

法新社總部設在巴黎，業務遍及世界各地，是世界性通訊社
之一。它為包括電子媒體在內的各種媒體提供新聞，網上用戶達
六百家。

Google發言人蘭登（Langdon）則在聲明中表示，新聞網站
可以要求Google新聞將其排除在搜尋目標之外，而法新社在其網
站中包含了一項"robots.txt"檔案，明白告知搜尋引擎不要讀取
網站內容，但多數網站「都希望被納入Google新聞中，因為這些
網站認為此舉對其網站及讀者都有利」。

讓此案更複雜的一點是，Google搜尋的法新社新聞，並非直

接取自法新社網站，而是擷取法新社訂戶的報導內容，這些訂戶可能希望藉由Google蒐集其新聞內容，以增加自己的網頁點閱率，招攬更多網路廣告收入。

此案所引發的爭議將對網路新聞產生重大衝擊，法院若做出對Google不利的判決，將有損網站內容的自由交換，因為現在任何人都可在網路上發表文章或自行出版網路期刊及網路日誌，而這些網誌也已成為網路使用者搜尋新聞內容的重要來源之一。

專家表示，此案的關鍵在於Google能否說服法院，Google新聞網站是把受到《著作權法》保護的新聞內容合法地「公平使用」。法律學者表示，Google可能辯稱，Google新聞網站只會大幅改善新聞消費的經驗，卻不會對法新社出售新聞報導的能力造成嚴重影響。

如何在網路搜尋引擎提供使用者方便性蒐集資料，並透過搜尋機制出售廣告，以及著作權擁有人控制其產品的權利，在兩者之間取得平衡。哈佛法學院教授、同時也是該學院「網際網路暨社會中心」共同創始人茲堤川（Jonathan Zittrain）指出，網路創始第一天起，就是控制與解放潮，法院和政府當前的問題應是：「界線」在哪裡。

類似的著作權資料「公平使用」在2003年美國聯邦上訴法院有一判例。美國攝影師凱利（Leslie A. Kelly）在1999年4月控告經營圖片搜尋引擎Ditto.com的公司Arriba Soft，蒐集其數位化的照片放在網路上，包括預覽式縮圖和全尺寸照片，已經構成侵權。

地方法院2002年2月判決，搜尋網站勝訴，凱利不服判決，向第九巡迴上訴法院上訴，上訴法院判決，預覽式的縮圖瀏覽方式符合公平使用原則，但是全尺寸照片的部分，則推翻原判決，認為這部分侵權。

　　這樣的緊張關係讓新聞使用和傳播方式的改變更加困難。一方面，讀者想要使用像Google News這樣的新聞整合服務節省時間，並可以方便地從一個網站上找到他們自己感興趣的新聞。但另一方面，這種數位新聞「大熔爐」也引發了新聞是採取什麼標準的問題。

　　Google的計畫之所以陷入泥淖，是因為它是以網路採礦的深度來編輯新聞。相比之下，雅虎的新聞搜索都會和內容供貨商結盟來推動其服務。至於是否與內容擁有者簽下任何合約，Google不願說明。

　　此外，Google News和類似的新聞整合服務網站的影響力也愈來愈大，迫使諸如法新社一類的新聞機構，開始重新思考新聞傳播的目標與策略。有愈來愈多人以網路搜索作為新聞的閱讀管道，許多出版商卻未能回應讀者這種喜好的快速轉變。對於新聞機構來說，新聞整合服務吸走他們的流量也逐漸形成新的威脅。

　　Google以演算法來找出當日最受歡迎的新聞，並且以新聞連結和新聞圖片的方式，為特定議題將不同的報導來源放在一起。但是，在Google技術的背後，該公司已經預設了大約四千五百個新聞來源，而且持續在檢查新的新聞來源。

　　許多批評者心中都有個問題：Google到底是採用何種標準在找尋新聞來源？

　　「我們要求主流新聞的透明度。但是，我們要得到Google News的透明度相當困難。」Advance.net的總裁、也是一位部落客（blogger）的賈維斯（Jeff Jarvis）寫道。

　　賈維斯進一步表示：「Goolge現在就發布你們的新聞來源名單，並建立一個管道，讓網友可加以質疑或建議其他的新聞來源。」

　　Google對於新聞來源的選擇有一些指導原則，包括了要確保

新聞出版經過編輯。然而，Google卻未將這些指導原則公諸網站上，只說：「新聞來源的選擇不具任何政治觀點和意識形態，讓您可以在相同的報導上看到不同新聞機構的不同觀點。」

不過，電子前線基金會（Electronic Frontier Foundation）律師洛曼（Fredvon Lohmann）表示，之前的法律案例已經指出，網路出版商可以連結到小圖。他同時指出，對於新聞報導的標題和引文的使用，屬於合理使用範圍，因此相信Google是合法的。

「如果你要連結什麼東西之前還得經過對方允許，那網際網路就不知成什麼樣了。同樣的道理也適用於新聞。」洛曼表示。

此外，Google要設計出更透明化的新聞服務時，可能會面臨更多的此類官司和壓力〔http://big5.xinhuanet.com/gate/big5/news.xinhuanet.com/it/2005-03/29/content_2757644.htm（國際金融報）：http://www.ettoday.com/2005/03/23/11183-1768528.htm〕。

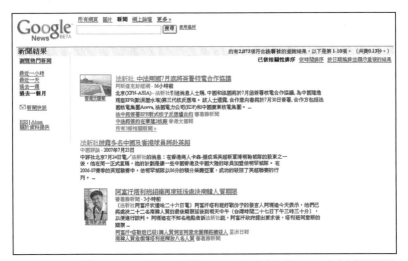

圖15-1　法新社控告搜尋引擎Google未經許可，在其新聞網站上引用法新社新聞標題、摘要以及照片，侵犯法新社著作權

【案例二：電子報版權爭議】

在媒體工作的人，常常會發生一件事情，就是在進入媒體服務的時候，不論是記者或是編輯，都會被要求簽署一份放棄版權的聲明，換言之，由於你的工作內容，是依媒體所給付你的薪資才進行的，所以，所有你所撰寫的內容，其版權都屬於媒體所有，但作者仍然擁有著作權。因此如果有外界的媒體想要轉載作品，不論是文字或是圖像，首先都必須有媒體的同意，其次才是徵求著作人的同意，當然，這中間有著付費與否的問題，關於付費與否部分，各媒體自有規定，本節不多討論。但我們要提出來的問題是，從國外一個真實的案例中，我們發現當伊克諾安（Therese Iknoian）在得知她為《聖荷西水星報》（*San Jose Mercury News*）所撰寫的運動及保健專欄內容被轉載到報社全球資訊網站上面後，她不但沒有非常高興，反而有些憤怒。

原因即在於若依印刷出版業的規矩，這位作者身為一位獨立撰稿人（freelance contributor），即表示她已經授予該媒體第一次連載作品的權利。不過，由於媒體集團的政策，這家媒體卻要求作者必須簽署一份合約，合約內容是她必須完全地同意媒體有權將其作品轉載至所有相關的電子媒介上面。經過幾個月的時間溝通，這位作者與媒體的協商破裂，她表示：「他們告訴我簽下這份同意書，否則就滾蛋回家去！而我的選擇是不再繼續為該媒體寫作。」

有愈來愈多的文字、聲音及圖像等獨立創作者（內容供應者）不斷地和公司爭吵，他們認為公司並沒有權利將其作品彙集整理並轉載至光碟（CD-ROMs）、網頁（Web page）、線上服務（online service）以及其他電子媒介上頭；像這位作者這樣的例子其實早已屢見不鮮。

其實，在此所討論的最終議題就是「智慧財產權」在電子市

場中的地位。更直接地說，到底這些原刊載於平面媒體上的內容一旦被轉載至電子媒體上時，原創者可以獲得多少津貼？其實早已成為出版業界裡的一場內戰。

當時擔任那家新媒體部門編輯主管，也是負責與這位作者協商的人說道：「這些議題是相當複雜的，每個人都應該去思考如何讓雙方獲得公平的待遇。」不過，這個問題卻並非如此簡單，雖然報紙和雜誌一般都擁有員工工作成果之著作權與出版權，但是仍有許多領取較少報酬的自由作家（freelancer），他們如傳統般只銷售其作品一次的印刷權利，並保留作品往後銷售的完整所有權。

如今愈來愈多想爭奪新媒介世界（new-media world）版圖的出版商，堅決主張作品原創者必須在沒有任何額外津貼的情況下，將作品之電子版權讓渡出來。而其他出版商則可能要求自由作家簽署「作品租用」（work-for-hire）同意書；如此一來，原本隸屬作者之著作權、版權及所有其他權利（像是作品修訂權等），都將讓與出版商所有。這些法律措辭中的各項權利，其實就如同「道德上的權利」（moral rights），在「可鍛性」（malleability）被定義為數位媒介特色之一的同時，這些權利也顯得相對地脆弱，似乎更容易遭受到侵犯。

例如美國《水星報》（*Mercury News*）所發布的合約書，其內容是獨立作家必須將「非排他性權利」（nonexclusive rights）授予報社，使得報社得以將其作品自由轉載至今日已知的任何形式媒介，甚至複製到未來才可能出現的媒介上頭。

出版權利的衝突已經擴展到許多企業界的大公司裡頭，像是美國著名的赫斯特出版集團（Hearst）的通俗雜誌（*Redbook*、*Good Housekeeping*等）、教育出版界巨人Scholastic，以及新聞通訊社美聯社等企業組織，最近也都開始要求獨立攝影師（freelance photographers）簽署作品轉載的同意書。

　　老實說，出版商說發展新合約的動機和目的，就如同他們想賺錢那般的實際。KRI/ Knight- Ridder的律師西蒙（*Bob Simon*）說道：「因為出版商需要一種以任何可行形式散布的能力，所以讓作者保留刊載的同意權是不實際的；故將來最終的解決辦法就是要將所有權利授予出版商，甚至包含還沒有被創造出來的技術。」

　　在《媒介管理》（*Balancing on the Wire-The Art of Media Organization Management*, 1999）一書中舉的例子而言，在美國最大的電子權爭奪戰，始於《紐約時報》制訂了一個新的政策，內容是指報社在任何時間，都有權利轉載獨立作家之作品，至任何形式的媒介上頭，而不必支付任何額外的津貼。《紐約時報》的合約書建立了一個美國全國性的先例，結果後來包括作家同業公會（Authors Guild）、全國作家工會（National Writers Union）及美國記者及作家協會（American Society of Journalists and Authors）等，共同組成了一個獨特的聯盟，透過各種媒體表達出對於《紐約時報》這項新政策的抗議。

　　當《紐約時報》的子公司──《波斯頓全球報》傳送一封類似性質的合約書，給他們的獨立專欄作家喬丹（Robert Jordan）時，喬丹隨即回覆一封信件給公司主編，表達出對於這項政策的不滿，喬丹除了是作家外，同時也擔任《波斯頓全球報》的工會主席。顯然地，對於這項新政策，報社工會在第一時間是選擇站在獨立作家這一方的。有關這些電子權，喬丹提出警告：「無論任何有關將員工作品所有權完全交予報社的協議，我們都將極力地表達反對的立場。」

　　我們回顧整起事件的經過是這樣的，在1993年12月的時候，有十一位由全國作家工會會長塔西尼（Jonathan Tasini）所領導的

獨立作家聯合控告幾家出版商，包括《紐約時報》、Newsday（隸屬於時報鏡報公司，這間公司是《洛杉磯時報》的母公司）、《運動畫報》（屬於Time）、大西洋、Nexis以及UMI。他們控告這幾家公司在未經他們許可的情況下，擅自將其文章放至線上資料庫（online database）和光碟產品（CD-ROM）中；塔西尼說道：「這個訴訟也許已經完全打開著作權的新局面，如果我們贏得勝利，我們將有機會對於出版產業發揮空前的影響力。」

　　不過，對於這個議題，被告的委任律師仍然堅持發動版權專一供應法案（single provision）實在太過狹隘，他舉了《紐約時報》的例子說道：「問題是在於出版商是否有權獲得今日《紐約時報》上頭的議題，並且將它放到電子資料庫中供人檢索？我們的立場是無論紙版或是電子版的《紐約時報》，都沒有任何差異的存在；而我們並不是在討論有關獨立作家是否擁有作品在其他媒介上完整的所有權。」

　　隨著電子市場的迅速擴大，在資方與勞方嫌隙背後代表的是一種混亂（confusion）、恐慌（panic）與大肆宣傳（hype）的混合體。報紙和雜誌都紛紛設立企業網站，有許多更提供了商業性的服務；此外，也有愈來愈多業者致力於「線上檔案服務」（online archival service），他們的服務內容就是提供一些舊的文章內容，讓專業的研究者使用，並收取較高額的使用費用。

　　同時，那些期盼支出可以降低的期刊出版商，都趨於使用較大量的獨立作家；至於獨立作家則渴望可以從科技的進步中獲利，像是依賴第二次電子版權的販售來提升他們的收入。

　　宏觀地來看，藉由網頁（web）所累積出來的財富，可能比經由真實世界還快速。例如：Time公司一個受歡迎的網站Pathfinder，在1995年當時創造了大約兩百萬美元的廣告收入；然而，這個網站初期開始營運時，所預估的初期成本卻也高達三百

萬美元。因此，目前擔任Time新媒體部門主管、並身兼編輯的薩根（Paul Sagan）說：「其實網站根本還沒賺到什麼錢。」不過，在其他數位領域裡的產業其實早已產生豐厚的利潤。雖然是否已經獲利仍是眾說紛紜，但是我們可以樂觀的預估：「報紙和雜誌文章線上全文的販售，已經成為一個商機無限的產業。」

作家工會的副會長馬特拉（Philip Mattera）說道：「若藉由線上資料庫去使用獨立作家的作品，每小時可以索價九十美元的費用，而作品光碟也大概可以賣到好幾千美元的價碼；因此，儘管這些印刷媒體的出版商，可能已經大量地涉足電子服務的領域，但是出版商實在沒有理由去剝奪這些獨立作家分享報酬的權利。」

擔任《哈潑》（Harper's）發行人與作家的麥克阿瑟（John R. MacArthur）從上述兩個觀點中領悟到了一些東西。即使麥克阿瑟認為電子版權之爭論實在有點膚淺，但《哈潑》還是成為第一家宣稱會永遠與獨立作家分享電子版稅的出版公司。他提道：「這個改變實在是很愚蠢（指出版公司不與獨立作家分享電子版稅的事）！我真的不懂為何有些出版商要如此處心積慮地去剝削這些作者。」

雖然大多數的出版商都還在等著看塔西尼這個案子的判決結果，但是有部分出版商已經轉趨於制訂對於獨立作家更為友善的電子版權政策。像是Weekly和Nation開始遵從《哈潑》的做法，採用分享版稅的方式；而其他雜誌，如Woman's Day和Sierra則是老套地付給獨立作家一個電子出版的個別費用。另外，像是New York的所有人K-III，最近也寄了支票給獨立作家，用以償付過去電子版權的使用；而《華盛頓郵報》也相同地開始償還那些曾經抱怨報社未經授權即使用他們作品的獨立作家們。

在領悟到不可能有十全十美的解決辦法後，作家組織希望可

以為獨立作家的作品，訂定一套合理的電子版權給付標準。去年，作家同業公會和美國記者及作家協會首先帶頭創立了作家登記所（Authors Registry），作家登記所是一個實體（entity），其裡面包含了許多的作家組織和文學代理商，像是《哈潑》和Nation也都包含在內；而在作家登記所內的業者都同意支付權利金給予獨立作家。

　　另外，成立「出版權票據交換所」（Publication Rights Clearinghouse）是全國作家工會的一項計畫，這計畫將同時和"Uncover"一起運作，Uncover是CARL公司（Knight-Ridder的子公司）的一個「線上單據傳真服務」（online-fax document delivery service）。透過票據交換所，經由Uncover消費者所蒐集而來的版稅，將可以直接傳至獨立作家手上，而不必如過去般還得經由出版商的手中領取版稅。

　　版稅分配系統（royalty distribution system）的始祖是建立於1914年的美國作曲家、作家和出版商協會（American Society of Composers, Authors and Publishers, ASCAP）。但是像ASCAP以監控使用情形作為付費基礎的系統，若在網路上執行可能會麻煩、且不易執行。因此全國作家工會正在提倡一套系統，透過這套系統，出版商若是在有限的期限內使用電子版本之內容，其只須額外付給獨立作家一個均一的費用（flat fee）即可。

　　古德曼（David Goodman）是佛蒙特州的一位作家，他協助獨立作家們與出版商進行版稅的協商工作，像是那些為SkiNet（是一家新的線上服務網站，屬於時報鏡報公司）進行寫作的獨立作家們，每年就都可以收到10％的電子版稅。對於電子版稅爭論的看法，古德曼非常樂觀地說道：「那些肯真誠對待作家的出版商們，未來一定會想出許多解決之道。」

　　以上所舉的這些例子，都是提供給媒體的經營者和作者一個省思，當然在作者中也包含了新聞記者和編輯人員，如何在兼顧公平與正義的原則下，既可保障媒體經營者的獲利，也可以照顧到新聞從業人員的權益，讓勞資雙方都可以有一個雙贏的結局，是產業界、法律界和勞工們所要去加以正視的課題。

第三節　網路誹謗

　　網路的出現，對於人類社會產生重大衝擊，為人們帶來了許多好處，但也隨之出現了利用網路從事犯罪行為的事件，例如：網路的分享、自由開放精神，衍生了前面我們提到的著作權爭議；而網路具匿名性的特點，也產生了網路誹謗的法律問題，部分不肖網友利用網路散布不實謠言、惡意中傷他人。舊有的法律條文面對新的網路犯罪模式，應如何調整及規範，以下我們將介紹兩個有關網路誹謗的案例，供諸位思考。

【案例一：學生上網「訐譙」教授】

　　某國立大學一名學生，於1997年補修某教授之課程，因不滿該教授的教學及考試方式，於同年11月，兩度在網路校園版之電子布告欄上，以「另一種形式之強暴」為題張貼文章，指摘該教授利用學生上課做成之筆記摘要，抄襲學生所做之報告，作為學術論著。這位學生另以大字報方式，將文章張貼於該校的言論廣場上。

　　此案經台灣台北地方法院審理後認為，這位學生的行為，同時觸犯《刑法》第309條第1項公然侮辱罪，及《刑法》第310條第2項之加重誹謗罪，判處五十五天拘役，該案經台灣高等法院

上訴審理後改以《刑法》第310條第2項之加重誹謗罪論處，而非該當《刑法》第309條第1項公然侮辱罪。該案引起各界對於網路上妨害名譽與言論自由之分際問題。

　　事實上，在網路上發表言論，與在報紙讀者投書欄發表文章，或拿擴音器，站在肥皂箱於大街上抒發己見，其所受之言論自由保護程度、受現行法律規範之約束，並無不同。因此，無論透過電子郵件或網路電子布告欄、新聞討論區誹謗他人，與透過傳統途徑誹謗，其違法性、法律評價應無不同，均須考量其有無符合公然侮辱之事實、或其有無散布於眾之意圖、指摘或傳述之事是否足以毀損他人名譽、散布者能否證明其言論指稱之事為真實、事實是否涉及私德與公共利益無關，以評斷是否成立《刑法》妨害名譽及信用罪章之第309條規定之公然侮辱罪，或第310條第1項或第2項規定之一般誹謗罪或以文字或圖片之加重誹謗罪。

　　由於《刑法》第309條規定之公然侮辱罪，或《刑法》第310條第1項規定之一般誹謗罪，係以行為人之言論是否涉及公然侮辱或誹謗之犯罪事實，而無違犯地點之限制，因此無論該言論出現於新聞報導、報紙、雜誌或廣播媒體，甚至是網際網路上，其判斷應無不同（蕭愛貞，2000：42）。

【案例二：衛生棉有蟲！】

　　2000年3月，網路上流傳著一個駭人聽聞的謠言，其宣稱，國內某個知名品牌的衛生棉內藏有蟲卵，消費者使用後，蟲卵會孵化。而有一名女性消費者使用後就醫，發現子宮竟被然蟲吃掉一半。

　　消息一經網路散布，立刻讓該廠牌大受影響，衛生棉的銷量明顯下滑。而後警方介入調查，追查到二人，他們將此訊息透過電子郵件，大量寄給不特定之人，最後在此二人向衛生棉公司道

歉後，撤回告訴，才終結了謠言的蔓延。

此案例，最後雖然以和解收場，但值得注意的是，日後發生類似案例，誰可能觸犯《刑法》第310條規定之誹謗罪，是惡意中傷之消息來源？還是包括善意傳播之最初發信者？而中間所有好心傳播消息之人是否亦在違法之列？此部分與言論自由之界線何在，都應有討論之必要（蕭愛貞，2000：39）。

《刑法》的妨害名譽罪與言論自由的分際與評價，不會因為其為網路行為或實境行為而有所不同，其言論內容是否符合侮辱或誹謗的要件，應與一般案件有相同的標準；而於網路上所發表之言論是否符合「公然」、「散布於眾」之要件，則有不同意見。

如果是網路連結的電子布告欄或討論區，在其上發表之言論，因為會供不特定之多數人共見共聞，屬於「公然」及「散布於眾」之情形。此案例行為人意圖毀損衛生棉公司的名譽，利用網路為不實言論散布之行為，符合「公然」及「散布於眾」之要件，構成了《刑法》第310條第2項之加重誹謗罪（沈榮華，2003：66）。

在讀完本章節後，你是否能回答下列的問題呢？

1.新聞網站或電子報所面臨的法律問題有哪些？

2.你認為電子報的著作權爭議應如何解決？

3.你曾經在網路上轉貼他人的文章或新聞嗎？你覺得你的行為是否侵犯了「著作權」？為什麼？

4.什麼是「網路誹謗」？我國法律如何規範網路誹謗的問題？

5.你曾經在網路上謾罵過他人嗎？你覺得你的行為是否構成了「網路誹謗」？為什麼？

第十六章

從全球化趨勢看電子報發展的挑戰與機會

隨著網路的全球普及，閱讀習慣的改變，也同時昭示無紙化時代的即將來臨。在此巨大變革之下，傳統的媒體順應情勢，利用母集團的既有優勢，推出網站或電子報，一方面迎接網路時代的來臨；另一方面也爭取新一代網路族群的青睞，提高競爭力。

第一節　網路報對傳統媒體的衝擊

針對網路時代及數位化趨勢下媒體發展與因應做法，日本電通總公司董事藤原指出，2005年前，是以報紙為前提的媒體生態，包括網路、部落格等的存在都是為了提升報紙的影響力；但是過了201×年之後，報紙將面臨巨大的變化，媒體不再是以報紙為前提的結構，而是以新的電子化平台（E platform）為前提，報紙只是這個平台下眾多的內容之一，屆時報紙不但要和報紙競爭，也要和電視等其他內容提供業者相互競爭（黃清龍，2006a）。

藤原所指的平台，是指包括報紙、雜誌、電視、書店、網路、手機等內容，都被放在同一個電子化平台上，共同面對消費者。從現在到201×年，以報紙為前提的媒體經營模式是：報紙透過發行系統販售，以及經營免費報、網路、部落格等來加強報紙的影響力（黃清龍，2006a）。

從日本的報業經營經驗來看，日本《讀賣新聞》總編輯白石興二郎表示，台灣各報將全部內容丟到網路上，在日本同業的眼中是很不可思議的，因為擔心會影響到傳統報紙的發行。目前日本報業的做法是，約只讓六、七成的內容上網，重要的新聞、社論不上網，或延後上網（黃清龍，2006b）。

《朝日新聞》前總編輯中馬清福則認為，報紙與網路兩者可以合作，應該合作，也一定要合作。報紙的篇幅有限，但網路是無窮無盡

的，報紙容不下的內容，就可以放到網路上。報紙無法刊登動態影像，也無法進行立即互動，但網路可以。在廣告搭配與發行上，兩者也可以合作。不過，中馬也表示，日本報紙不會把新聞丟到網站上，特別是重要的新聞、權威的評論，而只會放一段導言、提要，讀者要看全文，還是要買報紙（黃清龍，2006b）。

日本雅虎媒體事業部部長宮阪學則表示，日本也和台灣一樣，報紙的閱讀率下跌，網路上升；不過，從另一個角度來看，網路也提供新的平台給看文字的人，這是新增加出來的傳播管道，看報紙的人反而比以前更多了。以東京《每日新聞》為例，過去每天發行三百多萬份，自從發展網路以後，現在每天上網看新聞的也有四百萬人，等於多出四百多萬人來看新聞，只不過多出來的人看的是免費報（黃清龍，2006b）。

博報堂董事長成田純志提到，不同的媒體有不同的功能，不可能完全由網路來取代，電視與報紙仍有它的空間，就看如何整合、融合，以與網路相輔相成（黃清龍，2006b）。

日本電視台社長久保伸太郎則指出，以電視而言，最重要的是做出好的內容，有了優良的節目內容，就有市場，不管放在哪種載體都會有價值（黃清龍，2006b）。

第二節　網路報對國際通訊社的衝擊

面對網路電子報的興起，傳統的國際通訊社也面臨相當的競爭挑戰。

法新社社長勞特（Pierre Louette）即表示：「雖然個人部落格如雨後春筍般激增，但是閱聽人仍需要可信的硬性新聞。」因此才在2005年控告Google涉嫌侵犯著作權（何國華，2006）。

反之,路透社主管萊特(Dean Wright)一方面體認到:「通訊社已經不再是新聞事實詮釋與辯論真理的壟斷者。」而認為未來新舊媒體的分工在於:「主流媒體提供真相,另類媒體幫助對話。」但另一方面也積極地在數位時代開拓新的媒體傳銷通路(何國華,2006)。

美聯社社長柯利(Tom Curley)有感於傳統通訊組織因應新科技發展將面臨困境,曾指出:「新聞網路化乃大勢所趨,傳統媒體應及早因應如何滿足閱聽人,滿足個人化資訊的需要。」因此美聯社著手發展3G手機服務,提供線上影音娛樂新聞與圖文新聞(何國華,2006)。

而台灣的中央通訊社雖在2003年推出國際新聞製播,但卻在2004年因為資源不足而畫下句點(何國華,2006)。

第三節　電子報「全球通路,內容在地」的弔詭

根據希伊(H. I. Chyi, 2001)研究指出,從市場面向來看,電子報是報紙和網路的交會點。從技術的角度來看,網路使得傳統的報紙可以全球網路環境為市場,但從實務面來看,目前電子報的經營方式,卻仍然以傳統的報紙經營方式為主。且大部分的電子報都僅提供原有報紙所提供的新聞內容(網路原生報例外,如台灣曾出現的明日報)。換句話說,電子報的內容是屬於地方的,但所使用的發行平台,包括發行網絡,卻是面向全球的,因此使得這項運用新興技術、影響力看來無遠弗屆的媒體,在理想與實際面間產生了不一致的現象。

從新聞產製內容來看,希伊(Chyi, 2001)指出部分的研究顯

示，電子報的內容多由紙本報紙所提供，這樣的關係使得兩份報紙的風格看起來顯得非常相似。另有研究指出，電子報內的工作者，多不負責新聞產製的工作。不過，這樣的現象在近年來有所變化，舉台灣的例子來說，聯合新聞網與東森新聞報在創立不久後，就有網路記者的編制。中時電子報原本沒有網路記者的編制，但因應《中時晚報》的結束，網路電子報的轉型，自2005年起也開始招考專屬電子報的採訪人力，增加即時新聞的分量，滿足市場的需要。

　　希伊（Chyi, 2001）因此認為，網路電子報和傳統母報間的關係相當密切，倘若讀者喜歡閱讀紙本報紙，或許就會喜歡閱讀該報網路版電子報。不過，在實際的經營上，電子報還是坐困在地方市場上，必須與不同類型的媒體，如電視、廣播、雜誌、其他報紙，甚至是同一集團紙本報紙進行競爭，而無法真的在全球化的過程中發揮效益，占到便宜。進一步來說，儘管發行通路藉由網際網路可擴及全世界，且發行的成本相當低，但是，這對於藉由這項科技之便，爭取全球市場的廣告，並沒有幫助。甚至，傳統的讀者對於紙本報紙的喜好度還高過電子報。

第四節　電子報經營者之因應策略

　　有鑑於此，許多媒體也常透過網路調整新聞的定位，嘗試開發國際政治或財經內容。不過，卻都受限於新聞的要素：「地方性」、「鄰近性」，及網際網路廣告的經濟規模的不足。舉例來說，當台灣發生重要的政經爭議事件時，海外華人總希望透過台灣的電子報，得知島內所發生的情況，他們所希望得知的，是台灣「在地新聞」，而非國際網路媒體的「國際觀點」。

　　希伊（Chyi, 2001）建議，爭取遠距的讀者，是電子報可以跳脫

傳統母報或紙本報紙約束的機會。電子報必須和傳統的媒體市場區隔開來。也就是說，必須針對讀者（網友）的需求，提供特殊的內容。但是，由於電子報多爲傳統母報所投資，而傳統母報對於電子報的定位與功能並沒有很清晰的了解，加上網路電子報的獲利模式未臻明確，以至於所給予的資源也不多。凡此，都影響到電子報轉型的困難。學者陳順孝在《中央日報》停刊，轉型成爲網路電子報後表示，網路新聞媒體已是時勢所需，如今思考網路電子報的定位，已不能將傳統的平面新聞報導直接轉換爲網路版本，因爲讀者已不能滿足單向的新聞傳輸需求（李偉滿，2006）。學者吳筱玫也提到，網路電子報倘若只做平面報紙的延伸性報導，前景並不看好。建議在依賴專業記者提供新聞之外，也應思考運用策略聯盟的方式提升經營績效（李偉滿，2006）。

陳俊廷（2002）研究指出，電子商務競爭日趨激烈，過去網站雖著重於內容建置與經營策略，但無法準確了解使用者習性與需求，很難提供具有商業價值的服務，在全球網路公司經歷泡沫化之後，經營者注意到盲目的提供服務是無法滿足使用者的，應提供高附加價值的資訊與服務，針對每一位顧客提供個人化的相關資訊，著重一對一行銷才能從中獲利。

陳俊廷（2002）也提出以使用者行爲分析之網站經營架構，以客戶關係管理爲主軸，行銷爲導向，利用資料倉儲與資料挖掘技術，建構整合性研究平台，使系統可依據蒐集的使用者的相關紀錄，預測使用者的偏好與習性，並利用電子報及網頁來提供使用者個人化的相關資訊，透過系統機制的運作，以回饋之資料來修正系統對於個人需求預測之準確度，提供更便利的服務，透過個人化服務來提升顧客滿意度。在管理者部分則提供線上即時分析系統，能清楚地了解電子報發行狀況，與使用者的偏好，進而調整行銷策略與經營方針，以獲取更大利潤，並提升企業競爭力。

　　最後，由全球化及網路化的角度來看，網路電子報的出現，的確衝擊既有生態，出現挑戰；但從另一個角度來看，卻也給予媒體經營者更多新的想像空間，帶來機會。只不過，經過多年的實證經驗顯示，在市場尚未明確，成功的獲利模式尚未確立，競爭的媒體猶在的情況下，尋找吸引閱聽眾（網友）的內容仍是首要之務，這或許也是經營獲利與否的關鍵成功因素。

附錄一　整合行銷　開創網路未來
——專訪中時網路科技公司總經理姚頌伯

　　中時電子報的母體是《中國時報》，《中國時報》在台灣的媒體界，特別是在報紙的領域中，一直是一個領導品牌，這些年來網際網路的變動非常快速，以中時電子報內容提供者的角色來說，中時電子報如何改變過去報紙呈現的那種刻板的表現方式，調整自己的步伐，面臨新的挑戰是很重要的，尤其是在1994至1995年，應該算是網際網路開始在市場上翻天覆地的時代，網路在市場上所扮演的角色愈來愈重要，自然要面對的問題也一定很多。

　　我是從事財經資訊開始的，在當時財經資訊這塊領域是能夠賣錢的，但重要的是你要賣的資料，一定要是別人想要看的、想要擁有的資訊，換言之，如果別人不要看或不需要的資訊，想要賣也賣不出去，因此，販賣資訊必須要從Nice to Have到Must Have，也就是說，我們在網站上看到很多八卦的、有趣的新聞，這類東西的確有人在看，老實說，還有不少人在看，但是能不能賣錢，就看消費者願不願意花錢了，但是財經資訊就有人願意花錢去購買，因為在商場上需要大量的資料和訊息，這些人不論是進出股市或是投資，如果每個月只要花幾千美元，就可以買到有助於他們投資的相關資訊或情報，對他們來說，只花這些錢是非常合算而且有效益的。

內容、載具、功能

　　資訊在技術性和取得性上，可以造成不同方式的價值轉移（value shift），以電子媒體來說，最重要的幾個部分就是：

293

1.Content（內容）。

2.Carrier（載具）。

3.Function（功能）。

　　網路的空間是無限大的，不像報紙會有版面篇幅的限制，不但要實體的紙張，還要分配，而且空間是有限的，但是在網際網路的時代，以上三者統統放在一起，此時載具就發生了相當大的功能，甚至包括了無線上網，而且它的空間是無限大的，但是在應用這一部分最重要也是最有力的，就在於它的搜尋引擎，就是因為這個新結構，讓我們在網路經營上產生了相當大的影響。因為在網站上逛的讀者，只要找到搜尋引擎，就可以略過其他入口，直接到他們有興趣的新聞或有關的內容網頁部分，而且透過目前精細且特殊的功能設計，搜尋引擎還能夠將點閱人的特殊閱讀興趣或點閱習慣加以整合、分析，因此，只要經過幾次的上網查詢，網站的管理人就能知道點閱人的閱讀興趣或是習慣，而能針對網友個人喜好提供資訊。所以，搜尋引擎的功能是非常有力的。

　　《中國時報》一向對我們的內容很自豪，這些資產都為中時電子報的經營，帶來了正面的影響，但是，也造成很大的危機和挑戰。根據尼爾森公司調查台灣上網族群顯示，中時電子報在許多單項都是冠軍，如受眾的收入是最高的，教育程度是最高的，而年齡層也是最高的，70%是白領階級，在網際網路的歷史也是最久的。從特性來看，他們使用電子商務並不很踴躍，分析發現有個共同的特徵——時間對這些人而言是非常重要的，他們並不想浪費太多時間在網路上，所以在上網使用電子商務時都非常快速，因此造成我們在做廣告和電子商務時，有一定的中心目標和對象。基本來說，只要目標對，電子商務的經營就不會太困難，所以自2003年第四季開始，都是在盈餘的狀況。

　　但問題的癥結在於我們最近爲了改版，做了很多次的焦點族群（Focus Group）測試，發現許多年輕的讀者，對於內容網站都只看放在前面的新聞，這顯示出年輕人有幾個危機，第一就是現在他們都不看新聞網站，但仍有看報紙的習慣，雖然看報的比例相較於過去要少了很多，但是基本上還是有的，當問到同學新聞是從哪裡看的時候，他們的回答是隨便在首頁上看看，因爲每一家入口網站的首頁上都會放新聞，如果學生只看這裡的新聞，而不來我們中時電子報，那是不是說不給這些入口網站新聞，就可以維護我們內容提供者的地位？這是不對的，因爲你不提供給這一家，他們就會去看別家的。

搜尋引擎取代媒體角色

　　其次，這些年輕同學沒有新聞的品牌概念。他們不覺得《中國時報》的新聞與《聯合報》和《蘋果日報》的新聞有什麼差別。除非，少數想要看觀點的人，尤其是政治上觀點的人會比較注意，而這些人就是現在中時電子報的讀者。他們每天都會上網看我們的社論，看我們的評論和觀點，我們海外讀者滿多的，特別是北美一帶，占我們總受眾的百分之十幾，在這一部分就看出中時電子報的權威和品牌地位，可是年輕族群常看的新聞就是在雅虎、MSN聊天的地方，一打開就有兩、三條新聞放在那裡，基本來說他們只要看幾條新聞就夠了，如果看到有興趣的新聞，就會進去或是用搜尋引擎，所以我強調搜尋引擎是很有力的，因爲搜尋引擎已經取代了媒體的地位，如果沒有品牌忠誠度，只要到搜尋引擎按下一個主題，就會跑出來一大票的新聞，在這些新聞中，就不會去點閱是《中國時報》還是《聯合報》發的新聞；另外他會很注重標題的文字，在這裡有另一種挫折產生，由於我是屬於閱讀《中國時報》很習慣的讀者，會很自然的認爲，報紙的文章本來就應該是這樣寫，但是如果拿來和別的網站的新聞寫作方式相比，會發現標題是最文謅謅的，因爲中時電子報的內容都由

《中國時報》轉檔過來，這些都是報紙上的語言，但如果拿《中國時報》的寫作語言和《蘋果日報》的比較，會發現很不一樣，因此在標題的吸睛部分，在年輕人的族群裡我們會輸，所以這些就是現在面臨的危機。

商品與廣告內容連結

我們對三十歲以下的閱聽人調查，都是這樣的行為模式，這些人很快就會變成三十五歲、四十歲，難道就一直鎖定在這精華族群嗎？從現在來看，精華族群是不錯的，因為他們就是社會的高層，所以中時電子報的廣告都是金融的或是汽車的，也確實較有效果，反而3C的產品很少，年輕人會用到的東西，在中時電子報的廣告相對來說就很少，不只是中時電子報，所有世界上一流的內容提供者都會碰到同樣的問題和挑戰，因為線上消費者沒有品牌忠誠度，又碰到搜尋引擎取代大家對於新聞需求的尋找度，資訊本來浩瀚無涯，而且搜尋引擎愈做愈好，現在的搜尋引擎是智慧型的，以前用關鍵字來做搜尋，現在可用一個概念來搜尋，而且搜尋出來的資料在兩、三次以後，它還會很精細的利用相關係數，去主動搜尋與所要文章內容的相關性，如此一來誰還要報紙，誰還要新聞網站？所以也就把整個商務模式引導到這個上面去。

像現在美國的網路廣告，預定在9月、10月開始在台灣做推銷，這不像我們的業務員要出去賣網站的標語（banner要多少錢。他們賣東西廣告的第一個概念是，商品跟廣告的內容會連結起來，譬如像雅虎，平常就有專人在做網路使用者行為的統計與分析，再將統計與分析的結論跟商務掛鉤，譬如說你平常會買數位相機，會看哪類新聞，當新聞叫出來的時候，他就會去推這類的新聞，現在的網路廣告就是用內容置入的方式來做，這種方法是很有力的，定價就是用拍賣方式，他們的商業模式非常驚人，譬如做手機的會去找手機商，跟他說

現在網頁上在做關聯性的廣告，請你標廣告，不管是諾基亞、索尼、三星或西門子，只要你是出錢最高的，當你推到人家相關網頁的時候，你的廣告就在前面，用拍賣網路上面的廣告，然後給他一個很聰明的機制平台，到市場用這種標價的方式運作，然後給像我們這種的內容提供者簽約，再把廣告推進來，他們是經過一頁頁看這個廣告點進去的，然後搜尋引擎公司再跟我們分帳，這些東西變成你的內容是要如何去設計，是要資料放得多，還是設計什麼樣的機制，才能夠順應現在新的營業模式，來產生最大的收益。

內容提供者一定要認知到這幾個趨勢，再從趨勢做改造，我回過頭來看什麼是《中國時報》、中時電子報的優勢？我想最大的優勢有二，一個就是籌劃（Promotion）的優勢，我們是個跨媒體的集團，在宣傳上能夠互相配合，如此利多比較大，所以自己的報系都可以宣傳；第二，我們的編輯團隊是很強的，所以我們要把好的東西組起來，開始把族群放大，但同時不能失去原來基本教義派，雖然現在的基本教義派並沒有讓我賺大錢，但現在的收入可以互相平衡，所以這個絕不能放掉。

所以我們要在保住基本盤的前提下，運用我們的編輯團隊和跨媒體的行銷來開拓其他版圖，尤其是那種非常明顯區隔的版圖，舉例來說，現在要跟《時報周刊》一起合作做一個活動，是要做一個封面女郎選拔，也就是選那些校園美女，在暑假的時候用網路報名，然後被選上了可以到《時報周刊》當封面女郎，這誘因還滿大的，我們跟中天也商量到時候一起來辦，這樣就可以吸引一些平常不看中時電子報的人來，因為我們有平面媒體在籌設，所以帶進來的人潮可以強化原來我們所缺少的這一塊，但是活動做兩、三個月之後，這批人有可能會走，所以一定要留下名單，做好CRM客戶關係管理，也就是資料的探勘與分析。

目前中時電子報有五十萬個會員，我們要從資訊科技上面來把所

有的資料做歸整，因為這些是將來生存的命脈，就是資料要完全，尤其所謂的中網平台，裡面還有塊是互動行銷，因為網路是跟會員互動很好的機制，加上電話，慢慢再加上一些活動，而每一次的互動，一定要對資料有一個更深的認識，每一次的互動都不要浪費，用這種方式拓展所謂非基本盤的客戶，另外積極拓展女性族群，也是很重要的。

非線上廣告大幅成長

網路廣告在2003年約占了我們的80%，其他20%就是從一些非專業性的內容授權，所謂非專業性是指像我們的即時新聞，我們每天給入口網路幾條，比如公司的內部網路上面，給你們幾條新聞然後收多少錢。2004年我們的線上廣告比例，會降到70%或是更少，也就是說，我們的線上廣告2004年已經比2003年成長45%左右，也就是成長了46%，但對整體而言的百分比，還從80%降到70%，可見非線上廣告的成長是100%或更高，如此可以看出它的趨勢。那非線上廣告包括哪些呢？2004年做最強的就是整合行銷，舉兩個例子，所謂的整合行銷就是以網路為主，實體平面跟電子結合的活動，譬如我們辦了一個台北101大樓的e攝影展，我們在網路上辦一個數位的攝影展，限制必須要是數位的攝影，我們跟台北101商借免費的場地，也找了贊助商雅虎、Hinet、BenQ，這樣就有了幾百萬元，扣掉成本，然後用網路報名，事實上就賺了不少錢，這種活動2004年有好幾個。我們可以和珠寶廠商聯合，把名貴的首飾放在她們身上，並且可以利用雅虎拍賣機制，或是我們剛拿到文建會國家公益獎的贊助等等；另外像要做形象的，如富邦文教基金會這類，就包含整合行銷的部分，我們團隊做這很有經驗，不過這些整合行銷也要包括編輯部分，正好這些東西都不是雅虎、電腦家庭所能夠做的，只有類似《中國時報》才可以，所以這是我們的利基，第二個就是我所講的女人、少女的這些，在這

個管道裡我們會加強報導媒介化的東西，同時要跟雅虎、Hinet等來合作，帶進共同的利益，我們必須認清現在社會新的潮流與現實，沒有特別誘因或是活動，年輕人是不會上中時電子報的，要去拉攏我們不容易拉攏的群族，而合作對象必須要是領袖級的，而且他們的人也有比較好的人際關係，這樣互相信任的做，就可以做得比較好。

至於商業模式的轉變，如果廣告照傳統的方法來做是有瓶頸的，因為在網際網路上面廣告客戶要求效果，他們會進來看流量，來消化他的廣告量，所以跟電視廣告是一樣的，如果收視率不夠，答應給客戶的點數就跑不完，像2003年12月，就碰到這類嚴重的問題，不是沒生意而是上面的流量消化不掉，但後來我們做了一些特別措施，加上2004年選舉的熱潮，第一季的首頁點閱率差不多就成倍了。但如果首頁點閱率沒有突破的話，永遠會有瓶頸，所以內容配合這種搜尋引擎式的廣告，對我們來說是另外一劑的解藥，因此我們現在花很多工夫在研究搜尋引擎，而且和搜尋引擎的公司合作，因為對做那些入口網站和搜尋引擎的廠商來說，他沒有專業來發展內容，但還是需要，也就是說在這個新的遊戲規則裡，我用新的遊戲規則，來讓內容的價值做最大的發揮。

網路與電視競合的開始

對網路來說，電視是最大的對手，但電視絕不會是一個分隔的市場，從MOD、數位電視來說，事實上用電腦也可以看電視，也可以上電腦查詢，而這二者一定要尋求最佳的整合點，大家都還在試誤階段，但是以網際網路來看內容，最大的競爭一定是電視，但是將來不會是有你無我、有我無你，因為電視的內容與網路的內容，很多都可以呈現在電視上，所以應該是個競合的開始。

管理是非常重要的，嚴格講數位化只是工具，所以在用一個全世界發展最快的工具來處理一個傳統概念的時候，管理就占一個非常重

299

要的位置，第一，你要有遠見，必須知道現在的趨勢往哪走，隨時都在觀察，因為只要一落後就失去先機，所以管理對一個新的趨勢的掌握，在新的領域裡益形重要。同時也培養自己的整合能力，包含對成本的概念在內。其次，一定要有協調能力，對於一個經理人來說，很重要的工作就是對內及對外的協調，所以在學校的時候便應該要有自覺，如何去培養自己的能力，再來就是對於知識的廣度和知識的管理，對年輕人來說，如何應付現在及未來的挑戰，都是不可缺少的，我認為在就學期間必須要時時刻刻自我充實。另外對有志想要進入網際網路這行業的人來說，最重要的事，就是要多上網，你必須是一個重度適用者，這樣才能知道問題究竟出在哪裡，才能察覺出在線上的讀者需要什麼，才能做出符合他們需要的內容，其次就是要能掌握趨勢，要能擁有大量的know-how，這樣在迎接快速發展的資訊科技產業，才能不被淘汰，且還能夠淘汰別人。因此，如果有興趣進入這個領域的學生，在學的時候就應該要多聽、多看、多上網，以培養和這個行業的親近度。

附錄二　相關法規

一、電腦處理個人資料保護法（1995年8月11日公布）

第一章　總則

第1條　為規範電腦處理個人資料，以避免人格權受侵害，並促進個人資料之合理利用，特制定本法。

第2條　個人資料之保護，依本法之規定。但其他法律另有規定者，依其規定。

第3條　本法用詞定義如左：

一、個人資料：指自然人之姓名、出生年月日、身分證統一編號、特徵、指紋、婚姻、家庭、教育、職業、健康、病歷、財務情況、社會活動及其他足資識別該個人之資料。

二、個人資料檔案：指基於特定目的儲存於電磁紀錄物或其他類似媒體之個人資料之集合。

三、電腦處理：指使用電腦或自動化機器為資料之輸入、儲存、編輯、更正、檢索、刪除、輸出、傳遞或其他處理。

四、蒐集：指為建立個人資料檔案而取得個人資料。

五、利用：指公務機關或非公務機關將其保有之個人資料檔案為內部使用或提供當事人以外之第三人。

六、公務機關：指依法行使公權力之中央或地方機關。

七、非公務機關：指前款以外之左列事業、團體或個人：

　　(一)徵信業及以蒐集或電腦處理個人資料為主要業務之團體或個人。

　　(二)醫院、學校、電信業、金融業、證券業、保險業及大眾傳播業。

　　(三)其他經法務部會同中央目的事業主管機關指定之事業、團體或個人。

八、當事人：指個人資料之本人。

九、特定目的：指由法務部會同中央目的事業主管機關指定者。

第4條　當事人就其個人資料依本法規定行使之左列權利，不得預先拋棄或以特約限制之：

一、查詢及請求閱覽。

二、請求製給複製本。

三、請求補充或更正。

四、請求停止電腦處理及利用。

五、請求刪除。

第5條　受公務機關或非公務機關委託處理資料之團體或個人，於本法適用範圍內，其處理資料之人，視同委託機關之人。

第6條　個人資料之蒐集或利用，應尊重當事人之權益，依誠實及信用方法為之，不得逾越特定目的之必要範圍。

第二章　公務機關之資料處理

第7條　公務機關對個人資料之蒐集或電腦處理，非有特定目的，並符合左列情形之一者，不得為之：

一、於法令規定職掌必要範圍內者。

二、經當事人書面同意者。

三、對當事人權益無侵害之虞者。

第8條　公務機關對個人資料之利用，應於法令職掌必要範圍內為之，並與蒐集之特定目的相符。但有左列情形之一者，得為特定目的外之利用：

一、法令明文規定者。

二、有正當理由而僅供內部使用者。

三、為維護國家安全者。

四、為增進公共利益者。

五、為免除當事人之生命、身體、自由或財產上之急迫危險者。

六、為防止他人權益之重大危害而有必要者。

七、為學術研究而有必要且無害於當事人之重大利益者。

八、有利於當事人權益者。

九、當事人書面同意者。

第9條　公務機關對個人資料之國際傳遞及利用，應依相關法令為之。

第10條　公務機關保有個人資料檔案者，應在政府公報或以其他適當方式公告左列事項；其有變更者，亦同：

一、個人資料檔案名稱。

二、保有機關名稱。

三、個人資料檔案利用機關名稱。

四、個人資料檔案保有之依據及特定目的。

五、個人資料之類別。

六、個人資料之範圍。

七、個人資料之蒐集方法。

八、個人資料通常傳遞之處所及收受者。

九、國際傳遞個人資料之直接收受者。

一〇、受理查詢、更正或閱覽等申請之機關名稱及地址。

前項第五款之個人資料之類別，由法務部會同中央目的事業主管機關定之。

第11條　左列各款之個人資料檔案，得不適用前條規定：

一、關於國家安全、外交及軍事機密、整體經濟利益或其他國家重大利益者。

二、關於司法院大法官審理案件、公務員懲戒委員會審議懲戒案件及法院調查、審理、裁判、執行或處理非訟事件業務事項者。

三、關於犯罪預防、刑事偵查、執行、矯正或保護處分或更生保護事務者。

四、關於行政罰及其強制執行事務者。

五、關於入出境管理、安全檢查或難民查證事務者。

六、關於稅捐稽徵事務者。

七、關於公務機關之人事、勤務、薪給、衛生、福利或其相關事項者。

八、專供試驗性電腦處理者。

九、將於公報公告前刪除者。

一〇、為公務上之聯繫，僅記錄當事人之姓名、住所、金錢與物品往來等必要事項者。

一一、公務機關之人員專為執行個人職務，於機關內部使用而單獨做成者。

一二、其他法律特別規定者。

第12條　公務機關應依當事人之請求，就其保有之個人資料檔案，答覆查詢、提供閱覽或製給複製本。但有左列情形之一者，不在此限：

一、依前條不予公告者。

二、有妨害公務執行之虞者。

三、有妨害第三人之重大利益之虞者。

第13條　公務機關應維護個人資料之正確，並應依職權或當事人之請求適時更正或補充之。

個人資料正確性有爭議者，公務機關應依職權或當事人之請求停止電腦處理及利用。但因執行職務所必需並註明其爭議或經當事人書面同意者，不在此限。

個人資料電腦處理之特定目的消失或期限屆滿時，公務機關應依職權或當事人之請求，刪除或停止電腦處理及利用該資料。但因執行職務所必需或經依本法規定變更目的或經當事人書面同意者，不在此限。

第14條　公務機關應備置簿冊，登載第十條第一項所列公告事項，並供查閱。

第15條　公務機關受理當事人依本法規定之請求，應於三十日內處理之。其未能於該期間內處理者，應將其原因以書面通知請求人。

第16條　查詢或請求閱覽個人資料或製給複製本者，公務機關得酌收費用。

前項費用數額由各機關定之。

第17條　公務機關保有個人資料檔案者，應指定專人依相關法令辦理安全維護事項，防止個人資料被竊取、竄改、毀損、滅失或洩漏。

第三章　非公務機關之資料處理

第18條　非公務機關對個人資料之蒐集或電腦處理，非有特定目的，並符合左列情形之一者，不得為之：

一、經當事人書面同意者。

二、與當事人有契約或類似契約之關係而對當事人權益無侵
　　害之虞者。

三、已公開之資料且無害於當事人之重大利益者。

四、爲學術研究而有必要且無害於當事人之重大利益者。

五、依本法第三條第七款第二目有關之法規及其他法律有特
　　別規定者。

第19條　非公務機關未經目的事業主管機關依本法登記並發給執照
　　　　者，不得爲個人資料之蒐集、電腦處理或國際傳遞及利用。

　　　　徵信業及以蒐集或電腦處理個人資料爲主要業務之團體或
　　　　個人，應經目的事業主管機關許可並經登記及發給執照。

　　　　前二項之登記程序、許可要件及收費標準，由中央目的事
　　　　業主管機關定之。

第20條　申請爲前條之登記，應具申請書，載明左列事項：

一、申請人之姓名、住、居所。如係法人或非法人團體，其
　　名稱、主事務所、分事務所或營業所及其代表人或管理
　　人之姓名、住、居所。

二、個人資料檔案名稱。

三、個人資料檔案保有之特定目的。

四、個人資料之類別。

五、個人資料之範圍。

六、個人資料檔案之保有期限。

七、個人資料之蒐集方法。

八、個人資料檔案之利用範圍。

九、國際傳遞個人資料之直接收受者。

一〇、個人資料檔案維護負責人之姓名。

一一、個人資料檔案安全維護計畫。

前項應記載之事項有變更者，應於變更後十五日內申請爲變

更登記。業務終止時，應於終止事由發生時起一個月內申請
爲終止登記。

爲前項業務終止登記之申請時，應將其保有個人資料之處理
方法陳報目的事業主管機關核准。

第一項第三款之特定目的與第四款之資料類別，由法務部會
同中央目的事業主管機關定之。

第一項第十一款之個人資料檔案安全維護計畫之標準及第三
項之處理方法，由中央目的事業主管機關定之。

第21條 前條申請登記核准後，非公務機關應將前條第一項第一款至
第十款所列之事項於政府公報公告並登載於當地新聞紙。

第22條 非公務機關應備置簿冊登載第二十條第一項第一款至第十款
所列事項，並供查閱。

第23條 非公務機關對個人資料之利用，應於蒐集之特定目的必要範
圍內爲之。但有左列情形之一者，得爲特定目的外之利用：

一、爲增進公共利益者。

二、爲免除當事人之生命、身體、自由或財產上之急迫危險
者。

三、爲防止他人權益之重大危害而有必要者。

四、當事人書面同意者。

第24條 非公務機關爲國際傳遞及利用個人資料，而有左列情形之一
者，目的事業主管機關得限制之：

一、涉及國家重大利益者。

二、國際條約或協定有特別規定者。

三、接受國對於個人資料之保護未有完善之法令，致有損當
事人權益之虞者。

四、以迂迴方法向第三國傳遞或利用個人資料規避本法者。

第25條 目的事業主管機關，認有必要時，得派員攜帶證明文件，對

於應受其許可或登記之非公務機關，就本法規定之相關事項命其提供有關資料或為其他必要之配合措施，並得進入檢查。經發現有違反本法規定之資料，得扣押之。

對於前項之命令、檢查或扣押，非公務機關不得規避、妨礙或拒絕。

第26條　第十二條、第十三條、第十五條、第十六條第一項及第十七條之規定，於非公務機關準用之。

非公務機關準用第十六條第一項規定酌收費用之標準，由中央目的事業主管機關定之。

第四章　損害賠償及其他救濟

第27條　公務機關違反本法規定，致當事人權益受損害者，應負損害賠償責任。但損害因天災、事變或其他不可抗力所致者，不在此限。

被害人雖非財產上之損害，亦得請求賠償相當之金額；其名譽被侵害者，並得請求為回復名譽之適當處分。

前二項損害賠償總額，以每人每一事件新台幣二萬元以上十萬元以下計算。但能證明其所受之損害額高於該金額者，不在此限。

基於同一原因事實應對當事人負損害賠償責任者，其合計最高總額以新台幣二千萬元為限。

第二項請求權，不得讓與或繼承。但以金額賠償之請求權已依契約承諾或已起訴者，不在此限。

第28條　非公務機關違反本法規定，致當事人權益受損害者，應負損害賠償責任。

但能證明其無故意或過失者，不在此限。依前項規定請求賠償者，適用前條第二項至第五項之規定。

第29條　損害賠償請求權，自請求權人知有損害及賠償義務人時起，因二年間不行使而消滅；自損害發生時起，逾五年者，亦同。

第30條　損害賠償，除依本法規定外，公務機關適用國家賠償法之規定，非公務機關適用民法之規定。

第31條　當事人向公務機關行使第四條所定之權利，經拒絕或未於第十五條所定之期限內處理者，當事人得於拒絕後或期限屆滿後二十日內，以書面向其監督機關請求為適當之處理。

前項監督機關應於收受請求後二個月內，將處理結果以書面通知請求人。

第32條　當事人向非公務機關行使第四條所定之權利，經拒絕後，當事人得於拒絕後或期限屆滿後二十日內，以書面向其目的事業主管機關請求為適當之處理。

前項目的事業主管機關應於收受請求後二個月內，將處理結果以書面通知請求人。認其請求有理由者，並應限期命該非公務機關改正之。

第五章　罰則

第33條　意圖營利違反第七條、第八條、第十八條、第十九條第一項、第二項、第二十三條之規定或依第二十四條所發布之限制命令，致生損害於他人者，處二年以下有期徒刑、拘役或科或併科新台幣四萬元以下罰金。

第34條　意圖為自己或第三人不法之利益或損害他人之利益，而對於個人資料檔案為非法輸出、干擾、變更、刪除或以其他非法方法妨害個人資料檔案之正確，致生損害於他人者，處三年以下有期徒刑、拘役或科新台幣五萬元以下罰金。

第35條　公務員假借職務上之權力、機會或方法，犯前二條之罪者，

加重其刑至二分之一。

第36條 本章之罪，須告訴乃論。

第37條 犯本章之罪，其他法律有較重處罰規定者，從其規定。

第38條 有左列情事之一者，由目的事業主管機關處負責人新台幣二萬元以上十萬元以下罰鍰，並令限期改正，逾期未改正者，按次處罰之：

一、違反第十八條規定者。

二、違反第十九條第一項或第二項規定者。

三、違反第二十三條規定者。

四、違反依第二十四條所發布之限制命令者。

有前項第一款、第三款或第四款之情事，其情節重大者，並得撤銷依本法所為之許可或登記。

第39條 有左列情事之一者，由目的事業主管機關限期改正，逾期未改正者，按次處負責人新台幣一萬元以上五萬元以下罰鍰：

一、違反第二十條第二項之規定者。

二、違反第二十一條關於登載於當地新聞紙之規定者。

三、違反第二十二條規定者。

四、違反第二十六條第一項準用第十二條、第十三條、第十五條、第十七條之規定者。

五、違反第二十六條第二項之收費標準者。

有前項第一款、第二款、第三款或第四款之情事，其情節重大者，並得撤銷依本法所為之許可或登記。

第40條 有左列情事之一者，由目的事業主管機關，按次處負責人新台幣一萬元以上五萬元以下罰鍰：

一、不遵守目的事業主管機關依第二十條第三項核准方法處理者。

二、違反第二十五條第二項規定者。

三、違反依第三十二條第二項限期改正命令者。

有前項第二款或第三款之情事，其情節重大者，並得撤銷依本法所爲之許可或登記。

第41條 依本法所處之罰鍰，經通知限期繳納而逾期不繳納者，移送法院強制執行。

第六章 附則

第42條 法務部辦理協調聯繫本法執行之相關事項；其協調聯繫辦法，由法務部定之。

依本法規定應由目的事業主管機關辦理之事項，如無目的事業主管機關者，由法務部辦理之。

非公務機關個人資料之蒐集、電腦處理及利用之登記、公告或其他事項之管理，法務部及目的事業主管機關必要時得委託公益團體辦理之。

第43條 本法公布施行前已從事個人資料之蒐集或電腦處理，而依本法規定應申請登記或許可者，應於本法施行之日起一年內補辦之。

經法務部會同中央目的事業主管機關依第三條第七款第三目指定之事業、團體或個人，應於指定之日起六個月內，辦理登記或許可。

逾期未爲前二項之申請或申請未獲核准者，以未經核准登記或許可論處。

第44條 本法施行細則，由法務部定之。

第45條 本法自公布日施行。

二、政府資訊公開法（2005年12月28日公布）

第一章　總則

第1條　為建立政府資訊公開制度，便利人民共享及公平利用政府資訊，保障人民知的權利，增進人民對公共事務之了解、信賴及監督，並促進民主參與，特制定本法。

第2條　政府資訊之公開，依本法之規定。但其他法律另有規定者，依其規定。

第3條　本法所稱政府資訊，指政府機關於職權範圍內做成或取得而存在於文書、圖畫、照片、磁碟、磁帶、光碟片、微縮片、積體電路晶片等媒介物及其他得以讀、看、聽或以技術、輔助方法理解之任何紀錄內之訊息。

第4條　本法所稱政府機關，指中央、地方各級機關及其設立之實（試）驗、研究、文教、醫療及特種基金管理等機構。

　　　　受政府機關委託行使公權力之個人、法人或團體，於本法適用範圍內，就其受託事務視同政府機關。

第5條　政府資訊應依本法主動公開或應人民申請提供之。

第二章　政府資訊之主動公開

第6條　與人民權益攸關之施政、措施及其他有關之政府資訊，以主動公開為原則，並應適時為之。

第7條　下列政府資訊，除依第十八條規定限制公開或不予提供者外，應主動公開：

　　　　一、條約、對外關係文書、法律、緊急命令、中央法規標準法所定之命令、法規命令及地方自治法規。

二、政府機關為協助下級機關或屬官統一解釋法令、認定事實，及行使裁量權，而訂頒之解釋性規定及裁量基準。

三、政府機關之組織、職掌、地址、電話、傳真、網址及電子郵件信箱帳號。

四、行政指導有關文書。

五、施政計畫、業務統計及研究報告。

六、預算及決算書。

七、請願之處理結果及訴願之決定。

八、書面之公共工程及採購契約。

九、支付或接受之補助。

十、合議制機關之會議紀錄。

前項第五款所稱研究報告，指由政府機關編列預算委託專家、學者進行之報告或派赴國外從事考察、進修、研究或實習人員所提出之報告。

第一項第十款所稱合議制機關之會議紀錄，指由依法獨立行使職權之成員組成之決策性機關，其所審議議案之案由、議程、決議內容及出席會議成員名單。

第8條　政府資訊之主動公開，除法律另有規定外，應斟酌公開技術之可行性，選擇其適當之下列方式行之：

一、刊載於政府機關公報或其他出版品。

二、利用電信網路傳送或其他方式供公眾線上查詢。

三、提供公開閱覽、抄錄、影印、錄音、錄影或攝影。

四、舉行記者會、說明會。

五、其他足以使公眾得知之方式。

前條第一項第一款之政府資訊，應採前項第一款之方式主動公開。

第三章　申請提供政府資訊

第9條　具有中華民國國籍並在中華民國設籍之國民及其所設立之本
　　　國法人、團體，得依本法規定申請政府機關提供政府資訊。
　　　持有中華民國護照僑居國外之國民，亦同。

　　　外國人，以其本國法令未限制中華民國國民申請提供其政
　　　府資訊者爲限，亦得依本法申請之。

第10條　向政府機關申請提供政府資訊者，應塡具申請書，載明下列
　　　事項：

　　　一、申請人姓名、出生年月日、國民身分證統一編號及設籍
　　　　　或通訊地址及聯絡電話；申請人爲法人或團體者，其名
　　　　　稱、立案證號、事務所或營業所所在地；申請人爲外國
　　　　　人、法人或團體者，並應注明其國籍、護照號碼及相關
　　　　　證明文件。

　　　二、申請人有法定代理人、代表人者，其姓名、出生年月日
　　　　　及通訊處所。

　　　三、申請之政府資訊內容要旨及件數。

　　　四、申請政府資訊之用途。

　　　五、申請日期。

　　　前項申請，得以書面通訊方式爲之。其申請經電子簽章憑證
　　　機構認證後，得以電子傳遞方式爲之。

第11條　申請之方式或要件不備，其能補正者，政府機關應通知申請
　　　人於七日內補正。不能補正或屆期不補正者，得逕行駁回
　　　之。

第12條　政府機關應於受理申請提供政府資訊之日起十五日內，爲准
　　　駁之決定；必要時，得予延長，延長之期間不得逾十五日。

　　　前項政府資訊涉及特定個人、法人或團體之權益者，應先以

書面通知該特定個人、法人或團體於十日內表示意見。但該特定個人、法人或團體已表示同意公開或提供者,不在此限。

前項特定個人、法人或團體之所在不明者,政府機關應將通知內容公告之。

第二項所定之個人、法人或團體未於十日內表示意見者,政府機關得逕為准駁之決定。

第13條　政府機關核准提供政府資訊之申請時,得按政府資訊所在媒介物之形態給予申請人重製或複製品或提供申請人閱覽、抄錄或攝影。其涉及他人智慧財產權或難於執行者,得僅供閱覽。

申請提供之政府資訊已依法律規定或第八條第一項第一款至第三款之方式主動公開者,政府機關得以告知查詢之方式以代提供。

第14條　政府資訊內容關於個人、法人或團體之資料有錯誤或不完整者,該個人、法人或團體得申請政府機關依法更正或補充之。

前項情形,應填具申請書,除載明第十條第一項第一款、第二款及第五款規定之事項外,並載明下列事項:

一、申請更正或補充資訊之件名、件數及記載錯誤或不完整事項。

二、更正或補充之理由。

三、相關證明文件。

第一項之申請,得以書面通訊方式為之;其申請經電子簽章憑證機構認證後,得以電子傳遞方式為之。

第15條　政府機關應於受理申請更正或補充政府資訊之日起三十日內,為准駁之決定;必要時,得予延長,延長之期間不得逾

三十日。

第九條、第十一條及第十二條第二項至第四項之規定，於申請政府機關更正或補充政府資訊時，準用之。

第16條　政府機關核准提供、更正或補充政府資訊之申請時，除當場繳費取件外，應以書面通知申請人提供之方式、時間、費用及繳納方法或更正、補充之結果。

前項應更正之資訊，如其內容不得或不宜刪除者，得以附記應更正內容之方式為之。

政府機關全部或部分駁回提供、更正或補充政府資訊之申請時，應以書面記明理由通知申請人。

申請人依第十條第二項或第十四條第三項規定以電子傳遞方式申請提供、更正或補充政府資訊或申請時已注明電子傳遞地址者，第一項之核准通知，得以電子傳遞方式為之。

第17條　政府資訊非受理申請之機關於職權範圍內所做成或取得者，該受理機關除應說明其情形外，如確知有其他政府機關於職權範圍內做成或取得該資訊者，應函轉該機關並通知申請人。

第四章　政府資訊公開之限制

第18條　政府資訊屬於下列各款情形之一者，應限制公開或不予提供之：

一、經依法核定為國家機密或其他法律、法規命令規定應秘密事項或限制、禁止公開者。

二、公開或提供有礙犯罪之偵查、追訴、執行或足以妨害刑事被告受公正之裁判或有危害他人生命、身體、自由、財產者。

三、政府機關做成意思決定前，內部單位之擬稿或其他準備

作業。但對公益有必要者，得公開或提供之。

四、政府機關為實施監督、管理、檢（調）查、取締等業務，而取得或製作監督、管理、檢（調）查、取締對象之相關資料，其公開或提供將對實施目的造成困難或妨害者。

五、有關專門知識、技能或資格所為之考試、檢定或鑑定等有關資料，其公開或提供將影響其公正效率之執行者。

六、公開或提供有侵害個人隱私、職業上秘密或著作權人之公開發表權者。但對公益有必要或為保護人民生命、身體、健康有必要或經當事人同意者，不在此限。

七、個人、法人或團體營業上秘密或經營事業有關之資訊，其公開或提供有侵害該個人、法人或團體之權利、競爭地位或其他正當利益者。但對公益有必要或為保護人民生命、身體、健康有必要或經當事人同意者，不在此限。

八、為保存文化資產必須特別管理，而公開或提供有滅失或減損其價值之虞者。

九、公營事業機構經營之有關資料，其公開或提供將妨害其經營上之正當利益者。但對公益有必要者，得公開或提供之。

政府資訊含有前項各款限制公開或不予提供之事項者，應僅就其他部分公開或提供之。

第19條　前條所定應限制公開或不予提供之政府資訊，因情事變更已無限制公開或拒絕提供之必要者，政府機關應受理申請提供。

第五章　救　濟

第20條　申請人對於政府機關就其申請提供、更正或補充政府資訊所為之決定不服者，得依法提起行政救濟。

第21條　受理訴願機關及行政法院審理有關政府資訊公開之爭訟時，得就該政府資訊之全部或一部進行秘密審理。

第六章　附　則

第22條　政府機關依本法公開或提供政府資訊時，得按申請政府資訊之用途，向申請人收取費用；申請政府資訊供學術研究或公益用途者，其費用得予減免。

前項費用，包括政府資訊之檢索、審查、複製及重製所需之成本；其收費標準，由各政府機關定之。

第23條　公務員執行職務違反本法規定者，應按其情節輕重，依法予以懲戒或懲處。

第24條　本法自公布日施行。

三、國際更正權公約（Convention on the International Rights of Correction）

（聯合國大會1952年12月16日，第630（VII）號決議開放簽字。）
（生效：按照第8條的規定，於1962年8月24日生效。）

序言

締約國　切望實施其本國人民獲享充分及詳實報導之權利，切望藉新聞及言論之自由流通，促其各國人民間之了解，切望藉此保障人權免罹戰禍，防止侵略自任何方面復起，並對抗旨在或足以煽動或鼓勵任何威脅和平、破壞和平或侵略行為之一切宣傳，鑑於不實消息之發表，足以危及各國人民間友好關係之維持及和平之保衛，鑑於聯合國大會曾於其第二屆常會中建議採取措施，以對抗國際友好關係之虛構或歪曲消息之發表，施以處罰，此事目前尚無由實行，且鑑於欲防止此種消息之發表或減少其流弊，首須促進新關係之廣大流傳，以及提高經常從事於新聞傳播人員之責任心，鑑於達此目的之有效辦法為：凡某一新聞社傳播一項消息，經直接受其影響之國家認為虛構或歪曲時，其所為更正，應予以同等公布之機會。鑑於若干國家之法律，對於可供外國政府利用之更正權，並無明文規定，故允宜於國際間創設此種權利，並經議決為此目的之訂立公約，爰議定如下：

第1條　本公約規定之適用範圍內：

　　　　一、稱「新聞稿」者，謂以書面或電信傳遞之新聞資料，以新聞社所習用之形式於發表前傳遞至各報紙、新聞、雜誌及廣播機構者。

　　　　二、稱「新聞社」者，謂經常從事於新聞資料之蒐集與傳播之一切公營私營新聞紙、廣播、電影、電視或影印機

構，其設立與組織依照其總組織所在締約國之法律與規章，而其執行業務則依照其工作所在之各締約國之法律與規章者。

三、稱「通訊員」者，謂締約國之國民或締約國新聞社之受雇人，經常從事於新聞資料之蒐集與報導，且居留於本國境外時，持有有效之護照或國際間公認之類似文件，以證明其通訊員身分者。

第2條　一、締約國承認：通訊員與新聞社本於職業責任之要求，應就事實做正當之報導而不分軒輊，俾克促進對於人權與基本自由之尊重，增進國際了解與合作，並助成國際和平與安全之維持。

並認為：通訊員與新聞社本其職業道德，遇有原由其傳遞或發表之新聞稿而經證明為虛構或歪曲時，悉應依循通常慣例經由同樣途徑將此種新聞稿之更正，予以傳遞或發表。

爰同意：一締約國如認為另一締約國或非締約國之通訊員或新聞社自一國傳自他國而發表或傳播於國外之新聞稿為虛構或歪曲，足以妨害該國與其他國家間之邦交或損害其國家威信或尊嚴時，得向此種新聞稿發表或傳播所在領土之締約國提出其所知之事實（此後簡稱「公報」）。同時應將公報抄本一份送達有關通訊員或新聞社，以便該通訊員或新聞社更正該項新聞。

二、公報之發布以針對新聞稿為限，不得附具評論或意見。其文不應長於更正所稱之不確或歪曲所需之篇幅，並應檢送業經發表或傳播之新聞稿全部原文，以及關於該項新聞稿係由通訊員或新聞社自國外傳出之證據。

第3條　一、締約國於收到依照第2條規定所遞送之公報後，不問其對

有關事實之意見為何，應於最短可能期間（至遲於收到後五足日）：

(甲) 經由慣常發布國際新聞之途徑，將公報發交在其領土內執行業務之通訊員與新聞社，予以發表。

(乙) 如負責發出該項新聞稿之通訊員，其所屬新聞社之總辦事處設於該締約國領土內時，將公報遞送該辦事處。

二、如一締約國對他締約國所送公報未履行本條規定之義務時，該他締約國嗣後對此不踐約之締約國向其提送任何公報時，得據相互原則予以同樣對待。

第4條　一、如任何締約國於收到依照第2條規定所遞送之公報後，未於規定時限內履行第3條所規定之義務時，行使更正權之締約國得將其公報連同業經發表或流傳之新聞稿全文提送聯合國秘書長，同時應將此事通知其所指責之國家。該國得於收到此項通知後五足日內向秘書長提出意見，但以有關該國未履行第3條所規定義務之指責者為限。

二、無論如何，秘書長應於收到公報十足日內，藉可資利用之報導途徑，將公報連同該項新聞稿及受指責國家所提出之意見（如有此項意見時），為適當之公布。

第5條　兩締約國或兩個以上之締約國間關於本公約之解釋或適用問題之爭端未能以磋商方式解決時，除各該締約國同意以其他方式謀求解決外，應交由國際法院裁決。

第6條　一、本公約應聽由聯合國所有會員國，被邀參加1948年在日內瓦舉行之聯合國新聞自由會議之每一國家，以及大會以決議案宣告合格之其他每一國家，予以簽署。

二、本公約應由簽署國各依其憲法程序批准之。批准書送交

聯合國秘書長存放。

第7條　一、本公約應聽由第6條一所指之國家加入。

　　　　二、加入應以加入書交由聯合國秘書長存放爲之。

第8條　第6條一所指之國家如有六國已經交存其批准書或加入書，本公約應自第六份批准書或加入書交存後之第三十日起對之生效。嗣後批准或加入之每一國家，本公約應自其批准書或加入書交存後之第三十日起對之生效。

第9條　本公約各項規定應推行或同樣適用於締約國之本國及由該國管理或治理之一切領土，無論其爲非自治領土、託管領土或殖民地。

第10條　任何締約國得通知聯合國秘書長宣告退出本公約。退約應於聯合國秘書長收到退約通知書六個月後生效。

第11條　如因退約關係致本公約締約國少於六國時，本公約應自最後之退約通知生效之日起失效。

第12條　一、任何締約國得隨時通知聯合國秘書長請求修改本公約。

　　　　二、對於該項請求所應採取之步驟，應由大會決定之。

第13條　聯合國秘書長應將下列事項通知第6條一所指之國家：

　　　　（甲）依照第6條及第7條規定所收到之簽署、批准書及加入書；

　　　　（乙）依照第8條規定本公約開始生效之日期；

　　　　（丙）依照第10條規定所收到之退約通知書；

　　　　（丁）依照第11條規定本公約之廢止；

　　　　（戊）依照第12條規定所收到之通知書。

第14條　一、本公約應交存聯合國檔庫，其中、英、法及西班牙文各本同一作準。

　　　　二、聯合國秘書長應將正式副本一份送交第6條一、所指之每一國家。

　　　　三、本公約應於生效之日送由聯合國秘書處登記。

參考書目

一、中文部分

方怡文、周慶祥（2000）。《新聞採訪理論與實務》。台北：正中書局。

方琇怡（2001）。〈明日「無」報？明日報正式停刊〉。《e天下雜誌》，第3期。

王仲儀（1997）。《網際網路線上出版業之經營策略分析——以電子報產業爲例》。國立政治大學企業管理學系碩士論文。

王家茗（2001）。《網路書寫動機與意義之探索——以「明日報個人新聞台」爲例》。世新大學傳播研究所碩士論文。

王毓莉（1999.08-2000.07）。《台灣報社記者使用INTERNET作爲消息來源之研究》。行政院國科會研究（編號 NSC 89-2412-H-034-004-SSS）。

王毓莉（2001）。〈「電腦輔助新聞報導」在台灣報社的應用——以《中國時報》、《工商時報》記者爲研究對象〉，《新聞學研究》，68期。

王志仁（2006年4月15日）。〈部落格時代，大家都當總編輯〉。《數位時代》，128期。

王嘉源（2006年3月6日）。〈網誌發揮穿透力 反制主流媒體〉。《中國時報》，A12。

史倩玲（2006年6月15日）。〈解讀Blog全球旋風〉。《數位時代》，

田炎欣（2001）。《ETtoday記者對電腦輔助新聞報導的使用研究》。銘傳大學傳播管理研究所論文。

仲志遠（2002）。《網路新聞學》。北京：北京大學出版社。

匡文波（2004）。《網路傳播學概論》。北京：高等教育出版社。

何國華（2006）。〈國際通訊組織之數位挑戰與策略初探〉，《2006傳播與媒體生態學術研討會論文集》。高雄：義守大學。

吳向前、李宗緯（2001）。〈奪橋遺恨──明日報走入昨日的那一刻〉。《數位時代》，第21期。

李偉滿（2006）。〈電子報徹底網路化拋開傳統形式〉，《銘報》，1564期。

李鐵牛（2006）。〈新聞更正的隱憂和對策〉。《新聞與寫作》，7期。

沈孟蓉（2004年8月10日）。〈Show me the Money！電子報的明日黃花？〉，《電子商務時報》。

沈榮華（2003）。《網路犯罪相關問題之研究》。國防管理學院法律研究所碩士論文。

辛欣（2001）。《網路新聞傳播概論》。北京：北京廣播學院出版社。

周立軒（2005）。《網誌的使用者與使用行為之研究》。元智大學資訊傳播學系碩士論文。

周郁文（2005）。〈當火星人登陸地球──看淡中八年級生玩部落格〉。《破報》，387期。

尚永海（2005）。〈我國傳媒應確立更正與答辯制度〉。中國新聞研究中心。

〈美報業推廣部落格攬客〉（2005年3月29日）。《蘋果日報》。

洪淋貴（2003）。《新聞網站資源策略與績效之關聯性研究》。銘傳大學傳播管理研究所碩士論文。

徐佳士（1974）。〈我國報紙新聞「主觀錯誤」研究〉，《新聞學研究》，13期。台北：政治大學新聞研究所。

張彥文（2004）。〈個人新聞台　匿名的八卦世界〉，《遠見雜誌》，220期。

張詠華（2004）。《中外網路新聞業比較》。新竹：清華大學出版社。

陳力丹（2003）。〈更正與答辯——一個被忽視的國際公認的新聞職業規範〉。《國際新聞界》，2003年第5期。

陳俊廷（2002）。《網路電子報瀏覽行為之研究》。國立台北科技大學商業自動化與管理研究所碩士論文。

陳姿羽（2003年6月10日）。〈新世界傳真機　Blog作為網路書寫新趨勢〉，《聯合報》，第39版。

陳家俊（1995）。《Internet入門導航》。台北：資訊與電腦出版社。

陳順孝（2005）。〈部落格對新聞事業的衝擊〉，「阿孝札記」網站。

陳智偉（2005年8月22日）。〈主流媒體五年內部落格化〉。《蘋果日報》。

陸群、張佳昺（2002）。《新媒體革命——技術、資本與人重構傳媒業》。北京：社會科學文獻出版社。

彭芸（2000）。〈我國電視記者的網路使用〉，「傳播研究2000：跨世紀的回顧與願景研討會」論文。台北：中華傳播學會。

彭蘭（2005）。《網路傳播概論》。北京：中國人民大學出版社。

閔大洪（2003）。《數位傳媒概要》。上海：復旦大學出版社。

黃志賢（1994）。〈福爾摩沙Internet之旅〉，《微電腦傳真》，13卷9期。

黃建育（2006年3月15日）。〈梅鐸：報業須採新科技 否則斷生機〉。《中國時報》。

黃清龍（2006a）。〈電子化平台來臨，媒體會像銀行倒閉？——日本電通總公司董事藤原預測未來媒體發展〉，《中時社刊》，174期。台北：中國時報社。

黃清龍（2006b）。〈唯有內容夠強，才有競爭力——不要擔心網路威脅報紙生存〉，《中時社刊》，174期。台北：中國時報社。

黃燕忠（1995）。《Internet標準教材》。台北：博碩

黃鴻珠（1991）。〈Internet資源探討〉。《中國圖書館學會會報》，48期。

黃建育（2006年3月15日）。〈梅鐸：報業須採新科技　否則斷生機〉。《中國時報》，A14。

楊文菁（2005年6月15日）。〈中文Blog，誰能引領風騷〉。《數位時代》，108期。

楊東典（1999）。《網路媒體經營策略之研究》。國立政治大學科技管理研究所碩士論文。

趙雅麗（2002）。〈從台灣明日報的停刊看中文電子報之前景〉，《傳播與管理研究》，第1卷第2期。

鄭瑞城（1983）。《報紙新聞報導之正確性研究》。國科會專題研究報告：國立政治大學新聞研究所。

劉津（2005年12月29日）。〈媒體如何面對web2.0時代〉，《中國新聞傳播學評論》。http://cjr.zj01.com/05cjr/system/2005/12/29/006423253.shtml.

蔡卓芳（2003）。《台灣新聞網站市場範圍與市場競爭初探——以聯合新聞網、中時電子報、東森新聞報三大新聞網站為例分析。國立交通大學傳播研究所碩士論文。

盧世祥（2005a）。〈新聞自由與報導責任——報紙報導生態的挑戰與責任〉。《行政院新聞局2005出版年鑑》。

盧世祥（2005b）。〈新聞更正的主動、被動與抗拒〉。「南方快報」

網站。

蕭愛貞（2000）。《網際網路犯罪之責任內涵》。輔仁大學法律研究
　　所碩士論文。

閻紀宇（2006年3月6日）。〈民主圖騰部落格　淘金新樂園〉，《中
　　國時報》。

羅文輝（1995）。〈新聞記者選擇消息來源的偏向〉，臧國仁主編，
　　《新聞工作者與消息來源》（頁15-25）。台北：國立政治大學新聞
　　研究所。

羅文輝、蘇蘅、林元輝（1998）。〈如何提升新聞的正確性：一種新
　　查證方法的實驗設計〉。《新聞學研究》，56期。

羅蘭德・沃爾克著，彭蘭等譯（2003）。《網路新聞導論》。北京：
　　中國人民大學出版社。

〈RSS網路成趨勢　新聞及網路相簿運用〉，《銘報》，1485期。

二、網路部分

Publish@bout.News，那福忠（2005/04/20）。〈新聞媒體的走勢〉
　　（URL：http://epaper.handbox.com.tw/epaper/index.
　　php?option=com_content&task=view&id=39&Itemid=40）。

林克寰（2003）。〈你不能不知道的部落格──Blog是什麼碗糕啊？〉
　　（URL：http://jedi.z6i.org/blog/）。

東森新聞報，王大中（2001）。〈烏龍「少林棒球」／網友開開玩笑
　　媒體「以假當眞」〉（URL：http://www.ettoday.com/2001/
　　12/04/752-1231697.htm）。

東森新聞報，周永旭（2005）。〈法新社告Google案　檢測著作權公
　　平使用原則〉（URL：http://www.ettoday.com/2005/03/23/11183-
　　1768528.htm）。

財團法人台灣網路資訊中心。2006年中「台灣寬頻網路使用調查」報告（URL：http://www.twnic.net.tw/download/200307/200307index.shtml）。

財團法人國家政策研究基金會，陳嘉彰（2001）。〈築夢是幻滅的開始？談網路電子報之生與死〉（URL：http://www.npf.org.tw/PUBLICATION/EC/090/EC-C-090-038.htm）。

資策會FIND網站（2005/11/4）。〈全球上網人口達8.7億　紐西蘭上網普及率居首〉（URL：http://www.find.org.tw/find/home.aspx?page=news&id=3992）。

新華網，郭和傑（2005）。〈自動化新聞服務引爭議 Google面臨法新社控告〉（URL：http://big5.xinhuanet.com/gate/big5/news.xin-huanet.com/it/2005-03/29/content_2757644.htm）。

網路追追追。〈員工死在座位上五天沒人發現？〉（URL：http://www.ettoday.com/2006/03/15/521-1909480.htm）。

聯合新聞網「每日話題」。〈明日，再見〉（URL：http://udn.com/SPECIAL_ISSUE/DAILY/9002/21a/index.htm）。

聯合新聞網數位文化誌，洪波（2005/10/19）。〈什麼是Web 2.0？〉（URL：http://mag.udn.com/mag/dc/storypage.jsp?f_ART_ID=20396）。

蕭慧芬（2002）。〈待查證之新聞對新聞媒體及社會造成的影響兼探現場連線可能引發之錯誤報導〉（URL：http://www.gio.gov.tw/info/2002html/11new/3.htm）。

三、英文部分

Berry, Jr., Fred C. (1967). A study of accuracy in local news stories of three dailies. *Journalism Quarterly*, Autumn, 44(3): 482-490.

Blankenberg, W. (1970). News accuracy: Some findings on the meaning of the term. *Journalism Quarterly*, 47: 375-386.

Chyi, H. I.（2001）. The medium is global, the content is not: The role of geography in online newspaper markets. *The Journal of Media Economics,* 14(4), pp.231-248.

Charnley, Mitchell (1936). Preliminary notes on a study of newspaper accuracy. *Journalism Quarterly,* December, p.394.

DeFleur, Margaret H. & Lucinda D. Davenport (1993). Computer-Assisted Journalism in Newsrooms vs. Classrooms: A study in innovation lag. *Journalism Educator,* Summer, 26-36.

DeFleur, Melvin L. (1989). *The Computer-Assisted investigative reporting.* Syracuse University Press.

Friend, Cecilia (1994). Daily newspapers use of computers to analyze data. *Newspaper Research Journal,* 15(1), 63-70.

Garrison, Bruce (1983). Impact of computers on the total newspaper. *Newspaper Research Journal*, 4(3): 41-63.

Garrison, Bruce (1995a). *Computer-assisted reporting.* N. J.: Lawrence Erlbaum Associates, Publishers.

Garrison, Bruce (1995b). Online services as reporting tools: Daily newspaper use of commercial databases in 1994. *Newspaper Research Journal*, 16(4): 74-86.

Garrison, Bruce (1997). Online services, internet in 1995 newsrooms.

Newspaper Research Journal, 18(3-4): 79-93.

James, Redmond, & Robert, Triger(1998). *Balancing on the wire：The art of managing media organization.* Boulder. Colorado: Coursewise publishing.

Jones, Steve(1997).Using the news: An examination of the value and use of news sources in CMC. *Journal of Computer-Mediated Communication,* 2(4).

Kathleen, Wickham(1998). *Perspectives online journalism.* Boulder. Colorado: Coursewise publishing.

Lasica, J. D. (2004).*Transparency begets trust in the ever-expanding blogosphere.* http://www.ojr.org/ojr/technology/1092267863.php

Lawrence, G. C. and Grey, D. L. (1969). Subjective inaccuracies in local news reporting. *Journalism Quarterly,* 46(4): 753-757.

Peng, F. Tham, N. I. & Xiaoming, H. (1999). Trends in Online Newspapers: A look at the US web. *Newspaper Research Journal,* Vol.20, No.2, Spring, 52-63.

Picard, R. G. (2000). Changing Business Model of Online Content Services-Their Implications for Multimedia and Other Content Products. *The International Journal on Media Management,* 2(2), 60-68.

Picard, R. G. (2002). *The Economics and financing of Media Companies.* NY: Fordham University Press.

Neuzil, Mark (1994). Gambling with databases: A comparison of electronic searches and printed indices. *Newspaper Research Journal,* 15(1): 44-54.

Reddick, Randy & King, Elliot(1997). *The online journalist: Using the internet and other electronic resources.* Fort Worth: Harcourt Brace

College Publishers.

Riemer, Cynthia De (1992, Winter). A survey of vu / text use in the newsroom. *Journalism Quarterly,* 69(4): 960-970.

Ward, Jean & Hansen, Kathleen A. (1991). Journalist and librarian roles, information technologies and newsmaking. *Journalism Quarterly,* 68(3): 491-498.

Williams, Martha E. (1990). Gatekeeping: new power for news librarians in the 1990s, *News Library News,* Spring, 4-10.

新聞傳播系列 2

網路新聞學

作　　　者／陳萬達
出　版　者／威仕曼文化事業股份有限公司
發　行　人／葉忠賢
總　編　輯／閻富萍
地　　　址／台北縣深坑鄉北深路三段 260 號 8 樓
電　　　話／(02)2664-7780
傳　　　真／(02)2664-7633
郵撥帳號／19735365
戶　　　名／葉忠賢
印　　　刷／大象彩色印刷製版股份有限公司
　ISBN ／978-986-82142-6-2
初版一刷／2007 年 10 月
定　　　價／新台幣 400 元

國家圖書館出版品預行編目資料

網路新聞學 ＝ Web journalism / 陳萬達著. --
初版. -- 臺北縣深坑鄉：威仕曼文化,
2007.10
　　面；　公分. -- (新聞傳播系列；2)
參考書目：面

ISBN 978-986-82142-6-2(平裝)

1.網路新聞

890.29　　　　　　　　　　　96018225

筆 記

筆記